Guido Kniesel

Dafür wirst du büßen

Über den Autor

Guido Kniesel, Jahrgang 1964, studierte Informatik in Berlin und New York und beschäftigte sich über viele Jahre mit Künstlicher Intelligenz und der Computersimulation von biologischen Gehirnen, bis er seinen beruflichen Schwerpunkt auf Internet-Technologien und Cyber-Security legte. Mit vierzig Jahren begann er nebenberuflich Spannungsliteratur zu schreiben und ist seit 2016 als freier Autor tätig.

Sein Debütroman »Der Proband« handelt von einem Humanexperiment skrupelloser Hirnforscher, welches sich für alle Beteiligten zum schlimmsten Albtraum entwickelt. In seinem zweiten Roman »Kein Wille geschehe« stellt er die Frage der Willensfreiheit des Menschen in den Mittelpunkt eines spannungsgeladenen Psychothrillers. In dem vorliegenden »Buch im Buch«-Thriller verschwimmen die Grenzen zwischen Fiktion und Realität bei einer dramatischen Suche nach der Wahrheit.

Bisher erschienen:
DER PROBAND, Thriller, 274 Seiten
KEIN WILLE GESCHEHE, Psychothriller, 318 Seiten

Alle Titel sind auch als E-Book erhältlich.

Guido Kniesel

DAFÜR WIRST DU BÜẞEN

Thriller

1. Auflage 2016

Guido Kniesel
c/o Papyrus Autoren-Club
R.O.M. Logicware GmbH
Pettenkoferstr. 16-18
10247 Berlin

www.guidokniesel.de
guido@kniesel.de

Lektorat: Christiane Saathoff, www.lektorat-saathoff.de

Korrektorat: Anne Paulsen, www.annepaulsen.de

Cover: Sarah Richter, www.sarah-richter-illustration.de
unter Verwendung von jukai5/Shotshop.com

CreateSpace Independent Publishing Platform
ISBN 978-1540484017

Für meine Leserinnen und Leser

Der Unfall

Ich öffne die Augen und weiß nicht, wo ich bin. Entsetzliche Schreie sind zu hören. Ich versuche mich zu orientieren, aber mein Kopf ist ein einziger Schmerz. Blut strömt über mein Gesicht. Ich erahne, dass etwas durch die zersprungene Windschutzscheibe ins Innere des Wagens ragt, direkt über dem Lenkrad. Ich frage mich, mit wem ich in diesem Wagen sitze. Als ich meinen Kopf nach links in Richtung Fahrersitz drehe, muss ich würgen. Mein Herz flimmert. Ich will es nicht sehen. Presse meine Lider zusammen. Öffne sie wieder. Immerzu. Aber mit jedem Öffnen wird es klarer.

Realer.

Trotzdem weigert sich mein Verstand, das Bild anzunehmen.

Bis ich ihre gemusterte Bluse erkenne.

Es gibt keinen Zweifel.

Das da auf dem Fahrersitz muss Mara sein.

Mein Blick wandert an dem rostigen Stahlrohr entlang, das ihren Schädel durchbohrt hat.

Sie ist es.

Auch wenn von dem Gesicht meiner Frau nichts mehr übrig geblieben ist.

1

Ich starre aus dem offenen Fenster meiner Berliner Dachgeschoss-Wohnung hinunter auf den Görlitzer Park und verfolge das Gewusel aus Touristen, Joggern, Kiezbewohnern und schwarzafrikanischen Drogendealern. Minutenlang versuche ich mir in meiner Fantasie ein möglichst brutales Gewaltverbrechen auszumalen, bis ich mich wieder vom Fenster wegdrehe und stattdessen auf den Bildschirm meines Laptops blicke, wo der Cursor unter der Überschrift »Kapitel 1« monoton vor sich hin blinkt.

Seit Maras Tod ... Seit dem Unfall vor fünf Jahren bin ich nicht mehr derselbe Mensch. Früher war ich ein glücklicher Familienvater, der Freude am Leben hatte und der zudem sehr erfolgreiche Horrorgeschichten schrieb. Aber seit meine Frau bei diesem schrecklichen Unfall ihr Leben verlor, bekomme ich gar nichts mehr auf die Reihe. Mit meinem pubertierenden Sohn Sid läuft es alles andere als prächtig und von den zahlreichen Manuskripten, die ich seit dem Unfall begonnen habe, habe ich kein einziges zu Ende gebracht. Früher oder später gerate ich jedes Mal an einen Punkt, an dem mich meine Vermutungen, was bei dem Unfall alles passiert sein könnte, so sehr runterziehen, dass ich nur noch widerwillig an meinen Horrorgeschichten weiterschreiben kann, bis es schließlich gar nicht mehr geht.

Ich habe deswegen sogar einen Termin bei einem Therapeuten wahrgenommen, der mir erklärte, dass es eben ein himmelweiter Unterschied sei, ob man sich als Autor schreckliche Horrorszenarien nur ausdenke oder sie tatsächlich mit allen Sinnen in der realen Welt erlebe. Ich müsse es als eine Art Schutzmechanismus meiner Psyche begreifen, die mich vor weiterem Schaden bewahren wolle. Aber dieses Gerede hat mir ebenso wenig weitergeholfen wie sein abschließender Vorschlag, ich solle doch ernsthaft in Erwägung ziehen, es mit einem anderen Job zu versuchen.

In den Jahren vor dem Unfall war alles perfekt. Nachdem bereits meine ersten beiden Horrorromane um die Psychiaterin Lydia Fox an der Spiegel-Bestsellerliste gekratzt hatten, stieg der dritte Band der Serie gleich auf Platz 4 der Hardcover-Liste ein. Ich war erfolgreich. Es ging nur noch steil nach oben. Manche sprachen sogar schon vom »deutschen Stephen King« und meine Agentin Jana Walz hatte längst einen Vertrag für die zwei nächsten Folgebände mit dem Verlag ausgehandelt.

Doch dann, von einer Sekunde auf die andere, veränderte sich alles.

An die Umstände des Unfalls kann ich mich so gut wie gar nicht erinnern. Alles, was in den Minuten davor passierte, ist aus meiner Erinnerung wie ausgelöscht. Da ich nach dem Unfall für drei Wochen ins künstliche Koma versetzt wurde, fehlt mir auch die Erinnerung an diese Zeit. »Retrograde Amnesie aufgrund eines Schädel-Hirn-Traumas«, hatten die Neurologen diagnostiziert. Nur die wenigen Augenblicke, als ich direkt nach dem Unfall im Inneren unseres Wagens noch einmal kurz zu Bewusstsein kam, brannten sich unauslöschlich in mein Gedächtnis und verfolgen mich bis heute in einem immer wiederkehrenden Albtraum. Ich weiß nicht, wie oft ich seitdem nachts schweißgebadet aufgewacht bin und mir voller Schuldgefühle immer wieder dieselben Fragen gestellt habe: Wie konnte es nur zu diesem Unfall kommen? Warum sind wir mit unserem Wagen auf die Gegenfahrbahn geraten? Wieso hat Mara so plötzlich die Kontrolle über den Wagen verloren? Wer trägt die Schuld? Was habe ich für eine Rolle dabei gespielt?

Aber das Leben geht weiter und zumindest körperlich ging es mir nach dem Unfall bald wieder besser, nur fühle ich mich seitdem fast nur noch niedergeschlagen und lustlos. Manchmal versinke ich regelrecht in Anfällen von Schwermut oder, was noch viel schlimmer ist, in einem Meer von Gleichgültigkeit.

»Vielleicht solltest du einmal die Umgebung wechseln«, schlug Jana mir damals vor, nachdem sie versucht hatte, mir schonend beizubringen, dass der Verlag zwar Verständnis für meine persönliche Situation habe, die Option für ein weiteres Buch allerdings zurückziehen müsse, weil ich den Manuskriptabgabetermin für den vierten Band bereits um Monate überschritten hatte. Ich solle mal raus aus meinem Berliner Kiez, mich in einer einsamen Hütte irgendwo in den Alpen verkriechen, den Duft der saftigen Wiesen einsaugen, mich vom Bergpanorama inspirieren lassen, mich wieder erden, zu mir selbst und zu meiner Kreativität zurückfinden, um in aller Ruhe schreiben zu können. Die Idee faszinierte mich im ersten Augenblick, als allerdings das Bild meines letzten Kontoauszuges und die Probleme mit Sid auftauchten, verwarf ich diesen Gedanken sofort wieder.

Die inzwischen fast zwei Dutzend halb fertigen Manuskripte, die ich seit dem Unfall verfasst habe, habe ich in einem Dateiordner namens »Tonne« entsorgt. Ich bringe es einfach nicht übers Herz, die Texte endgültig zu löschen, denn wenn ich ehrlich bin, habe ich die Hoffnung noch nicht ganz aufgegeben, dass aus dem einen oder anderen Fragment vielleicht doch noch einmal etwas werden könnte.

Was mich an der Vollendung eines Romans hindert, ist keine Schreibkrise im herkömmlichen Sinn, denn fehlende Produktivität ist überhaupt nicht mein Problem. Wäre ich ein Schriftsteller im Zeitalter vor der Erfindung des PCs, wäre mein Arbeitszimmer vermutlich längst bis an die Decke mit Schreibmaschinenseiten zugemüllt.

Wie jeden Tag werde ich auch heute so lange an meinem Computer sitzen, bis ich mindestens fünf Seiten geschrieben habe. Das ist mein tägliches, minimales Pensum, das ich mit mir selbst vereinbart habe. Sieben Tage die Woche. Darüber diskutiere ich nicht mit mir. Niemals und unter keinen Umständen. Das ist ein unumstößliches Prinzip. Anders könnte ich vermutlich gar nicht überleben, weil meine Fantasie mich ansonsten verrückt machen würde.

Ich kann auch nichts anderes als Bücher schreiben. Mara war immer diejenige gewesen, die als Kita-Leiterin das Geld verdiente. Schon als wir uns kennenlernten, war sie mit Leib und Seele Erzieherin. Ich hatte damals gerade mein Germanistikstudium abgebrochen und die Entscheidung getroffen, mich voll und ganz dem Schreiben von Unterhaltungsliteratur zu widmen. Mara stand von Anfang an hinter mir, unterstützte mich finanziell, und als sie mit Sid schwanger wurde, heirateten wir. Das ist inzwischen knapp achtzehn Jahre her.

Ich starre erneut auf den blinkenden Cursor, spüre, wie sich mein Herzschlag beschleunigt und sich trotz der Hitze im Raum kalter Schweiß auf meinem Rücken bildet. Wie soll man überhaupt etwas zustande bringen, wenn man sich ständig an der Dispogrenze seines Kontos bewegt? Wie soll man kreativ sein, wenn man seinem Sohn seit Jahren eine Weltreise zum achtzehnten Geburtstag versprochen hat, aber nicht einmal mehr weiß, wie man seine nächste Miete bezahlen soll?

Ich stehe auf, gehe in die Küche und stecke einen der Kaffeepads vom Discounter in die abgegriffene Senseo-Maschine, die mir schon seit Wochen mit einer rot leuchtenden LED signalisiert, dass sie endlich entkalkt werden sollte. Zurück im Arbeitszimmer bleibe ich erneut vor dem offenen Fenster stehen und schlürfe an der lauwarmen Brühe.

Was habe ich in den vergangenen fünf Jahren nicht alles versucht? Ich habe bestialische Serienkiller entworfen, die ihre weiblichen Opfer mehrfach vergewaltigen und danach genüsslich häuten, bevor sie sie abschlachten. *Ekelhaft.* Ich habe es mit einem Politthriller versucht, aber nach zweihundertfünfzig Seiten aufgegeben, da ich nur eine kitschige, unglaubwürdige Actionstory zusammengeschustert hatte. *Schund.* Dann entwarf ich eine Geschichte, die in höchsten Politikerkreisen spielt und von einem Kinderpornoring handelt. *Widerlich.* Schließlich erfand ich einen durchgeknallten Sadisten, der seine Opfer mit mittelalterlichen Folterwerkzeugen über Tage hinweg grausam zu Tode quält und die Tatorte bizarr herrichtet, um den Ermittlern Rätsel aufzugeben. *Langweilig.*

Immer wieder endete es an dem Punkt, an dem mich mein Geschreibsel nur noch anödete und sich alles so leer anfühlte. Meine Faszination und meine Leidenschaft waren wie weggefegt und es interessierte mich nicht einmal mehr, wie es mit der Geschichte und den Protagonisten weitergehen könnte. Wie sollte ein solches Buch jemals einen einzigen Leser fesseln? *Sinnlos.*

Während ich den letzten Rest Kaffee aus der Tasse schlürfe, beobachte ich, wie im Park eine langhaarige junge Frau in einem knallroten luftigen Sommerkleid einem Hipster-Typen mit Vollbart von Weitem zuwinkt. Je näher sich die beiden kommen, desto mehr Körperspannung bauen sie auf, bis sie plötzlich aufeinander zu rennen und sich freudestrahlend in den Armen liegen. Sie ähneln einem Eiskunstlaufpaar, drehen einige wilde Pirouetten, das Kleid der hübschen Frau flattert im Wind, während sich immer mehr Parkbesucher zu ihnen umdrehen und einige sogar damit beginnen, lautstark zu applaudieren. Völlig unbeeindruckt küssen sie sich wild und leidenschaftlich, bis sie schließlich eng umschlungen auf den Rasen sinken, wo sie mit ihrem Liebesspiel fortfahren.

Ein unbeschwertes Lächeln macht sich auf meinem Gesicht breit und ich komme mir vor, als würde ich einen romantischen Liebesfilm anschauen.

Während ich die beiden weiter beobachte, geht sofort meine Fantasie mit mir durch und ich fange an zu überlegen, was wohl wäre, wenn einer der Dealer aus dem Park die Frau umbringen würde. Der Mann könnte sich daraufhin Nacht für Nacht einen von ihnen greifen und Rache üben. *Ein Hipster sieht rot.* Oder es könnte zu einem Streit unter den Parkbesuchern kommen und unser Hipster würde den Helden spielen, um seine Süße zu beeindrucken. Wie aus heiterem Himmel würde auf einmal ein Messer in seinem Hals stecken und während er röchelt und langsam das Leben aus seinen Augen weicht, spritzt das Blut aus seiner Halsschlagader mitten in das Gesicht der jungen Frau, die hysterisch um Hilfe schreit …

Plötzlich kommt mir ein neuer Gedanke, der mir zuerst so lächerlich erscheint, dass ich laut auflachen muss. Aber dann merke ich, wie gut es sich anfühlt und dass mich dieser Gedanke nicht mehr loslässt.

Es ist ein lauer Samstagabend bei einbrechender Dämmerung. Warum gehe ich nicht einfach raus und spinne diesen Gedanken bei einem kleinen Spaziergang weiter?

Während ich gemütlich durch den Wrangelkiez Richtung Oberbaumbrücke spaziere, nehme ich den Gedanken wieder auf und beginne, über die Liebe nachzudenken. Ich erinnere mich an die schöne Zeit, als ich Mara kennenlernte und wir uns Hals über Kopf ineinander verliebten. Diese absolute Fokussierung auf den geliebten Menschen, bei der nicht eine Sekunde Platz für etwas anderes in meinem Kopf war … Für einen Moment spüre ich sogar wieder dieses Kribbeln in der Magengegend. Zumindest bilde ich es mir ein und fast fühle ich mich wie damals. All die schönen Erinnerungen an die Zeit, als noch alles in bester Ordnung war, ziehen an meinem inneren Auge vorüber: Wie Mara Sid auf die Welt brachte, wie ich plötzlich dieses winzige Bündel im Arm hielt und wir eine kleine Familie mit hoffnungsvollen Zukunftsplänen waren; wie ich nach anfänglichen Misserfolgen endlich den Durchbruch als Autor schaffte; wie Mara daraufhin in ihrem Job kürzertreten konnte und auf zwanzig Wochenstunden reduzierte, um mehr Zeit mit uns verbringen zu können. Es waren wundervolle Jahre, bis ... bis dieser Unfall alles veränderte.

Nachdem ich die Oberbaumbrücke überquert habe, lasse ich mich in dem Sog der unzähligen Touristen, die aus der U- und S-Bahnstation Warschauer Straße strömen, weiter nach Friedrichshain treiben. Bei jedem Liebespaar, das mir dabei Hand in Hand entgegenkommt, nimmt die neue Idee für meinen Roman immer mehr Gestalt an. Die Erinnerung an das Gefühl des Verliebtseins hat etwas in mir ausgelöst. Ich kann es noch nicht genau fassen, aber ich weiß, dass ich etwas Neues versuchen muss, etwas, das mit Liebe zu tun hat.

Als ich auf dem Rückweg an einem jungen Paar vorbeikomme, das innig umschlungen an einem hüfthohen Geländer lehnt und sich küsst, spüre ich endlich wieder so etwas wie Magie und Leidenschaft in mir. Mein Entschluss steht fest: Ich werde etwas Romantisches schreiben. Auch ein guter Schuss Erotik kann nicht schaden und natürlich braucht es einen Konflikt, denn spannend sollte es allemal sein. Während ich in dieser euphorischen Stimmung mit zügigen Schritten zurück nach Kreuzberg marschiere, kommt mir auch schon eine erste Idee und sofort taucht als Arbeitstitel *Love Buddy* vor meinem geistigen Auge auf. Ich beschleunige noch einmal meinen Gang, weil ich es nicht erwarten kann, endlich loszulegen.

LOVE BUDDY - KAPITEL 1

»Max, vergiss dein Pausenbrot nicht«, rufe ich meinem elfjährigen Sohn hinterher, der seine Hand bereits auf die Haustürklinke legt. Ich schnappe mir die Dose und trage sie ihm hinterher.

»Scheiße, Mam, ich bin spät dran. Ich verpass den Bus«, meckert er vor sich hin.

»Hier … und dann ab.«

Mit einem mürrischen »Danke« schnappt er sich die Dose, stopft sie in seinen Rucksack und verlässt das Haus.

»Mach trotzdem langsam, du weißt ja, die Straße«, rufe ich ihm noch hinterher. Er tut so, also ob er mich nicht gehört hätte, und marschiert, ohne sich umzudrehen, den Gehweg entlang Richtung Bushaltestelle. Ich weiß genau, dass ihm das peinlich ist. Aber das ist mir egal. Ich könnte es mir nie verzeihen, wenn er in der Eile unvorsichtig die stark befahrene Hauptstraße überqueren und ihm dabei etwas zustoßen würde. Allein der Gedanke macht mich krank, ihn nicht zu warnen, nur aus Rücksicht auf seine pubertierende Coolness.

Nora, meine siebenjährige Tochter, liegt noch oben in ihrem Bett und schlummert, da ihre Klassenlehrerin wieder erkrankt ist und erst zur dritten Stunde eine Vertretung gestellt werden kann. Mein Mann Janosch hat wie immer als erster um halb sechs das Haus verlassen. Der Bummelzug zum Stuttgarter Hauptbahnhof braucht für die Strecke mehr als eine Stunde. Mit der Fahrt von unserem Haus zum Bahnhof und dem Fußweg zu seinem Büro in der Stuttgarter Innenstadt braucht er allein für die Hinfahrt geschlagene zwei Stunden. Dasselbe natürlich auch zurück, daher ist er selten vor 19 oder 20 Uhr zuhause, manchmal auch noch später. Dafür verdient er als Bereichsleiter in einem internationalen Versicherungskonzern »ein Schweinegeld«, wie er es immer ausdrückt, und das ermöglicht uns ein recht luxuriöses

Leben. Anfangs habe ich noch mit ihm darüber diskutiert, zurück in meine Geburtsstadt Stuttgart zu ziehen, wo ich aufgewachsen bin, wo ich studiert habe und wo wir uns kennenlernten. Aber das kam für ihn nie wirklich infrage, schließlich seien wir uns einig gewesen, die Kinder in Schöndorf aufwachsen zu lassen. Außerdem rechnet er mir jedes Mal vor, dass wir in der Landeshauptstadt mindestens das Doppelte oder Dreifache für eine vergleichbare Immobile bezahlen müssten, ganz zu Schweigen von den Lebenshaltungskosten. Außerdem wohnt seine alleinstehende Mutter zwei Häuser weiter. Sie ist inzwischen 86 Jahre alt und ihr Zustand wird eher schlimmer als besser. Janosch hat mir bereits unmissverständlich klargemacht, dass er seine Mutter unter keinen Umständen in ein Pflege- oder Altersheim abschieben werde. Wie auch immer er das lösen will, ich werde dieses tyrannische, alte Weib auf keinen Fall pflegen, das habe ich ihm, wenn auch mit anderen Worten, ebenso unmissverständlich deutlich gemacht.

Max steht voll auf der Seite seines Vaters. Er ist in diesem Kaff geboren, hat alle seine Freunde hier, spielt im örtlichen Fußballverein und möchte auf gar keinen Fall woanders hinziehen. Auch unser Freundes- und Bekanntenkreis hat sich im Laufe der Jahre immer mehr auf die nähere Umgebung beschränkt.

Fast wie aufs Stichwort beobachte ich durch das Küchenfenster, wie sich meine Nachbarin Margot mit ungewöhnlich schnellen Schritten unserem Haus nähert. Ich frage mich, was sie wohl so früh hier zu suchen hat.

Margot und ich treffen uns öfters morgens spontan auf ein Käffchen, mal bei ihr, mal bei mir, aber eigentlich nie um diese frühe Uhrzeit. Ich drücke auf den Türöffner, kurz bevor sie die Haustür erreicht, damit sie mit dem Klingeln meine Kleine nicht weckt. Als sie eintritt, fallen mir sofort ihre rot geränderten, glasigen Augen auf. Gleichzeitig wütet ein wildes Funkeln in ihrem Blick. »Dieser Mistkerl, dieses verdammte Arschloch«, faucht sie.

Ich umarme sie erst einmal und sofort fängt sie an zu schluchzen, kurz darauf lässt sie ihren Gefühlen freien Lauf und heult hemmungslos wie ein kleines Kind.

»Ist gut, ist ja alles gut«, versuche ich sie zu beruhigen und streiche dabei mit meinen Händen sanft über ihren Rücken.

»Nichts ist gut, Anna, gar nichts ist gut«, sagt sie und windet sich aus meiner Umarmung. Trotzig wischt sie sich mit dem Handrücken die Tränen aus den Augen.

»Komm, wir setzen uns in die Küche und ich mach uns einen Cappuccino, dann reden wir in Ruhe«, schlage ich vor und streiche eine feuchte Haarsträhne von ihrer Wange.

»Ein Prosecco wäre mir jetzt lieber«, sagt sie, während ein entschuldigendes Lächeln über ihr Gesicht huscht. Für einen Moment möchte ich sie darauf hinweisen, dass es noch nicht einmal 7 Uhr morgens ist, lasse es aber doch lieber sein. Stattdessen ziehe ich eine Flasche Prosecco aus dem Kühlschrank und bitte sie, zwei Sektgläser aus dem Vitrinenschrank zu holen. So ist sie erst einmal beschäftigt und ich hoffe, dass sie sich wieder etwas beruhigt.

»Jetzt lass uns erst mal anstoßen«, sage ich, nachdem ich eingeschenkt habe. Wir prosten einander zu und während ich an meinem Prosecco nippe, staune ich, wie Margot ihr Glas, ohne abzusetzen, in wenigen Zügen leert. Nach einem erlösenden Stöhnen streckt sie mir das leere Glas entgegen. »Mehr«, sagt sie und obwohl der Alkohol noch gar nicht so schnell gewirkt haben kann, macht sie einen merklich entspannteren Eindruck. Margot trinkt sonst kaum etwas und auch auf die Gefahr hin, später beschuldigt zu werden, ich hätte sie abgefüllt, schenke ich ihr nach. Ich hoffe, dass sie wenigstens schon etwas gefrühstückt hat.

»Jetzt erzähl doch mal in aller Ruhe, was passiert ist,

bevor …«

»Er hat eine andere«, schießt es aus ihr heraus. »Dieses Schwein hat sich übers Internet eine Fickbekanntschaft gesucht. Ich fass es einfach nicht, Anna. Ich verstehe es nicht. Ich verstehe einfach nicht, dass er mir so etwas antun kann.« Sie schüttelt den Kopf, nimmt einen großen Schluck Prosecco und lässt das halb leere Glas auf den Tisch sinken, dreht den Stiel zwischen ihren Fingern und starrt auf die aufperlenden Luftblasen, als könnte sie in ihnen eine Antwort finden.

Ich weiß nicht, was ich sagen soll, denn es ist auch für mich ein Schock. Margot ist seit über zehn Jahren glücklich mit Werner verheiratet, jedenfalls dachte ich das bisher. Und sie wohl auch. Mit ihren beiden bildhübschen Zwillingstöchtern Marie und Lara, die ein Jahr älter sind als meine Nora, erfüllten sie bisher alle Kriterien einer glücklichen Vorzeigefamilie.

»Sind die Zwillinge in der Schule?«, frage ich, weil ich mir Sorgen mache und mir vorerst auch nichts Besseres einfällt. Margot nickt. »Ja, sie waren schon weg, als ich …« Mit einem gigantischen Seufzer saugt Margot Luft in ihre Lungen und presst sie kurz darauf wieder heraus. Erneut schüttelt sie den Kopf, hört dann abrupt damit auf, um den restlichen Prosecco in sich hineinzuschütten. Ich schätze, der Alkohol beginnt allmählich zu wirken, denn ihre Augen sind jetzt noch glasiger als zuvor. Ich sage nichts, sondern versuche ihr durch meinen Gesichtsausdruck mein Mitgefühl zu zeigen. Obwohl sie mir direkt in die Augen blickt, scheint sie durch mich hindurchzusehen. Sie wirkt apathisch, als ich aufmunternd nicke, um sie zum Weitererzählen zu veranlassen. Ich muss zugeben, dass ich es kaum noch erwarten kann, die Details zu erfahren. Nach einigen Augenblicken scheint sie wieder bei sich zu sein.

»Werner hat wie immer die Kinder vor der Arbeit zur

Schule gebracht. Ich wollte mich eigentlich noch mal kurz hinlegen, da ich wieder Migräne habe, aber dann hat plötzlich sein Handy gepiepst.« Sie legt die Hände an den Kopf und reibt sich mit schmerzverzerrtem Gesichtsausdruck die Schläfen, als ob sie mir beweisen müsste, dass ihre Kopf-schmerzen nicht vorgetäuscht sind. »Er hat noch nie sein Handy vergessen.« Sie stößt ein kurzes, höhnische Lachen aus. »Hat sich wahrscheinlich gestern Nacht seinen Verstand aus dem Hirn gefickt.«

»War er denn gar nicht zu Hause?«, frage ich, um dem Ganzen wieder eine sachlichere Ebene zu verleihen.

»Er wollte zum Sport und danach noch was trinken, erst gegen Mitternacht kam er zurück. In Wirklichkeit hat er sich mit dieser Schlampe getroffen und ...«

»Woher weißt du das?«

Margot greift nach der Flasche und schenkt sich jetzt selbst nach. »Sein Handy kann eigentlich nur über seinen Fingerabdruck entsperrt werden, aber aus irgendeinem Grund war die Sperrfunktion deaktiviert. Und da war so eine Dating-App mit einer neuen Nachricht. Ich dachte, ich spinne.« Margot leert erneut ihr Glas auf ex und fängt sofort an zu würgen. Anders als noch vor wenigen Minuten hoffe ich jetzt, dass sie doch noch nichts gefrühstückt hat. Sie schluckt ein paar Mal bedenklich, während sich einige Tränen aus ihren Augenwinkeln zwängen. Zum Glück scheint sich ihr Magen jedoch wieder zu beruhigen. Sie schüttelt sich kurz und fängt dann an zu zitieren.

»*So wurde ich noch von keinem Mann gevögelt, wie gestern Nacht. Ich muss dich wiedersehen. Ich will dich spüren. Unbedingt heute noch! Tausend Küsse.*«

Im selben Augenblick stapft Nora die Treppe herunter, während sie sich den Schlaf aus den Augen reibt. Sie hat ihren Teddy im Arm und starrt verwundert auf den Prosecco.

»Ja wer kommt denn da?«, sage ich und überlege kurz, ob

ich zur Entschuldigung erwähnen könnte, dass wir überraschend etwas zu feiern haben, weiß aber nicht, ob Margot dann nicht sofort losheulen würde. Stattdessen gehe ich ihr entgegen und hebe sie hoch. »Guten Morgen, mein Schatz«, sage ich und gebe ihr einen Kuss auf den Mund.

»Iiiihhhh, du riechst nach Alkohol«, sagt sie vorwurfsvoll. Ich überlege krampfhaft, wie ich darauf reagieren soll. Jedenfalls nicht mit dem Hinweis, dass Margot ein ernsthaftes Problem mit ihrem schwanzgesteuerten Ehemann hat, das wir hier um 7 Uhr morgens mit Alkohol erträglicher zu gestalten versuchen.

»Ich habe deine Mutter überredet, mit mir anzustoßen«, sagt Margot, um einen neutralen Gesichtsausdruck bemüht. Nora hat aber längst ihre verheulten Augen bemerkt und so wie ich meine Tochter kenne, wird sie in ihrer direkten Art auch gleich darauf zu sprechen kommen. Bevor sie die Gelegenheit dazu hat, schicke ich sie liebevoll aber bestimmt ins Bad, weil wir noch etwas unter Erwachsenen zu bereden hätten. Zu meiner Erleichterung folgt sie meiner Aufforderung, ohne zu widersprechen, stapft aber mit einem übertrieben beleidigten Gesichtsausdruck die Treppe hoch ins Bad. Eine schauspielerische Glanzleistung.

»Es tut mit leid«, seufzt Margot und steht auf, um aufzubrechen. Ich gehe mit ausgebreiteten Armen auf sie zu. Dankbar nimmt sie mein Angebot an und lässt sich in meine Arme fallen. »Ich mach dir einen Vorschlag«, sage ich. »Sobald Nora in der Schule ist, komme ich zu dir rüber. Dann reden wir in aller Ruhe und überlegen, wie es weitergeht.« Ich fasse sie an den Schultern, schaue ihr aufmunternd in die Augen und nicke dabei. »Okay?«

Sie seufzt. »Danke, Anna.«

Ich begleite Margot nach draußen und während ich zusehe, wie sie sich mit hängenden Schultern zu ihrem Haus zurückschleppt, kommt mir ein Gedanke, für den ich mich angesichts meiner Illoyalität eigentlich selbst ohrfeigen müsste.

Auch wenn wir gute Freundinnen sind, möchte ich nicht leugnen, dass ich Werner ein Stück weit verstehen kann, denn jetzt erinnere ich mich daran, dass er in der Vergangenheit immer wieder mehr oder weniger versteckte Hinweise äußerte, dass es um ihr Sexleben nicht mehr allzu gut bestellt sei. Da Margot seit einigen Monaten ständig von Migräneattacken gequält wird, kann ich mir jetzt so einiges zusammenreimen. Dass Werner sich irgendwann auf anderem Wege sexuelle Erleichterung sucht, macht ihn in meinen Augen nicht automatisch zum Arschloch. Im Grunde genommen kann ich ihn sogar sehr gut verstehen, denn in meiner Ehe ist es inzwischen ähnlich. Nur mit dem kleinen Unterschied, dass nicht ich, sondern Janosch die Lust auf Sex verloren hat. Nicht zum ersten Mal erwische ich mich bei dem Gedanken, mich selbst bei einem dieser Seitensprungportale anzumelden. Im selben Augenblick, als ich mich entschließe, es bei nächster Gelegenheit einfach mal zu versuchen, kommt mein kleiner Engel frisch gewaschen und angezogen die Treppe herunter und fragt hungrig nach dem Frühstück.

2

Beladen mit zwei Papiertüten voller Einkäufe, die ich beim Discounter mit meiner Kreditkarte bezahlt habe, schleppe ich mich am darauffolgenden frühen Vormittag die fünf Stockwerke zu unserer Mietwohnung hinauf. Sid und ich teilen uns die drei Zimmer in dem Altbau, jeder hat sein eigenes Reich. Den dritten und größten Raum mit dem wunderbaren Panoramablick über den Görlitzer Park habe ich als Arbeitszimmer beschlagnahmt. Als Gemeinschaftsraum nutzen wir die geräumige Küche, die wie Sids Zimmer zum ruhigen und begrünten Hinterhof liegt.

Bis auf das Erdgeschoss, in dem ein alkoholabhängiges Hausmeisterehepaar wohnt, gibt es in jedem Stockwerk genau zwei Wohnungen. Wir hatten viel Glück, als wir vor drei Jahren diese Mietwohnung ergattern konnten, da ich aufgrund von Zahlungsschwierigkeiten unsere finanzierte Eigentumswohnung im Prenzlauer Berg aufgeben musste. Die Vermieterin, eine alleinstehende ältere Dame aus Hannover, die das Mietshaus von ihrem zweiten Ehemann geerbt hat, hatte eine Anzeige in der Berliner Morgenpost geschaltet, auf die man sich altmodisch per Brief bewerben musste. Ich schickte ihr ein handsigniertes Exemplar meines ersten Buches als Bestechungsversuch mit, was sich im Nachhinein als entscheidendes Kriterium bei der Auswahl aus den über 300 Bewerbungen herausstellte. Ich hatte einen guten Riecher, denn die Frau ist eine leidenschaftliche Leserin und glücklicherweise war sie von der Geschichte total begeistert. Ich bete, dass sie noch lange am Leben bleibt, denn so lange wird auch kein skrupelloser Investor das Haus aufkaufen und der Gentrifizierung weiteren Vorschub leisten.

Auch heute ist es bereits am Vormittag wieder brütend heiß und als ich endlich keuchend den fünften Stock erreiche, höre ich, wie das Schloss an der Wohnungstür gegenüber geöffnet wird. Während sich die alte massive Holztür knarrend öffnet, stelle ich die Tüten ab, um meinen Schlüssel aus der Hosentasche zu kramen. Als ich mich umdrehe, lächelt mich meine Nachbarin Melanie mit strahlenden Augen an, sie hält ihren kleinen Sohn Paul im Arm. Melanie ist Anfang zwanzig. Ein zierliches Geschöpf mit kurzen blonden Haaren, einem Piercing an der linken Augenbraue und tätowierten Schriftzügen an den Oberarmen, die unter ihrem kurzärmeligen, neon-orangen T-Shirt hervorlugen. Sie stemmt eine Hand in die Hüfte, um das Gewicht des Kleinen besser halten zu können, und wischt sich mit der anderen Hand Schweißperlen von der Stirn.

»Mann, ist das heute wieder heiß«, sagt sie mit dem süßesten Lächeln, das man sich nur vorstellen kann.

»Genau das muss ich jetzt auch erledigen«, fügt sie noch hinzu und zeigt grinsend auf meine Einkaufstüten.

Plötzlich wird ihr Ausdruck etwas ernster. »Shit, ich hab noch was in der Wohnung vergessen. Kannst du mal kurz den Kleinen halten?« Bevor ich antworten kann, halte ich Paul in meinen Armen. Seit er auf der Welt ist, hat Melanie ihr Leben radikal geändert. Ich weiß das, weil wir hin und wieder ein kleines Schwätzchen halten. Im Prinzip hat sie mir schon ihr halbes Leben erzählt, deshalb ist mir auch bekannt, dass sie in einem Massagesalon gearbeitet hat, bevor sie schwanger wurde. Nur wer der Vater des kleinen Paul ist, wollte sie mir nicht verraten. Vielleicht, weil sie es selbst nicht so genau weiß, vielleicht, weil es ganz andere Gründe hat, die mich nichts angehen.

»Bin gleich zurück«, ruft sie mir zu, während sie im Flur ihrer Wohnung nach irgendetwas kramt. Paul schaut mich mit großen Augen an. Zufrieden vor sich hin glucksend, streckt er seine kleine Hand aus und fasst mir frech an die Nase. Kurz darauf bohren sich seine Finger in meine Nasenlöcher und weil das mit seinen scharfkantigen spitzen Fingernägeln richtig weh tut, strecke ich meine Arme aus und halte ihn von mir weg, sodass seine Hände ins Leere greifen. Er schaut mich eine Weile verdutzt an, woraufhin ich ihn mit einem milden Lächeln wieder etwas näher an mein Gesicht herankommen lasse, aber geschickt ausweiche, wenn er versucht, meine Nase zu fassen – wie ein Boxer vor den Schlägen seines Gegners. Mir macht das Spiel Spaß und auch Paul wird immer wilder, fängt an zu strampeln, windet sich hin und her, doch ehe ich mich versehe, schießt eine Ladung milchig breiige Flüssigkeit aus seinem Mund und spritzt mir mitten ins Gesicht.

»Scheiße!«, brülle ich. Augenblicklich kommt Melanie aus der Wohnung geschossen, nimmt mir den schreienden Kleinen ab und entschuldigt sich tausendfach.

»Kein Problem«, sage ich bemüht freundlich, obwohl mir der säuerliche Milchgeruch penetrant in die Nase steigt.

»Warte, ich hole schnell ein Tuch … oder nein, komm doch rein, ich mach das sauber.«

»Nein, nein, schon in Ordnung. Überhaupt kein Problem.« Ich mache zwei Schritte zurück und krame hektisch meinen Wohnungsschlüssel aus der Tasche.

»Es tut mir wirklich sehr leid, ich mache das wieder gut. Irgendwie mach ich das wieder gut.«

Mir ist nicht ganz klar, wie sie das genau meint, aber im Augenblick habe ich nur das Bedürfnis, mich zu waschen.

»Halb so schlimm, ehrlich, mach dir keinen Kopf«, sage ich und verabschiede mich.

In der Wohnung stelle ich die beiden Einkaufstaschen im Flur ab und gehe sofort ins Badezimmer unter die Dusche. In frischen Klamotten – und nachdem ich die Einkäufe verstaut habe – setze ich mich mit einer Tasse Kaffee an meinen Schreibtisch. Während ich mich am Rechner anmelde, muss ich erneut an das Liebespaar aus dem Görli denken. Auch wenn sie nie etwas von ihrer Inspiration auf mich erfahren werden, bin ich ihnen doch unendlich dankbar und wünsche den beiden die ewige Liebe. Ich versuche Google aufzurufen, um mit meinen Recherchen von gestern Abend fortzufahren, aber es erscheint nur die Meldung, dass die Seite nicht geladen werden könne. Ich versuche es mit einer anderen Seite, aber als auch diese nicht funktioniert, boote ich meinen Rechner neu und schalte parallel den WLAN-Router aus und ein. Vielleicht sollte ich doch mal meinen alten Kumpel Andy Kowalski anrufen, der mir das ganze technische Geraffel eingerichtet hat, damit dieses nervige Problem endlich behoben wird.

Nachdem ich gestern Abend wie im Rausch das erste Kapitel von *Love Buddy* niedergeschrieben hatte, befasste ich mich noch ausgiebig mit dem Thema Casual-Sex-Dating. Da die Betreiber der einschlägigen Onlineportale in letzter Zeit vermehrt in Zeitschriften sowie Funk und Fernsehen Werbung machen, lag es für mich nahe, den erotischen Liebesroman in diesem Umfeld anzusiedeln.

Ich klickte mich durch Hunderte von Partnervermittlungsseiten, Singlebörsen, Seitensprungportalen und erotischen Spezialseiten aller denkbaren Facetten. Schließlich blieb nur noch eine zweistellige Anzahl von seriösen Portalen übrig und als es draußen bereits wieder hell wurde, entschloss ich mich dazu, mein Augenmerk ausschließlich auf Seitensprungportale zu legen. Die Versprechen bei all diesen Portalen klangen mehr oder weniger gleich: Sie locken mit erotischen Abenteuern, Gelegenheitssex oder diskreten Affären zur Erfüllung bisher ungelebter sexueller Träume. Und das alles mit Kontaktgarantie. Ich meldete mich bei mehreren Portalen kostenlos an, schnupperte bei einigen Frauen- und auch Männerprofilen rein, musste aber schnell feststellen, dass man als Mann nur mit einer kostenpflichtigen VIP- oder Premium-Mitgliedschaft mit potenziellen Sex-Partnerinnen in Kontakt treten kann. Daraufhin beschloss ich, erst mal eine Pause einzulegen, und legte mich einige Stunden aufs Ohr.

Nach dem Reboot funktioniert das Internet wieder und ich melde mich kurzerhand bei einem der etablierten, kostenpflichtigen Seitensprungportale an. Als Zahlungsmittel gebe ich meine Kreditkartendaten ein und erhalte prompt per E-Mail eine Auftragsbestätigung mit dem Hinweis, dass es ein oder zwei Tage dauern könne, bis die Zahlung bestätigt sei. Erst danach könne ich den vollen Funktionsumfang der Premium-Mitgliedschaft nutzen.

Im selben Moment wird die Wohnungstür geöffnet und kurz darauf mit einem lauten Knall wieder zugeschlagen. Ich stehe auf, um Sid zu begrüßen, der aber, als wir uns im Flur begegnen, außer einem »Hi« nichts über die Lippen bringt und, ohne mich eines längeren Blickes zu würdigen, schnurstracks in der Küche verschwindet, wo er sich sofort am Kühlschrank zu schaffen macht. Unter die Freude, ihn nach fast drei Tagen Abwesenheit endlich wiederzusehen, mischt sich sofort eine gehörige Portion Wut. Ich folge ihm in die Küche, wo er den halben Kühlschrank ausräumt und sich wie ein Tier über die Lebensmittel hermacht.

Obwohl ich weiß, dass er sich dadurch provoziert fühlen wird, kann ich mir den Satz nicht verkneifen: »Du könntest dich wenigstens zwischendurch melden, wenn du schon tagelang einfach wegbleibst.«

Sid ignoriert mich. Ich bin mir nicht sicher, ob er mich überhaupt gehört hat, denn er wirkt abwesend. Ich könnte wetten, dass er wieder gekifft oder sich irgendwelche bunten Pillen eingeworfen hat.

Momentan muss ich bei ihm sehr vorsichtig sein, das weiß ich. Er ist mein einziges Kind. Sonst habe ich niemanden mehr und ich möchte ihn nicht auch noch verlieren. Leider bin ich gerade auf dem besten Weg, dass genau das passiert.

Wenn ich wenigstens mein Versprechen einlösen könnte.

»Wie läuft's mit dem Lernen?«, frage ich vorsichtig, nachdem ich mich zu ihm an den Tisch gesetzt habe.

Sid blickt kurz angriffslustig auf. »Geht so.«

Ich warte, ob vielleicht noch etwas kommt, aber längst hat er seine volle Aufmerksamkeit wieder schmatzend dem Essen zugewandt.

»So kann das nicht weitergehen«, sage ich und höre selbst, wie wütend meine Stimme klingt. Sid hört schlagartig auf zu kauen und starrt mich an. Eine knisternde Spannung erfüllt den von drückender Sommerhitze erfüllten Raum. »Hör zu«, versuche ich mit ruhiger Stimme die aggressive Atmosphäre abzumildern. »Wenn du so weitermachst, wirst du dein Abi nächstes Jahr wieder nicht schaffen.« Ich hasse mich selbst für diesen Spruch, aber es ist die Wahrheit. Wenn er in diesen Sommerferien nicht seine erheblichen Wissenslücken wenigstens einigermaßen schließt, hat er seine letzte Chance vertan.

»Ach, leck mich doch«, faucht er mich an.

Ich will ihm eine knallen und merke, wie mir das Blut in den Kopf schießt. »Geh sofort in dein Zimmer, sonst vergesse ich mich.« Meine Kiefer schmerzen, so sehr presse ich sie zusammen, um meine Wut zu unterdrücken.

Sid wirft mir einen überheblichen Blick zu. »Was willst du von mir? Du hast mir gar nichts mehr zu sagen.«

Ich besinne mich und spare mir jeglichen Kommentar.

Plötzlich steht Sid auf, schnappt sich noch eine Scheibe Brot und ein Stück Wurst und verlässt die Küche. Ich bin erleichtert, dass er jetzt in sein Zimmer geht und wir uns beide erst einmal beruhigen können. Ich weiß nicht, was ich getan hätte, wenn die Situation noch weiter eskaliert wäre.

»In zwei Monaten werde ich eh achtzehn«, höre ich ihn noch im Flur brüllen. »Du kannst mir gar nichts mehr, du bist doch selbst der allergrößte Loser.«

Wie betäubt nehme ich wahr, wie Sid die Wohnungstür aufreißt, sie donnernd wieder zuschlägt und die polternden Schritte meines Sohnes im Treppenhaus allmählich verhallen.

LOVE BUDDY - KAPITEL 2

Endlich sind die Kinder eingeschlafen und auch Janosch ist auf der Couch im Wohnzimmer eingenickt, nachdem er seine dritte Bierflasche geleert hat. Sein unerträgliches Schnarchen übertönt sogar den laut gestellten Fernseher, in dem in einer Sondersendung über den neuesten Terroranschlag berichtet wird.

Als Janosch heute kurz vor acht nach Hause kam, wusste er natürlich längst über die Sache mit Margot und Werner Bescheid. Die gesamte Nachbarschaft hatte den lautstarken Streit der beiden mitbekommen, als er am Nachmittag noch ein paar persönliche Dinge abholen wollte. Eine halbe Stunde später erhielt Janosch bereits eine WhatsApp-Nachricht, in der behauptet wurde, Margot hätte ihren Werner in einem hysterischen Anfall mit einem Fleischermesser angegriffen und lebensgefährlich verletzt.

Auf dem Land wurde schon immer viel getratscht, aber seit man selbst im hintersten Kaff ständig online sein kann, ist es noch viel schlimmer geworden. Ich kann es den Leuten nicht einmal verdenken, ab und an halte auch ich gerne ein Schwätzchen, nur streue ich dabei keine gezielten Falschinformationen.

Im Grunde ist die Gegend jedoch gar nicht so schlecht. Wir leben mitten im Grünen, die Luft ist einigermaßen sauber und über den direkten Autobahnanschluss gelangen wir in einer knappen Stunde nach Stuttgart oder an den Bodensee.

Trotzdem, wenn ich über die Sache mit Werner und Margot nachdenke ... Natürlich würde ich meine Familie nie aufgeben – nur so, wie es jetzt ist, kann es nicht weitergehen.

Janosch fasst mich kaum noch an. Der letzte Kuss von ihm liegt fast ein Jahr zurück. Ich weiß es so genau, weil es an meinem neununddreißigsten Geburtstag war. Wenigstens ein bisschen Zärtlichkeit kann man doch auch nach über zehn

Jahren Ehe noch erwarten, oder nicht? Eine kleine Aufmerksamkeit, eine liebevolle Berührung, ein Lächeln oder zumindest ein nettes Kompliment. Ich bin ein liebebedürftiger Mensch und brauche Berührungen. Es muss ja nicht immer gleich Sex sein und ich muss auch nicht auf Teufel komm raus unbedingt jedes Mal einen Orgasmus erleben. Aber von Janosch kommt rein gar nichts mehr. Ich bin nur noch seine Putze, die Glucke, die seine Kinder aufzieht, und seine Köchin.

Fast vier Monate ist es inzwischen her, dass wir das letzte Mal miteinander geschlafen haben. Als er kam, gab er ein kurzes Grunzen von sich, das nicht viel lauter war als normales Atmen, und Sekunden später drehte er sich mit einem »War schön … Nacht, Schatz« weg und fing augenblicklich an zu schnarchen.

Ich habe ihm einen Orgasmus vorgetäuscht, damit er sich für sein Ego nicht noch weiter abmühen muss. Auf diese Pflichtübung kann ich nämlich gut verzichten, da sind mir gar keine Berührungen sogar lieber als dieses leb- und lieblose Geficke. Es macht auch längst keinen Sinn mehr, mit Janosch über Sexualität zu reden. Oft genug habe ich es versucht, ihn sogar angefleht, gemeinsam einen Paartherapeuten aufzusuchen, aber er schüttelte jedes Mal stoisch den Kopf. Es sei doch normal, dass im Laufe der Jahre in einer Beziehung die Lust auf Sex nachlasse. Erotik und zu viel Nähe vertrügen sich eben nicht. Das sei nachgewiesen. Eine Art Inzestbarriere. Dafür gebe es sogar einen Fachbegriff, den Westermarck-Effekt.

Dazu der ganze Stress im Job. Da brauche er doch nicht gleich vor irgendeinem Psychoklempner sein komplettes Intimleben auszubreiten. Bei ihm sei schließlich alles in Ordnung, er habe einfach nicht mehr so häufig Lust wie früher. Ich könne mir doch einen Vibrator besorgen. Damit war die Sache für ihn erledigt. Punkt. Aus. Ende der Diskussion. Was er allerdings mit »komplettes Intimleben« gemeint haben könnte, bleibt mir schleierhaft, denn außer der Pflichtübung alle paar Monate ist da ja rein gar nichts mehr.

Inzwischen habe ich mich damit abgefunden, dass sich Janoschs Interesse an Sex vorwiegend auf den Austausch schlüpfriger Witze in der WhatsApp-Gruppe seiner Kegelfreunde beschränkt. Neulich hatte ich per Zufall das zweifelhafte Vergnügen, einen dieser Witze zu lesen. Es war wirklich Zufall, denn er ließ sein Handy offen auf dem Küchentisch liegen und ging auf die Toilette, als ein aufdringlicher Ton eine neue Nachricht ankündigte und der Text auftauchte. Ich hätte absichtlich wegschauen müssen, um ihn nicht zu lesen:

Drei Frauen treffen sich am Morgen, nachdem ihre Männer beim Bowlen waren und morgens um drei hackebreit heimgekehrt sind. Sagt die Eine: »Ach, meiner hat nicht mal mehr das Türschloss getroffen, da hab ich ihn im Treppenhaus pennen lassen.« Die Zweite: »Meiner hat's noch ins Bad geschafft und ist dann vor der Badewanne eingepennt.« Die Dritte: »Meiner ist noch ins Bett gekommen, hat mir zwei Finger in die Muschi und einen in den Arsch gesteckt und dann lauthals gebrüllt:

HEINZ! Gib mir 'ne andere Kugel, die hier ist nass.«

Ha ... ha ... haaaa. Ich gehe ins Wohnzimmer und mache den Fernseher aus. Janosch wird von der plötzlichen Stille geweckt und schielt mich verschlafen an.

»Geh doch ins Bett«, sage ich beiläufig und versuche, mir meine Vorfreude nicht anmerken zu lassen. Aber selbst wenn ich wie ein Flutlicht strahlen würde, würde er es vermutlich nicht bemerken. Mühsam stemmt er sich hoch, stützt sich dabei unbeholfen am Couchtisch ab und stöhnt wie ein Greis, der bald das Zeitliche segnen wird. »Nacht, Schatz«, sagt er mehr vor sich hin, als dass er mit mir spricht. Ich bin froh, als er endlich schlaftrunken die Treppe nach oben wankt und im Bad verschwindet. Wenige Minuten später höre ich, wie er die

Schlafzimmertür hinter sich schließt, und ich muss nicht lange warten, bis sein Schnarchen nach unten dröhnt. Mit einem Glas Rotwein, Laptop und leiser Lounge-Musik mache ich es mir auf der Wohnzimmercouch bequem.

Endlich. Obwohl der Tag anstrengend war, bin ich aufgewühlt und energiegeladen.

Den gesamten Vormittag war ich bei Margot im Haus und habe sie getröstet. Als es langsam Zeit wurde, Nora von der Schule abzuholen, heulte sie plötzlich wieder los. Ich rief ihre Schwester Gina an, die in der Nachbargemeinde wohnt, woraufhin sie so schnell vor der Tür stand, dass sie sämtliche Geschwindigkeitsbegrenzungen missachtet haben musste. Mir tat Margot richtig leid, als ich mich verabschiedete. Andererseits hätte sie ihren Werner ja auch nicht sofort vor die Tür setzen müssen mit dem Hinweis, sie werde die Scheidung einreichen.

Da für die Vorbereitungen zum Mittagessen keine Zeit mehr blieb, besorgte ich Döner mit Pommes, was bei den Kindern Jubelschreie auslöste. Der Nachmittag war durchgetaktet mit Hausaufgabenbetreuung, Wäsche waschen, Max zum Sport fahren, Einkaufen, Max wieder abholen, Abendessen vorbereiten und zwischenzeitlich ausgiebige Telefonseelsorge bei Gina und Margot. Als in unserem letzten Telefonat der Name des Seitensprungportals fiel, über das Werner seine »Fickbekanntschaft« kennengelernt hatte, horchte ich auf. Mein Herz schlug plötzlich schneller. *EroticAffair.*

Jetzt rufe ich die Website auf und vor einem dunkelrosa Hintergrund erscheint viel gebräunte Haut einer blonden Schönheit, die sich um den durchtrainierten Body eines Adonis' schmiegt. Die Hübsche trägt schwarze Reizwäsche und blickt lasziv über ihre Schulter. Mit ihren rot geschminkten, sinnlichen Lippen scheint sie mir die verrucht gestalteten Schriftzüge auf der Seite zurufen zu wollen:

Diskrete erotische Abenteuer und Seitensprünge mit niveauvollen Partnern

Prickelnde Erotik erleben mit Casual-Dating

100% anonym & sicher

Über 2.000.000 Mitglieder, auch in deiner Nähe

Ich spüre ein leichtes Prickeln im Unterleib und im selben Moment meldet sich mein schlechtes Gewissen. *Lass es sein, Anna, du machst damit alles kaputt. Du darfst nicht nur an dich denken. Du hast eine Verantwortung. Du musst die Familie zusammenhalten. Du bist doch kein Tier, das wehrlos seinen Trieben ausgeliefert ist. Es gibt auch andere Möglichkeiten, sich zu verwirklichen. Hilf Menschen, die in Not sind. Soziales Engagement. Das ist wirkliche Befriedigung. Echte Erfüllung.*

Für einen winzigen Augenblick bin ich kurz davor, aufzustehen und mir weiszumachen, dass ich gerade noch rechtzeitig die Kurve gekriegt und mich vor dem größten Fehler meines Lebens bewahrt habe. Aber dann denke ich, dass das Leben zu kurz ist, um sich nur für andere aufzuopfern. Carpe diem, oder nicht? Ich spüre ganz genau, wie tief in meinem Inneren Unruhe herrscht. Vielleicht ist es auch nur die Angst, etwas zu verpassen. Torschlusspanik. Ich bin fast vierzig Jahre alt. Mit Janosch wird es nicht besser werden. Irgendwann werden die Kinder groß sein und das Haus verlassen. Und dann? Wie viel Zeit soll ich noch verstreichen lassen?

Ich blicke hinüber zur Treppe – wie eine Kriminelle, die sich kurz vor der Tat noch einmal umschaut. Die Luft ist rein und meine Entscheidung ist gefallen. Ich schiebe den Mauszeiger über den Schriftzug »Anmelden«, halte noch einmal kurz inne, dann sinkt meine Hand auf das Trackpad und mit einer sanften Berührung nehme ich die erste Hürde zu einem hoffentlich prickelnden und erfüllenden Erotikabenteuer.

3

Fast im selben Moment, als mir die Idee in den Sinn kam, eine erotische Liebesgeschichte zu schreiben, war mir klar, dass diesmal – anders als bei meinen bisherigen Romanen – nicht das zügellose Berlin der Handlungsort sein kann. Es braucht einen Kontrast zu dem anstößigen Thema und ich sah meine Protagonisten sofort in dem kleinbürgerlichen Städtchen Schöndorf, wo ich als Junge oft die Ferien bei meiner Tante verbrachte. Zugleich spürte ich plötzlich das Bedürfnis, dem Ort dadurch ein Denkmal zu setzen – zum Dank für meine wunderbare Zeit bei »Tantchen«, wie ich sie immer liebevoll nannte, und die bis zu ihrem Tode dort gelebt hat.

Der Ort liegt geradezu ideal im idyllischen Neckartal, zwischen Schwarzwald und schwäbischer Alb, direkt an der Autobahn A81 zwischen Stuttgart und Bodensee. Anna kann von hier aus problemlos mit dem Wagen zu ihren anrüchigen Treffen nach Stuttgart gelangen.

Ich starte meinen Browser und prüfe, was ein Flug von Berlin nach Stuttgart und ein Mietwagen für den morgigen Tag kosten würde. Ich werde schnell fündig und strapaziere meine Kreditkarte um weitere 160 Euro für Hin- und Rückflug und 80 Euro für einen Mietwagen – Abflug morgen 8:15 Uhr, Rückflug am selben Tag um 21:05 Uhr.

Während sich ein mulmiges Gefühl in mir breitmacht angesichts der weiteren Annäherung an mein Kreditkartenlimit, versuche ich mir einzureden, dass diese Recherchereise unbedingt notwendig sei, um das Setting des Romans glaubwürdig gestalten zu können. Aber schließlich muss ich mir eingestehen, dass ich die notwendigen Eindrücke und Informationen auch übers Internet sammeln könnte – und dass es noch einen anderen Grund gibt, der mich nach Schöndorf zieht.

Mara und ich hatten Sid am Tag des Unfalls bei Freunden in

Berlin zurückgelassen und waren auf dem Weg nach Schöndorf zu Tantchens Beerdigung gewesen – sie und ihr Mann Anton hatten sich mit einer Überdosis Schlaftabletten das Leben genommen. Etwa zehn Autominuten von Schöndorf entfernt war es dann passiert.

Die Sachverständigen konnten den Unfallhergang ziemlich genau rekonstruieren: Es war später Nachmittag und wir waren mit unserem Wagen auf einer schnurgeraden Landstraße bei Tempo 90 auf die Gegenfahrbahn geraten und hatten ein entgegenkommendes Fahrzeug touchiert, das sich daraufhin überschlug und Feuer fing. Der Wagen brannte komplett aus. Fahrer und Beifahrerin, ein Ehepaar, beide Anfang dreißig, konnten nur noch als verkohlte Leichen geborgen werden. Der Sohn der jungen Eltern, dem jegliche Erinnerungen an den Unfall fehlten, saß hinten und konnte von Ersthelfern mit schwersten Verbrennungen gerettet werden, er kämpfte noch wochenlang in einer Spezialklinik um sein Leben. Letztendlich hatte er Glück und überlebte. Ich habe mich noch oft gefragt, ob er sein Überleben wirklich als Glück empfand, wie er mir einmal schrieb. Wir standen nach dem Unfall für kurze Zeit in Kontakt und ich konnte ein Stück seines Lebensweges verfolgen. Nachdem seine Adoptiveltern mit ihm nach Kanada ausgewandert waren, verebbte unser Schriftwechsel.

Niemand weiß also, warum Mara überhaupt auf die Gegenfahrbahn geriet. Es gab keine Augenzeugen. Zumindest keine, die noch leben. Aus Zeitungsberichten und dem Polizeibericht weiß ich, dass unser eigener Wagen aufgrund des Zusammenstoßes frontal gegen einen Stapel schwerer Eisenrohre geprallt war, die abseits der Straße neben einer Baustelle lagerten. Eines der Rohre schoss dabei wie ein Projektil durch die Windschutzscheibe ins Wageninnere und traf Mara mitten ins Gesicht.

Als ich nach drei Wochen aus dem Koma erwachte, war Mara bereits unter der Erde. Die ersten Wochen nach dem Unfall und auch die Beerdigung hatte Sid deshalb ohne mich durchstehen müssen. Ein Jahr später, am ersten Todestag von Mara, besuchte ich mit ihm das erste und letzte Mal die Unfallstelle. In den Jahren danach wollten wir beide nicht noch einmal an diesen Ort zurückkehren.

Dennoch verbinde ich eigentlich auch sehr gute Erinnerungen mit Schöndorf. Ich muss oft an das Haus meiner Tante zurückdenken, in dem ich als Junge über viele Jahre hinweg fast immer die kompletten Ferien verbrachte. Nachdem mein Vater früh an einem Herzinfarkt gestorben war, war meine Mutter viel mit ihrem zweiten Ehemann auf Reisen und schob ihr Einzelkind ohne schlechtes Gewissen zu ihrer Schwester nach Schöndorf ab. Mir war es recht, denn ich konnte meinen Stiefvater ohnehin nicht leiden. Ich war sehr gerne zu Besuch bei Tantchen und kann mich noch genau an die riesige Wiese hinterm Haus erinnern. Wann immer ich wollte, spielte Anton, der bereits in Rente war, mit mir Fußball, Boccia, Kricket oder Federball, während »Fritzle«, der altersschwache Rauhaardackel, so gut er eben noch konnte, schwanzwedelnd hinter uns her wackelte.

Nur ganz selten musste Anton mit Tantchen einkaufen fahren, denn viele Lebensmittel gab es frisch aus dem eigenen Garten oder aus Einmachgläsern. Eier, Milch und Käse bezogen wir von einem Bauernhof in der Nähe, wo einmal im Jahr auch ein komplettes Schwein nur für Tantchen und Anton geschlachtet wurde. Als ich mir einmal bei einem Fahrradunfall ein Bein brach, blieb ich noch bis weit in den Herbst hinein dort und durfte den frischen Apfel- und Birnensaft genießen, der später in den beiden großen Fässern im Keller zu Most heranreifte. Anton trank davon das ganze Jahr über abends immer ein oder zwei Gläser zum Vesper, während Tantchen das Bier der örtlichen Privatbrauerei bevorzugte.

Ich glaube, ich war tatsächlich so etwas wie ein Ersatzsohn für die beiden. Ihr eigener und einziger Sohn Rolf, der zu diesem

Zeitpunkt schon volljährig war und den ich nie zu Gesicht bekam, hatte ihnen wohl nicht allzu viel Freude bereitet. Ich kenne ihn nicht einmal von Fotos her, da sie alle Hinweise auf ihn im Müll entsorgten. Mit Tantchen und Anton durfte ich nicht über ihn reden. Das war die einzige Bedingung, die sie mir stellten, da waren sie absolut radikal. Für sie war ihr Sohn gestorben. Ich weiß bis heute nicht, was damals genau passiert ist. Nur einmal, ich muss acht oder neun gewesen sein, konnte ich zufällig ein Gespräch zwischen meiner Mutter und meinem Stiefvater belauschen, in dem die Rede davon war, dass Rolf noch für viele Jahre im Gefängnis bleiben müsse, wenn er überhaupt jemals wieder herauskäme. Es war die Rede von einer schweren Sexualstraftat und es fiel auch das Wort Sicherungsverwahrung. Ich konnte damals nicht allzu viel mit diesen Begriffen anfangen, aber instinktiv war mir klar, dass er wesentlich Schlimmeres angestellt haben musste, als einmal falsch geparkt oder eine Kleinigkeit in einem Laden geklaut zu haben.

Tantchen war trotzdem eine sehr lebensbejahende Frau und sie brachte mir bei, dass es immer einen Weg gibt, mit Schicksalsschlägen umzugehen. Noch heute schwirren mir hin und wieder einige der Sprüche durch den Kopf, die auf kleinen Tafeln überall im Haus verteilt an der Wand hingen. *Immer wenn du denkst, es geht nicht mehr, kommt von irgendwo ein Lichtlein her,* war einer davon, der eingerahmt an der Innenseite der Toilettentüre hing.

Ich habe mich oft gefragt, wie es dazu kommen konnte, dass die beiden sich das Leben nahmen. Es passte überhaupt nicht zu ihrer Lebenseinstellung und es wurde auch nie ein Abschiedsbrief gefunden.

Mein Handy signalisiert mir eine neue Nachricht und reißt mich damit aus meinen Erinnerungen. Ich hoffe auf eine Nachricht von Sid, aber es ist nur eine E-Mail, in der mir mitgeteilt wird, dass meine Premium-Mitgliedschaft freigeschaltet wurde. Ich mache mir Sorgen um Sid, da er sich seit gestern, als er so abrupt verschwand, nicht mehr gemeldet hat und auch auf seinem Handy nicht erreichbar ist. Seit dem Tod seiner Mutter war es nicht einfach für ihn und ich kann gut nachvollziehen, dass ihn dieses Ereignis aus der Bahn geworfen hat. Mir erging es ja nicht anders. Zum Glück saß er wenigstens nicht mit im Wagen, als es passierte.

Bei diesem Gedanken schießen die Szenen des Unfalls in mein Bewusstsein. Ich versuche sie zu verdrängen, aber es gelingt wie immer nur äußerst begrenzt. Dieses ungute Gefühl, diese dunkle Ahnung, dass es damals einen Grund für Maras verhängnisvollen Kontrollverlust gegeben haben muss, bleibt immer zurück.

Ich versuche, schnellstmöglich wieder ganz in das Manuskript abzutauchen und vergrabe mich in der fiktiven Welt von Anna Schubert. Denn zumindest da kann ich alles andere um mich herum vergessen.

4

Wie sollte es auch anders sein? Seit Jahren war ich nicht mehr in einem Flugzeug unterwegs und jetzt sitze ich am Gate und warte mich dämlich, weil mein Flieger mindestens eine Stunde Verspätung haben wird. Kein Mensch weiß warum. Immerhin habe ich längst meinen Laptop hervorgeholt und an *Love Buddy* weitergeschrieben.

Die ständigen Durchsagen und die Geräusche der anderen Fluggäste um mich herum reißen mich jedoch immer wieder aus dem Flow und lenken mich ab. Ich hole mir einen überteuerten Cappuccino und beschließe, mit meinen Recherchen fortzufahren, solange ich hier warten muss.

In den vergangenen Tagen habe ich feststellen müssen, dass es trotz meiner Premium-Mitgliedschaft alles andere als einfach ist, mit potenziellen Sexpartnerinnen in Kontakt zu kommen. Meine Anschreiben an diverse Frauenprofile, die mir interessant erschienen, verpufften bisher ohne positive Reaktion. Lediglich drei Antworten kamen bisher überhaupt zurück. »Du bist nicht mein Typ« war eine davon, »Sorry, kein Bedarf, ich bin mehr als ausgelastet« eine andere. Die dritte Antwort war zwar wesentlicher länger, aber nicht weniger ernüchternd: »Hey Kleiner, wer lesen kann, ist klar im Vorteil!!! Dann hättest du Schnarchnase nämlich gecheckt, dass ich nur auf große Männer ab 1,90 m stehe, da ich selbst 1,82 m messe und für mein Leben gerne Highheels trage. Als devot veranlagte Frau suche ich einen starken dominanten Mann, zu dem ich aufschauen kann, kapiert? Und komm mir bloß nicht damit, dass du die Größe an anderer Stelle ausgleichen kannst (haha) oder ich mich vor dir hinknien soll, damit ich zu dir aufschauen kann. Spar dir also weitere Versuche. Jede Mail von dir wird ungelesen von mir gelöscht!!! Ciao.«

Na ja, denke ich mir, unter »devot« habe ich immer etwas

anderes verstanden, aber vermutlich muss ich in diesem Bereich noch einiges dazulernen. Nachdem ich ihr Profil noch einmal genauer gelesen habe, muss ich ihr allerdings recht geben. Die Anforderungen hat sie klar und deutlich formuliert und mit meinen knappen einen Meter achtzig bin ich da natürlich chancenlos.

Irgendwas muss ich wohl falsch machen. Vielleicht liegt es auch an dem Foto, das ich den Frauen mitschicke – obwohl ich mir einbilde, ganz passabel darauf auszusehen. Da ich mehrmals in der Woche Liegestütze mache und auch nicht gedankenlos Nahrung in mich hineinstopfe, ist mein Körper einigermaßen in Form. Meine kurzen Haare sind voll und im Gegensatz zu meinem Dreitagebart sind darin auch kaum ergraute Haare zu erkennen. Auf dem Foto sieht man mich verwegen lächelnd in einem Straßencafé, es wurde vorletzten Sommer von Rosi aufgenommen, mit der ich ein kurzes Techtelmechtel hatte. Es war meine erste Beziehung nach dem Unfall und ich blühte kurzzeitig richtiggehend auf. Zwei Wochen später machte sie sich allerdings aus dem Staub, um sich als Freizeitpüppchen einem reichen Heini mit Porsche Cayenne und Ferienhaus auf Rügen an den Hals zu werfen. Es war kein großer Verlust, obwohl sie schon ziemlich heiß war. Aber von so etwas wie Liebe waren wir letztendlich doch weit entfernt und sie fand es nur solange supercool, mit einem Schriftsteller liiert zu sein, bis sie erkannte, dass ich so gut wie pleite bin.

Jedenfalls scheint das Foto keine meiner potenziellen Sexpartnerinnen bisher auch nur im Geringsten zu beeindrucken. Zudem habe ich mir die Recherche auf so einem Portal wesentlich prickelnder vorgestellt und von wirklicher Inspiration bin ich weit entfernt. Aber so schnell gebe ich nicht auf.

Ich schicke einigen Frauen in Berlin und Umgebung, deren Profile mir interessant erscheinen, eine Nachricht, dann klappe ich den Laptop zu. Mein Blick wandert zu der Anzeigetafel, wo angekündigt wird, dass das Boarding in zwanzig Minuten beginnen werde. Ich versuche mich ein wenig zu entspannen. Nach einiger Zeit wird meine Aufmerksamkeit von einer äußerst attraktiven Frau angezogen, die mir direkt gegenüber sitzt und mich anlächelt. Plötzlich wird mir bewusst, dass ich sie wohl schon seit Längerem mit einem zufriedenen Lächeln auf dem Gesicht verträumt anblicke, ohne es zu merken, und dass sie das offensichtlich als Flirtversuch aufgefasst hat.

Mein Lächeln hat aber einen ganz anderen Grund. Warum ist mir diese Idee nicht schon viel früher gekommen? Schon als ich mich dazu entschloss, die Story aus der Ich-Perspektive einer Frau zu schreiben, hätte ich eigentlich darauf kommen können. Aber egal, es ist ja noch nicht zu spät. Ich klappe meinen Laptop wieder auf, öffne im Browser eine der Datingseiten, die bei meinen vorhergehenden Recherchen in der engeren Wahl waren, und lege ein weiteres Profil an.

Als Pseudonym wähle ich *LadyJaneDD* und gebe mir unter anderem folgende Attribute: Körpergröße 172 cm, Gewicht 68 Kilo, Intimbereich rasiert, Alter 32 Jahre, Körbchengröße DD, Augenfarbe blau, Haarfarbe blond, Haarlänge lang, gepierct (finde selbst heraus wo), Familienstatus verheiratet, Vorlieben für hemmungslosen Sex, Blowjob und Analsex, auf der Suche nach einem gut bestückten Mann für eine diskrete Affäre oder einen One-Night-Stand.

LOVE BUDDY - KAPITEL 3

Ich beginne mit der Anmeldeprozedur und dem Anlegen eines Profils. Nachdem ich die Geschäfts- und Datenschutzbestimmungen akzeptiert habe, ohne sie zu lesen, werde ich aufgefordert, meinen Wohnort und mein Geburtsdatum einzugeben. Nach kurzem Überlegen tippe ich als Wohnort Stuttgart anstatt Schöndorf ein und verschiebe mein Geburtsdatum um drei Jahre nach vorne. Schon bin ich keine 39-jährige Dorfmutti mehr, sondern eine 36-jährige Großstadt-Lady, die mit beiden Beinen im Leben steht. Dann gebe ich die E-Mail-Adresse an, die ich extra für diesen Zweck neu angelegt habe. Nachdem das erledigt ist, werde ich aufgefordert, ein Pseudonym einzugeben. Ich blicke an die Decke und warte auf eine Eingebung.

Vielleicht den Namen einer Blume?

Ein wenig Inspiration wäre nicht schlecht, deshalb öffne ich ein weiteres Browserfenster, um auszuloten, ob es auch möglich ist, sich ohne Anmeldung andere Mitglieder anzeigen zu lassen. Tatsächlich erscheint eine Liste mit Profilbildern und den dazugehörigen Pseudonymen inklusive der Geschlechtsangabe in Form eines Gender-Symbols. Während ich die Beispiele überfliege, frage ich mich, was ich mit meinem eigenen Pseudonym für Assoziationen wecken möchte?

HeißeHexe04
Luder69
RubensFrau99
LadyJaneDD
Kuschelmaus2014
Amaryllis87
Angel4u
Venushuegel

TheOne&Only
HellsBells
CheckerNo1
FrivoleGaby

Mir fällt momentan einfach nichts ein. Deshalb versuche ich es spaßeshalber mit *Margot*. Bereits vergeben. *Margot02* akzeptiert das System und ich klicke auf »Weiter«, nehme mir aber vor, es zeitnah zu ändern, sobald mir etwas Besseres einfällt. Eine neue Seite baut sich auf und ich soll jetzt noch mehr Daten eingeben. Ich entscheide mich, die paar Kilos zu viel auf meinen Hüften einer normalen Figur zuzuordnen, da als nächste Stufe nur noch »mollig« zur Auswahl stünde.

<u>Über mich:</u>
Figur: Normal
Größe: 173 cm
Sexualität: Hetero
Erotiktyp: Romantisch
Familienstand: Verheiratet
Kinder: Ja
Raucher: Nein
Ausbildung: Hochschulabschluss
Haarfarbe: Blond
Haarlänge: Mittel
Augenfarbe: Grün
Körperschmuck: Nein
Tattoos: Nein
Swinger: Nein

Nachdem ich alles brav ausgefüllt habe, klicke ich erneut auf »Weiter« und das nächste Formular erscheint, von dem ich fast erschlagen werde angesichts der unzähligen, teilweise mehrfachen Auswahlmöglichkeiten. Ich genehmige mir einen

Schluck Rotwein und mache weiter.

Ich suche:
Vermittlungsart: Affäre, Flirt, Erotisches Abenteuer
Suchregion: Stuttgart
Umkreis: Bis 100 km
Alter: 35 – 45 Jahre
Aussehen: Sportlich, Elegant

Meine Vorlieben: Sinnlicher Sex / Cunnilingus / Blowjob / Sex-Spielzeug / Dessous / Ungehemmter Sex / Intimrasur / Küssen

Will ich ausprobieren: Augen verbinden / Dirty Talk / Telefonsex / Outdoor / Rollenspiele / Fußerotik / Fetisch / Bondage / Erotische Chats / Tantra / Kamasutra

Es bleiben noch einige andere Auswahlmöglichkeiten übrig, von denen ich mir – zumindest derzeit – nicht vorstellen kann, dass ich sie ausprobieren möchte. Dazu gehören Gruppensex MMF / FFM / FMFM, SM, Gangbang, Filmen, Bildertauschen, Webcam, Exhibitionismus und noch ein paar andere mehr. Bei einer weiteren sexuellen Praktik, die zur Auswahl steht, bin ich mir nicht ganz sicher, was sich dahinter verbirgt, und frage Mister Google. Ich bekomme die Antwort, dass unter »Fisting« das »Einführen mehrerer Finger, einer ganzen Hand oder mehrerer Hände in die Vagina oder den Anus« verstanden wird. Okay, mehrere Finger in meiner Vagina kann ich mir ja noch vorstellen, aber eine ganze Faust oder gar mehrere Hände in meinem Popo liegt weit außerhalb meiner sexuellen Fantasien.

Das Portal zeigt anhand eines Balkens, dass bereits 80% der Angaben vervollständigt sind und jetzt nur noch das Profilbild und ein Motto fehlen, was ich aber später noch vervollständigen kann. Da ich kein passendes Foto zur Hand habe, beende ich die Prozedur an dieser Stelle.

Eigentlich bin ich erschöpft und müde. Trotzdem schenke ich mir in der Küche ein Schlückchen Rotwein nach und gebe mir noch ein Viertelstündchen, um mich auf *EroticAffair* umzuschauen, bevor ich mich zu meinem schnarchenden Ehemann ins Bett lege.

Plötzlich durchzuckt mich ein Gedanke und für einen Augenblick stockt mir der Atem. Du musst vorsichtiger sein, ermahne ich mich und eile mit dem nachgefüllten Glas zurück ins Wohnzimmer, wo mir schon von Weitem der verruchte Schriftzug auf dem Bildschirm entgegenstrahlt. Ich möchte mir nicht vorstellen, in welche Erklärungsnot ich geraten wäre, wenn Janosch oder eines der Kinder genau in dem Moment, als ich in der Küche beschäftigt war, zufällig im Wohnzimmer mein kleines frivoles Geheimnis entdeckt hätte. Während ich mich auf die Couch zurückfallen lasse, ermahne ich mich noch einmal eindringlich, unbedingt vorsichtiger zu sein.

Obwohl ich mich erst vor wenigen Minuten angemeldet und noch nicht einmal ein Foto von mir eingestellt habe, entdecke ich sieben neue Nachrichten in meinem *EroticAffair*-Postfach. Meine Müdigkeit ist wie weggeblasen. Voller Neugierde öffne ich die erste Mail und beginne zu lesen.

5

Die Mietwagenfirma am Stuttgarter Flughafen hat mir ohne Aufpreis einen Wagen der nächst höheren Kategorie zugewiesen, weil das gebuchte Modell vergeben war. Trotzdem kommt auf der Autobahn Richtung Singen bei dem trüben Wetter keinerlei Fahrspaß bei mir auf.

Je näher ich Schöndorf komme, desto mehr überkommt mich ein beunruhigendes Gefühl. Ich kann mich immer noch nicht entscheiden, im Zuge dieser Rechercheréise die Unfallstelle noch einmal aufzusuchen. Schon bei meinem Besuch damals mit Sid hat es mich innerlich extrem aufgewühlt, das wird diesmal nicht anders sein, und ich weiß nicht, was es mir bringen könnte. Mara ist in Berlin beerdigt worden. Wann immer uns danach ist, besuchen Sid und ich dort ihr Grab. Die Unfallstelle ist für mich kein Ort, an dem ich Trauerarbeit leisten kann. Trotzdem überlege ich, ob es nicht vielleicht doch gut wäre, die Stelle noch einmal aufzusuchen. Wahrscheinlich, weil ich mir insgeheim erhoffe, dass direkt an der Unfallstelle eine klärende Erinnerung zurückkehren könnte.

Also nehme ich doch die Strecke von damals und halte an der besagten Stelle an. Ich steige nicht aus, sondern starre eine ganze Weile auf den Platz, wo die Stahlrohre lagerten. All die nagenden Fragen tauchen wieder auf. Da ist diese schnurgerade Straße, Mara auf dem Fahrersitz – warum ist sie nur von der Fahrbahn abgekommen? War sie durch irgendetwas abgelenkt? Hat sie etwas gesehen? War da vielleicht ein Tier? Oder sogar ein Mensch? Jemand, der plötzlich auf der Straße aufgetaucht ist und dem sie ausweichen musste? Jemand, der sich seitdem selbst schuldig fühlt und sich deshalb nie gemeldet hat? Oder hat es doch etwas mit mir zu tun? Habe ich vielleicht …

Zehn Minuten später finde ich auf Anhieb die in den Siebzigerjahren erschlossene und großzügig aufgeteilte Wohnsiedlung, wo Tantchens Haus liegt. Längst haben sich moderne Einfamilienhäuser unter die renovierten Bauten der damaligen Zeit gemischt. Ich parke den Wagen in einer Parallelstraße und mache mich auf zu einem Spaziergang. Diese Gegend ist wie geschaffen für meine Geschichte. Hier wohnt Anna. Hier wird sie nach ihrem ersten Date wieder zu ihrer Familie zurückkehren und in ein Gefühlschaos fallen.

Schon von Weitem kann ich unter dem wolkenverhangenen Himmel Tantchens Haus erkennen. Es ist wesentlich besser in Schuss, als ich vermutet habe. Es hat einen frischen Anstrich und auf dem neu eingedeckten Dach ist eine umfangreiche Solaranlage installiert. In der Hauseinfahrt parkt ein schwarzer SUV und als ich näher komme, fällt mir auf, dass das Grundstück inzwischen eingezäunt wurde. Es ist fast ein wenig unheimlich, denn außer mir ist um diese Mittagszeit kein Mensch unterwegs. Ich bleibe vor dem Haus stehen und nachdem ich es eine Zeit lang mit nostalgischen Gefühlen betrachtet habe, kommt wie aus dem Nichts ein älterer Herr mit einem kleinen, kränklich wirkenden Mischlingshund auf mich zu.

»Suchad se ebbes?«, fragt er mich mit einem misstrauischen Blick.

»Nein, nicht wirklich«, antworte ich. »Ich habe nur als Kind oft die Schulferien in diesem Haus verbracht.«

»Ha noi!«, sagt er und blickt mich neugierig an.

Ich erzähle ihm von einigen meiner schönen Kindheitserinnerungen, spare aber den späteren Unfall am Tag von Tantchens Beerdigung aus. In seinem urschwäbischen Dialekt erzählt der Mann, dass er und sein Weib vor rund zwanzig Jahren in das Nachbarhaus eingezogen seien und sie später engen Kontakt zu Tantchen und Anton gehabt hätten. Sie seien überrascht, wenn nicht zu sagen schockiert gewesen, als sie von den Selbstmorden erfuhren. Sie hätten es einfach nicht glauben können, weil die beiden nie den Eindruck gemacht hätten, als würden sie sich jemals umbringen können. Aber man sehe ja nicht in die Köpfe anderer Leute hinein. Dann fügt er noch hinzu, dass keine zwei Wochen nach der Beerdigung ihr Sohn Rolf in das Haus eingezogen sei.

Rolf? Wie kann das sein? Sie hatten ihn doch bestimmt enterbt, überlege ich.

Der Mann stellt sich nun als Reimund Hegeler vor und gibt mir die Hand. »Wissen Sie«, sagt er, »jeder hier in der Siedlung weiß, dass er zwei junge Frauen brutal vergewaltigt und danach erwürgt hat. Dass dieses perverse Schwein überhaupt wieder freigelassen wurde, ist eine Schande für unser Rechtssystem.«

»Wann wurde er denn entlassen?«

»Das kann ich Ihnen nicht sagen, er soll zuletzt irgendwo in Norddeutschland in Haft gewesen sein.«

Während Hegeler etwas von Todesstrafe faselt, beginne ich zu rechnen. Soweit ich mich erinnern kann, ist Rolf vierzehn Jahre älter als ich und müsste heute also neunundfünfzig sein. Die beiden Taten hat er im Alter von zwanzig begangen. Wenn er also ungefähr zum Zeitpunkt der Selbstmorde seiner Eltern aus der Sicherungsverwahrung entlassen wurde, wäre er im Alter von vierundfünfzig Jahren nach vierunddreißig Jahren Haft freigekommen.

Lautes Hundegebell reißt mich aus meinen Rechenspielen. Hinter dem hochwertigen Metallzaun taucht plötzlich ein furchterregender Schäferhund mit pechschwarzem Fell auf. Mit gefletschten Zähnen knurrt und bellt er abwechselnd, während lange Speichelfäden aus seinem weit aufgerissenen Maul spritzen. Hegeler und sein Mischling zucken zusammen und weichen instinktiv ein Stück zurück, obwohl wir mindestens zehn Meter vom Zaun entfernt stehen. Der Mischling zieht den Schwanz ein und blickt ängstlich zu seinem Herrchen hoch.

»Er kann nichts dafür«, sagt Hegeler mit Blick auf den Schäferhund, »es sind immer die Menschen, die so ein Tier zur Bestie machen.«

Er zieht an der Hundeleine und verabschiedet sich abrupt mit einem schlichten »Ade«. Ich blicke ihm verdutzt hinterher und verfolge, wie er kurz darauf mit seinem verängstigten Hund in seinem Haus verschwindet.

Als ich mich wieder umdrehe, ist der Schäferhund verschwunden. Plötzlich bewegt sich hinter einem der Fenster im Erdgeschoss der Vorhang und für einen kurzen Augenblick kann ich die Konturen einer männlichen Gestalt erkennen. Rolf? Ich überlege kurz, ob ich nicht einfach klingen sollte, entscheide mich dann aber dagegen.

Lass die alten Geister ruhen, Karl. Du recherchierst für einen erotischen Liebesroman. Das hier inspiriert dich doch nur wieder zu irgendeiner Horrorszene.

Ich drehe mich vom Haus weg und ohne noch einmal zurückzublicken, spaziere ich zurück zu meinem Mietwagen.

Es ist noch früher Nachmittag, als ich in der Stuttgarter Innenstadt ankomme und den Wagen in einem Parkhaus abstelle. Im Gegensatz zu heute Morgen habe ich auf der Rückfahrt fast eine geschlagene Stunde im Stau gestanden und suche mir erst einmal ein nettes kleines Restaurant, wo ich zu Mittag esse. Danach streife ich noch eine Weile durch den oberen Schlossgarten und die Königsstraße.

Kurz nach sechs mache ich mich auf den Weg zum Flughafen und gebe meinen Mietwagen ab. Als ich das Flughafengebäude betreten will, drehe ich mich nochmals um, weil ich mich beobachtet fühle. Ich sehe, wie ein schwarzer SUV langsam an mir vorbeischleicht und der kaum zu erkennende Fahrer durch die getönte Seitenscheibe einen Blick auf mich wirft. Ich zucke zusammen, als hinter ihm im selben Augenblick ein anderer Fahrer hupt, dem es offensichtlich nicht schnell genug vorangeht. Als ich den SUV wieder ins Visier nehmen möchte, hat der Wagen jedoch bereits beschleunigt und ist kurz darauf aus meinem Sichtfeld verschwunden.

Mist. Warum hast du dir nicht das Kennzeichen gemerkt?

Weder hier noch vor Tantchens Haus war ich so geistesgegenwärtig, sonst wüsste ich jetzt, ob sich die naheliegende Vermutung bewahrheitet, dass es sich hier um Rolf gehandelt hat. Obwohl – warum sollte Rolf mir folgen? Ich halte nochmals Ausschau, aber der Wagen taucht nicht mehr auf.

Während der Wartezeit am Gate google ich nach Rolf und werde tatsächlich in einem Artikel fündig. Ich erfahre, dass er aufgrund eines neuen Urteils des Europäischen Gerichtshofs für Menschenrechte etwa vier Monate vor dem Selbstmord seiner Eltern aus der Sicherungsverwahrung entlassen wurde, obwohl die Prognosen der psychiatrischen Gutachter nicht unbedingt günstig ausfielen. In einem weiteren Artikel finde ich zudem den Hinweis, dass Rolf über einen Anwalt auf Haftentschädigung in fünfstelliger Höhe geklagt hatte, komme aber nicht mehr dazu zu recherchieren, ob er damit Erfolg hatte, weil das Boarding beginnt.

Während des Rückflugs geht mir der seltsame Vorfall mit dem SUV nicht mehr aus dem Kopf und ich male mir alle möglichen Szenarien aus, was dahinterstecken könnte. Erst als ich in Berlin meine Wohnung betrete, ist mein Kopf wieder frei und ich freue mich darauf, an meinem Manuskript weiterzuschreiben.

6

Sid kam gestern gegen Mitternacht heim, kurz nachdem ich von meinem Tagestrip zurückgekehrt war, und entschuldigte sich halbherzig bei mir, während er sich den Bauch vollschlug. Auf meine Fragen, was er getrieben und bei wem er übernachtet habe, kamen seine Standardantworten zurück, wie: »War'n im Park chillen« oder »Kumpels, die du eh nicht kennst«. Den Notizzettel auf dem Küchentisch, mit einer Nachricht von mir, dass ich in Stuttgart unterwegs sei, konnte er somit gar nicht gelesen haben.

Kurz bevor er sich dann in sein Zimmer verkroch, bat ich ihn noch, die WhatsApp-Einstellungen auf seinem Handy so zu ändern, dass ich sehen kann, wann er zuletzt online war. Zu meiner Überraschung ist er meinem Wunsch, ohne zu murren, gefolgt, nur leider gibt sein altersschwacher Akku selbst nach einer Vollladung innerhalb weniger Stunden den Geist auf. Ich habe ihm versprochen, mich bald darum zu kümmern, aber durch meine zusätzlichen Ausgaben bin ich mit meiner Kreditkarte inzwischen fast am Limit.

Mein gestriger Besuch der Unfallstelle hat mich ziemlich aufgewühlt. Mein Albtraum, aus dem ich heute Nacht wieder hochgeschreckt bin, hat sich verändert. Diesmal kam ein schwarzer SUV darin vor, der plötzlich auf unserer Fahrbahn auftauchte und frontal auf uns zusteuerte. Kurz vor dem Zusammenprall wachte ich auf, aber ich konnte noch deutlich die teuflisch roten Augen des pechschwarzen Schäferhundes erkennen, der am Steuer saß. Es ist verrückt, einfach nur verrückt.

Sid ist vor einer halben Stunde aufgestanden. Ich glaube, er hat fast fünfzehn Stunden am Stück geschlafen, und ich musste zwischendurch einen Blick in sein Zimmer werfen, um zu sehen, ob er überhaupt noch atmet. Ich bin einfach nur froh, dass er endlich wieder zuhause ist und sich gerade ein ausgiebiges Bad gönnt.

Ich setze mich wieder an meinen Rechner, um mein Fake-Profil von *LadyJaneDD* perfekt zu machen. Von einer zufällig ausgewählten australischen Webseite kopiere ich ein Foto, das eine lasziv lächelnde schwarzhaarige Schönheit um die dreißig zeigt, die in einem gut gefüllten Bikini irgendwo an einem sonnigen Sandstrand entlang spaziert. Das Gesicht verändere ich mit einem leicht zu bedienenden Bildbearbeitungsprogramm so, dass es über die umgekehrte Bildersuchfunktion von Google nicht mehr identifiziert werden kann. Ich glaube sogar, das laszive Lächeln kommt jetzt noch besser zur Geltung, nachdem ich ihr eine dunkle Sonnenbrille aufgesetzt und die Haare blond eingefärbt habe. Aber das wäre vermutlich nicht einmal notwendig gewesen, denn auch ohne Profilbild quillt innerhalb weniger Minuten mein Postfach vor Mails von männlichen Verehrern über und ich muss mich einige Male kräftig schütteln, während ich sie lese.

Der Hunger treibt mich in die Küche. Gedankenversunken rühre ich in dem Reisgericht, das auf dem Gasherd im Wok vor sich hin köchelt und in das ich mehr oder weniger alles reingeschnipselt habe, was ich noch im Kühlschrank an Gemüse finden konnte. Die Geldsorgen schwirren wieder durch meinen Kopf und erinnern mich daran, dass ich endlich etwas unternehmen muss. Ich nehme mir vor, morgen bei Rocky vorbeizuschauen, in dessen Bar ich früher hin und wieder aushilfsweise als Kellner gejobbt habe. Ich hoffe, er hat momentan Bedarf, und falls nicht, weiß er bestimmt, wo gerade ein Barkeeper oder Kellner zur Aushilfe gesucht wird.

Gerade als ich von der Küche aus beobachte, wie Sid, nur mit einem Handtuch um seine Taille gewickelt, aus dem Badezimmer kommt, läutet es an der Wohnungstür. Er blickt kurz achselzuckend zu mir herüber, huscht dann den Flur entlang und verschwindet wortlos in seinem Zimmer. Ich drehe den Gasherd ab und gehe zur Tür. Es ist Melanie, sie schaut mich mit schmerzverzerrtem Gesicht aus zusammengekniffenen Augen an, während sie die Arme vor ihrer Brust zusammenschlägt, als ob sie frieren würde.

»Hi«, begrüßt sie mich kaum hörbar. »Sorry, dass ich störe, aber ich wollte fragen, ob du eine Kopfschmerztablette hast.«

»Gute Frage«, antworte ich, da ich es nicht weiß. Glücklicherweise bleibe ich weitgehend von Kopfschmerzen verschont.

»Warte, ich schau mal nach.« Gerade noch rechtzeitig erinnere ich mich daran, dass es unhöflich ist, sie vor der Tür warten zu lassen. »Willst du kurz reinkommen?«

Für einen Moment huscht ein erfreutes Lächeln über ihr Gesicht und sie sieht gar nicht mehr so krank aus. »Supi«, antwortet sie und kneift sofort wieder die Augen zusammen. Dann macht sie einige Schritte zurück und drückt ihre Wohnungstür sanft ins Schloss. »Der Kleine schläft«, sagt sie.

»Ich hoffe, du hast deinen Schlüssel dabei«, bemerke ich und trete zur Seite.

»Klaro«, antwortet sie, zieht mit einem gequälten Lächeln ihren Schlüsselbund aus der Tasche ihrer Jogginghose und lässt ihn kurz in der Hand baumeln, während sie die Wohnung betritt. Als ich die Wohnungstür schließe, späht Sid neugierig aus seinem Zimmer.

»Melanie hat Kopfschmerzen«, sage ich zu ihm. »Nimmst du sie bitte mit in die Küche und bietest ihr ein Glas Wasser an? Ich mach mich auf die Suche nach einer Tablette.«

Ohne mich weiter um die beiden zu kümmern, verschwinde ich im Bad, wo mir feuchtwarme Luft entgegenschlägt, weil mein lieber Sohn mal wieder nicht gelüftet hat. Ich reiße das Fenster auf und beginne damit, die Schränke zu durchwühlen. Als ich in die Küche zurückkomme, sitzen die beiden am Tisch und lachen. Es scheint so, als würde es Melanie schon wieder wesentlich besser gehen.

»Bitteschön«, sage ich und strecke ihr mit einem Zwinkern zwei Tabletten entgegen. »Falls du heute Nacht noch mal eine brauchst.«

»Supi, das ist echt nett.« Sie nimmt die Tabletten und steht auf. »Ich muss jetzt auch los, nach dem Kleinen schauen.« Mit einem Lächeln verabschiedet sie sich, kurz darauf ist sie weg.

»Über was habt ihr euch denn unterhalten?«, frage ich Sid, als wir etwas später am Tisch sitzen und uns die Reispfanne schmecken lassen.

»Keine Ahnung … Was für Musik wir hören, wo wir so hingehen. Das Übliche halt … und dass sie wieder einen neuen Untermieter hat.«

Melanie hat, genau wie ich, schwer zu kämpfen, was das Finanzielle angeht, deshalb vermietet sie das dritte Zimmer ihrer Wohnung, so oft es geht, über Airbnb. Für mich wäre das nichts, ständig wechselnde, wildfremde Menschen in der Wohnung zu haben, und ich weiß, dass es Melanie eigentlich genauso geht. Aber irgendwoher muss das Geld ja kommen und da sie derzeit nicht arbeiten kann und sich der Vater des kleinen Pauls offensichtlich längst aus dem Staub gemacht hat, bleibt ihr nicht viel anderes übrig.

»Wie sieht es mit Lernen aus?«, frage ich Sid.

»Übermorgen«, antwortet er und verzieht das Gesicht. Als ich weiter nachhaken will, steht er auf, um in sein Zimmer zu verschwinden.

»Der Tisch«, ermahne ich ihn und blicke demonstrativ auf das benutzte Geschirr.

Mürrisch räumt er die Spülmaschine ein, während ich mir einen Kaffee mache.

Eine knappe Stunde später verabschiedet Sid sich mit dem Hinweis, er sei auf einer Party eingeladen und frühestens morgen Abend wieder zurück.

7

Sid war zuletzt um 03:20 Uhr online und ich vermute, dass zu diesem Zeitpunkt sein Akku den Geist aufgegeben hat. Fast den gesamten Vormittag über studiere ich nun schon Frauenprofile und verschicke zahlreiche Anschreiben. Allmählich meldet sich der Hunger und obwohl es noch nicht einmal elf ist, spiele ich mit dem Gedanken, mir zum Mittagessen die restliche Reispfanne von gestern aufzuwärmen. Als ich gerade aufstehen will, bemerke ich, dass eine neue E-Mail in meinem Postfach eingegangen ist. Neugierig öffne ich sie. Es ist tatsächlich eine Antwort-Mail von einer *BellaElisa*, einer 49-jährigen schwarzhaarigen Unternehmerin aus Berlin, die ich vor nicht einmal einer Stunde mit einem ausgefeilten Text angeschrieben habe. Sie ist keine außergewöhnliche Schönheit, aber durchaus attraktiv, geschmackvoll gekleidet und die Proportionen dieses »Vollweibes«, als das sie sich selbst bezeichnet, sind für meinen Geschmack perfekt. Die freizügigen Fotos, die sie für mich im Zuge ihrer Antwort freigeschaltet hat, haben es in sich. Ihr Profiltext lässt eine intelligente Frau mit einem individuellen Stil vermuten, was mich neugierig machte.

Bei vielen der anderen Profiltexte wimmelt es dagegen nur so von nahezu identischen Allgemeinsätzen und ich habe längst die Vermutung, dass einige der Damen entweder voneinander abschreiben oder die Textbausteine aus einem Ratgeber oder Internetblog kopiert haben:

Ich bin eine tageslichttaugliche Frau, die mit beiden Beinen im Leben steht und genau weiß, was sie will und was nicht.

Ich bin für alles offen, außer für die Dinge, die ins Klo gehören.

Ich habe keine Körperpflegemittelallergie und erwarte das auch von meinem Gegenüber.

Ich suche einen intelligenten Mann, für den Niveau keine Hautcreme ist.

Heute Abend werde ich *Elisa* – oder wie auch immer sie in Wirklichkeit heißen mag – zurückschreiben und ich bin gespannt, ob sie sich auf ein Treffen mit mir einlassen würde. Allmählich beginnen sich meine Recherchen auszuzahlen, denn sie inspirieren mich zu konkreten Szenen und bringen mich auf neue Ideen. Ich kann es kaum erwarten, weiterzuschreiben, und das ist ein richtig gutes Zeichen.

Zunächst muss ich mich allerdings um eine Arbeit kümmern, denn noch habe ich überhaupt nichts erreicht. Also mache ich mich auf den Weg zu Rockys Bar und treffe beim Hinausgehen im Erdgeschoss auf die Hausmeisterin, die mir mit ihren verfaulten Zähnen ein falsches Grinsen zuwirft, bevor sie sich verstohlen in ihrer Wohnung verkriecht. Der penetrante Schweiß-, Alkohol- und Alles-andere-möchte-ich-lieber-gar-nicht-erst-wissen-Geruch, der aus ihrer Wohnung in den Eingangsbereich strömt, bringt mich zum Würgen und ich muss die Luft anhalten, während ich einen kurzen Blick in meinen Briefkasten werfe. Sofort erkenne ich, von wem der einzelne Brief am Boden des Blechkastens stammt. In der Hoffnung, mich vielleicht doch zu täuschen, greife ich nach dem Brief und begutachte ihn genauer, aber es gibt keinen Zweifel: Er stammt von meiner Kreditkartenfirma und da ich meine Monatsabrechnungen papierlos online abrufe, vermute ich bei diesem Schriftstück nichts Gutes.

Draußen drehe ich den Brief einige Male zwischen meinen Fingern hin und her und spiele mit dem Gedanken, ihn einfach ungelesen zu vernichten. Ab und zu geht bei der Post ja mal was verloren. Da ich jedoch noch nie ein Anhänger der Vogel-Strauß-Politik war, beschließe ich, auf einen Cappuccino im Café Morena vorbeizuschauen und den Brief dort in aller Ruhe zu öffnen und zu lesen.

Wenige Minuten später sitze ich an einem sonnigen Tisch und schlürfe cremigen Milchschaum aus der Tasse. Ich benutze den Löffelstiel als Brieföffner, ziehe das einzelne Blatt Papier heraus und entfalte es.

Ich muss den Inhalt zweimal lesen, um wirklich begreifen zu können, was da steht. Die Bank bietet mir tatsächlich von sich aus eine Limiterhöhung der Kreditlinie um weitere 2.500 Euro an, da ich ein zuverlässiger Kunde sei. Der erweiterte Spielraum für meine Visa-Karte stehe mir ab sofort für meine Wünsche zur Verfügung und ich müsse nichts weiter unternehmen, sollte ich damit einverstanden sein. Ich bin wirklich verblüfft. Es stimmt schon, dass bisher alle Teilzahlungsraten pünktlich von meinem Konto abgebucht werden konnten. Es ist ja auch sehr praktisch, online vom Kreditkartenkonto Überweisungen auf das Girokonto tätigen zu können, um damit die Miete und gleichermaßen die Kreditkartenraten begleichen zu können. Kein Wunder, dass ich mich kontinuierlich Monat für Monat an mein bisheriges Limit von 5.000 Euro herangetastet habe und dass es inzwischen nahezu ausgereizt ist. Damit tappe ich immer tiefer in die Schuldenfalle, aber – egal, das verschafft mir erst einmal Ruhe und weiteren Spielraum. Diesmal habe ich auch endlich ein wirklich gutes Gefühl bei meinem neuen Roman.

Ich schnappe mir mein Smartphone und googel nach einem Ersatzakku für Sid. Obwohl es erst früh am Nachmittag ist, beschließe ich, mir zur Feier des Tages ein Glas Weißwein zu gönnen. Entspannt lehne ich mich auf meinem Stuhl zurück und genieße mit geschlossenen Augen die Sonne auf meinem Gesicht. Hin und wieder nippe ich an dem kühlen Getränk, in dem zwei Eiswürfel schwimmen, die in der Hitze fast rasend schnell schrumpfen. Für eine Weile lasse ich meinen Blick umherstreifen und beobachte das bunte Treiben auf dem nahegelegenen Spreewaldplatz und der Wiener Straße.

Tantchens Wandspruch kommt mir in den Sinn und ein Gefühl der Geborgenheit lässt mich für einige Momente alles um mich herum vergessen: *Immer wenn du denkst, es geht nicht mehr, kommt von irgendwo ein Lichtlein her.*

Da reißt mich schrilles Geschrei aus meinem Tagtraum. Etwas weiter oben auf der Wiener Straße am Eingang zum Park scheint es heftige Streitereien zu geben, Menschen prügeln aufeinander ein. Ich begleiche die Rechnung und mache mich zu Fuß auf den Weg nach Neukölln zur Karl-Marx-Straße, wo mir für einen kurzen Moment der Puls in die Höhe schießt, als ein schwarzer SUV an mir vorbeifährt. Als ich jedoch das Kennzeichen mit Berliner Nummer registriere, schüttele ich den Kopf. *Karl, jetzt komm mal wieder auf den Teppich zurück, du siehst schon überall Gespenster.* Allmählich beginne ich den Ausflug nach Schöndorf wirklich zu bereuen. Denn eigentlich hat er nur unnötig viel Geld gekostet und an meinen Nerven gezerrt, mir ansonsten aber nicht wirklich viel Inspiration für meine Liebesgeschichte gebracht.

Bei einem Besuch im Media-Markt finde ich schnell, was ich brauche und begebe mich zügig zurück zu meiner Wohnung. Allerhöchste Zeit, an meinem Liebesroman weiterzuschreiben, damit ich endlich wieder auf andere Gedanken komme.

LOVE BUDDY - KAPITEL 4

Unglaublich, was für Spinner sich auf dieser Datingseite herumtreiben. Alle E-Mails, die ich innerhalb der ersten Minuten erhalten und eben überflogen habe, sind entweder lächerlich, obszön oder widerlich – oder alles zusammen. Bei drei der E-Mails waren Penisbilder angefügt, die von ihren stolzen Besitzern als etwas ganz Besonderes angepriesen wurden. Einer dieser kranken Gnome schickte sogar ein Foto mit, auf dem zu sehen ist, wie er in das Gesicht seiner angeblichen Freundin ejakuliert. Glauben diese Vollpfosten wirklich, dass mich das anmacht?

Die restlichen E-Mails sind reine Textnachrichten, zeugen aber nicht gerade vom hohen IQ ihrer Absender. Ich überlege kurz, ob ich auf eine der E-Mails antworten soll:

Von: **Rolfi89** | An: **Margot02**
hi du, ich bin der rolfi. ich freue mich falls du mir antworten tätest. auch wenn nur mit einem NEIN, was ihr frauen ja gerne schreiben tut.

Rolfi, NEEEIIIIN … NIEMALS IM LEBEN!!!!

Von: **wahnsinnsBoy** | An: **Margot02**
Tachchen Margot, ich hoffe, ich konnte dein Interesse wecken und du schreibst mir zurück :))
Küsschen, K. D.

K. D., gerne schreibe ich dir zurück, nachdem ich in deiner ausführlichen Mail so viel Interessantes über dich erfahren habe. Dein Pseudonym scheint Programm zu sein: WAHNSINN!

Von: **StecherNo1** | An: **Margot02**
Hi unbekannte Schönheit, Lust auf eine heiße Nummer oder auch mehr? Ich bin gut bestückt und ausdauernd und

wie du verheiratet. Brauche auch Abwechslung und suche hier schon lange eine heiße Affäre. Habe das Gefühl, wir passen gut zusammen. Bin zeitlich total flexibel. Heiße Küsse, Hans.

PS: Der Name Margot macht mich voll an. Hab schon einen Ständer ;)

StecherNo1, woher weißt du, dass ich eine Schönheit bin? Ich hab doch noch gar kein Foto von mir eingestellt. Bist du arbeitslos oder wie kommt es, dass du zeitlich total flexibel bist? Kein Wunder, dass du schon lange eine heiße Affäre suchst ... SUCH WOANDERS WEITER ... Stecher mit Ständer.

Ich schnappe mir mein Rotweinglas und trinke es leer.

Puuhhh.

Gerade als ich ins Bett gehen will, trudelt eine weitere Mail ein. An dem Büroklammersymbol erkenne ich, dass ein Dateianhang beigefügt wurde. Wenn da noch so ein Schwanzbild dranhängt, schreie ich. Aber okay, diese eine Mail noch.

Von: **LoveBuddy** | An: **Margot02**

Hallo liebe Margot,

erlaube mir bitte, dass ich ungefragt mein Interesse an dir bekunde und auf mich aufmerksam machen möchte.

Dein Profil beschreibt eine romantische und gebildete Frau im besten Alter. Schade, dass wir uns nicht im »echten« Leben zufällig an einer Hotelbar begegnen. Denn dann würde ich dich anlächeln, auf ein Glas Prosecco einladen (oder was du am liebsten trinkst) und mit dir ein wenig plaudern. Du würdest feststellen, dass ein eloquenter, künstlerisch und wirtschaftlich erfolgreicher Mann Mitte dreißig mit dir flirtet, ohne dich mit einem Monolog über seinen Job zu langweilen. Ich würde dich irgendwann fragen, ob du Lust hättest zu tanzen und du würdest

antworten »Ja, warum nicht?«. Wir würden uns näher kommen und schon bald eng umschlungen tanzen, während im Hintergrund dezent Livemusik am Konzertflügel gespielt wird.
Vielleicht würdest du hungrig werden und meine Einladung in ein ganz besonderes, schnuckeliges Restaurant in Stuttgart annehmen. Sollte dein Bauch aber Nein sagen und du das Ganze abbrechen wollen, würde ich dich selbstverständlich nicht weiter bedrängen und mich zurückziehen.
Falls es aber bei dir und mir prickeln sollte, garantiere ich dir, dass du mit mir Dinge erleben wirst, die dich vor Freude und Ekstase schreien lassen.
Angehängt findest du zwei Fotos von mir. Einmal im Profil und ein Ganzkörperbild. Falls du interessiert bist und mir antworten möchtest, füge bitte ein Foto von dir bei, damit auch ich mir ein Bild von dir machen kann.

Neugierige Grüße, Leonardo (Leon)

P. S.: Verrätst du mir noch das Fach deines Hochschulabschlusses?

Ich kann es kaum erwarten, die beiden Fotos anzuschauen, und was ich da zu sehen bekomme, haut mich um. Leonardo ist der Hammer: äußerst attraktiv, mit einem südländischen, leicht verwegenen Touch, muskulös, aber nicht aufgepumpt, mit einem markanten Gesicht, sinnlichen Lippen und einem verschmitzten Lächeln. Seine kurzen, schwarzen Haare sind an den Schläfen leicht ergraut, aber kräftig und voll. Der Kerl hat eine erotische Ausstrahlung, bei der sogar die echte Margot schwach werden würde. Bei diesem Gedanken wird mir bewusst, dass ich noch mein Pseudonym ändern wollte.

Plötzlich glaube ich, jemanden atmen zu hören, und blicke mich hektisch um in der Annahme, dass ich schon die ganze

Zeit über beobachtet wurde. *Anna, hör auf damit, in Panik zu verfallen und dich ständig schuldig zu fühlen.*

Ich lese den Text mehrmals durch, werfe auch einen Blick auf sein Profil, wo ich seine sexuellen Vorlieben studiere, und erfahre, dass er Single und einen Meter neunundachtzig groß ist. Dann betrachte ich erneut ausgiebig die beiden angehängten Bilder, zoome das Porträtfoto heran, bis ein Auge von ihm in grobkörniger Auflösung fast den gesamten Bildschirm ausfüllt. Selbst jetzt ist noch dieses erotische Funkeln darin zu erkennen.

Dass ich Leon gleich morgen Vormittag zurückschreiben werde, ist beschlossen. Selbst wenn ich ihm ein Foto von mir mitschicke, kann mir nichts passieren. Außer, er findet mich nicht attraktiv. Doch diese Möglichkeit will ich gar nicht erst in Betracht ziehen.

Und wenn es doch so wäre? Ich merke, wie dieser Mann mich schon jetzt total verunsichert. Was ist plötzlich los mit mir? Ich bin eine selbstbewusste Frau, die so leicht nichts aus der Fassung bringt.

Und wenn es ein Fake ist? Wenn sich da nur jemand über mich lustig macht? Außerdem könnte er ein Betrüger sein. Jemand, der Frauen ausnehmen will oder sogar noch Schlimmeres. Man liest ja so einiges über die Gefahren beim Onlinedating. Aber diese Augen … nein, dieser Mann strahlt all das aus, was er mir geschrieben hat. Er ist authentisch. Das verrät mir meine Menschenkenntnis. Und mein Bauch. Außerdem würde er spätestens bei einem realen Treffen auffliegen. Und eine Hotelbar ist ein sicherer Ort – öffentlich und mit der Möglichkeit zum Rückzug. Aber so weit sind wir ja noch nicht. Zumindest noch nicht.

LOVE BUDDY. Ich weiß zwar ziemlich genau, was Leons Pseudonym bedeutet, frage aber spaßeshalber trotzdem Google und die Antwort zaubert mir ein breites Lächeln aufs

Gesicht:

Friends or two people who have sex regularly, without any intense emotional feelings for each other.

Genau das, was ich suche.

8

Ich habe beschlossen, mir ein Pseudonym zuzulegen. Ein Autor, den die Leser bisher mit Horrorgeschichten in Verbindung brachten, kann nicht plötzlich einen Liebesroman veröffentlichen. Das akzeptiert der Markt nicht, höre ich meine Agentin schon mit verdrehten Augen sagen. Und da Liebesromane vorwiegend von Frauen veröffentlicht werden, muss es natürlich ein weiblicher Name sein. Allerdings möchte ich meine männliche Identität nicht vollständig verleugnen, also wähle ich als Vornamen Alexis, der beide Geschlechter bezeichnen kann. Nachdem ich fünf Minuten lang französische Nachnamen gegoogelt habe, wähle ich »Durand« aus. Französische Namen klingen eigentlich fast immer erotisch. Alexis Durand – ich bin zufrieden.

Gerade als ich mich wieder an das Manuskript machen will, klingelt es an der Wohnungstür. Ich spiele kurz mit dem Gedanken, einfach sitzen zu bleiben und mich auf meine Arbeit zu konzentrieren, stehe dann aber doch auf und werfe einen Blick durch den Türspion. Für einen winzigen Moment sehe ich die männliche Gestalt hinter dem Vorhang aus Schöndorf vor mir, erkenne aber schnell, dass es Gregor ist – ein alter Kumpel, zu dem ich schon seit einigen Monaten keinen Kontakt mehr hatte.

Ich öffne die Tür und wie immer klatschen wir zur Begrüßung ab. »Was geht?«, frage ich und er erzählt mir, dass er gerade zufällig in der Gegend gewesen sei und einfach mal wieder auf einen Sprung vorbeischauen wolle. Obwohl ich jetzt eigentlich viel lieber schreiben möchte, wimmele ich ihn nicht ab, sondern biete ihm einen Kaffee an. Wir haben einiges zusammen erlebt.

Während wir plaudern, betrachte ich Gregor etwas genauer. Er sieht nicht gut aus, hat schwarze Ränder unter den gelbstichigen Augen. Mir wird schnell klar, dass er einen bestimmten Grund dafür haben wird, dass er bei mir auftaucht, und es dauert auch nicht lange, bis er damit herausrückt.

»Karl«, sagt er mit brüchiger Stimme. »Du musst mir aushelfen. Ich bin so was von pleite. Ich hab schon alle angehauen, aber … ich bin jetzt drei Mieten im Rückstand und wenn ich diesmal wieder nicht blechen kann, sitze ich auf der Straße.«

Gregor scheint das Wasser wirklich bis zum Hals zu stehen und ich überlege, ob ich ihm nicht zumindest mit einer Miete aushelfen sollte, damit er etwas Zeit gewinnt. Als ich ihn das letzte Mal sah, war er clean, aber es ist offensichtlich, dass er wieder rückfällig geworden ist. Vermutlich würde er das Geld sofort versaufen oder für Drogen ausgeben.

»Ich lebe derzeit selbst auf Pump«, antworte ich. »Es tut mir wirklich leid, aber ich kann dir echt nicht helfen.«

Gregor schaut mich zuerst überrascht an, dann nimmt sein Kopf eine rote Farbe an. Anscheinend hat er fest damit gerechnet, dass ich ihm aushelfe.

»Hey, Alter, laber doch keinen Scheiß. Du bist Bestsellerautor. Wenn einer Kohle hat, dann du.«

Ich muss laut auflachen und merke plötzlich selbst, wie herablassend mein Lachen klingen muss. Gregors grimmiger Blick verrät mir, dass es bei ihm genau so angekommen ist. Aber plötzlich setzt er ein künstliches Grinsen auf und startet einen neuen Versuch.

»Jetzt komm schon, Alter, erzähl mir doch nichts. Mir kannst du nichts vormachen. Gib mir einen Tausi und ich bin erst mal aus dem Gröbsten raus. Außerdem hab ich noch was am Laufen. Du kriegst die Kohle bald zurück. Ehrenwort.«

Er hält eine Hand zum Schwur an die Brust und grinst mich an. Es ist ein verzweifeltes Grinsen und ich erinnere mich an die alten Zeiten, in denen *er* mir das eine oder andere Mal aushalf, als ich in der Klemme steckte. Gerade als ich in Gedanken überschlage, was von meinem Kreditkartenbudget noch übrig bleiben würde, steht er vom Küchentisch auf und brüllt los.

»Ey, Alter. Das kannst du nicht machen. Jetzt rück die verdammte Kohle raus, sonst ...«

»Was, sonst ...«, unterbreche ich ihn und stehe ebenfalls auf, wobei ich an den Tisch stoße. Kaffee schwappt aus beiden Tassen über den Tisch.

Wir blicken uns für einige Sekunden an wie zwei wilde Tiere, die kurz davor sind, aufeinander loszugehen. Dann besinne ich mich und bringe mich unter Kontrolle. Das Letzte, was ich jetzt gebrauchen kann, ist eine Prügelei. Ich will einfach nur meine Ruhe haben und mich aufs Schreiben konzentrieren.

»Gregor, ob du es glaubst oder nicht, ich bin selbst komplett blank. Ich habe seit fünf Jahren kein neues Buch mehr herausgebracht. Das kannst du im Netz nachprüfen, wenn du es nicht glaubst. Aber pass auf, ich mach dir einen Vorschlag.« Ich hole meine Brieftasche, nehme alle Geldscheine raus und lege einen nach dem anderen auf den Tisch. »Zwanzig, Vierzig, Fünfzig, Sechzig, Fünfundsechzig, Siebzig, Fünfundsiebzig ... so, mehr habe ich nicht.«

Gregor stiert mit gierigem Blick auf die Scheine. Vermutlich zieht er sich in Gedanken gerade irgendein Pulver in die Nase oder bestellt sich in einer Bar einen Drink. Er überlegt nicht mehr lange, grapscht die Kohle vom Tisch und wirft mir einen gehässigen Blick zu, bevor er sich wegdreht und den Flur entlang schlurft. Ich höre noch, wie er irgendetwas Unverständliches vor sich hin brabbelt, und als er draußen ist, donnert er die Tür ins Schloss, dass selbst in der Küche noch das Geschirr scheppert.

Ich stelle mich ans offene Fenster und atme erst einmal tief ein und aus. Zumindest ein Dankeschön hätte ich von ihm erwartet. Als ich nach unten blicke, sehe ich, wie er das Haus verlässt, auf die andere Straßenseite wechselt und plötzlich kurz zu meinem Fenster hochschaut. Sein hasserfüllter Blick durchbohrt mich und für einen Moment macht er mir fast Angst. Aber so wie ich Gregor kenne, wird er sich bald wieder beruhigen. Im Grunde kann ich seine Reaktion sogar nachvollziehen, denn ich weiß selbst, wie sehr einen Geldsorgen belasten können. Doch so leid es mir tut, mir geht es schließlich momentan nicht viel besser als ihm, auch wenn er das nicht wahrhaben will.

Nachdem ich eine Weile in die Ferne geblickt habe, geht mein Puls wieder normal und meine Gedanken kehren zu *Love Buddy* zurück. Ich setze mich an den Schreibtisch und studiere nochmals das Profil von *BellaElisa*, während ich an die devote Dame denken muss, die in ihren High Heels so gerne zu großen Männern aufschaut. Allerdings streikt auf einmal das Internet und erst nachdem ich meine inzwischen schon routinemäßige Reboot-Prozedur durchgeführt habe, funktioniert alles wieder. In *BellaElisas* Profil kann ich erfreulicherweise weder irgendwelche Sonderwünsche hinsichtlich der Körpergröße noch der Ausstattung männlicher Geschlechtsorgane entdecken. Auch ihre Antwort auf meine Nachricht lese ich erneut durch, obwohl sie nur aus drei knappen Sätzen besteht. Die haben es allerdings in sich:

Ich bin keine Frau, die ewig hin und her schreibt. Wenn mir jemand gefällt, dann komme ich zur Sache, ohne lange zu fackeln. Also, wenn du Interesse hast, sende mir deine Handynummer – ich rufe garantiert zurück.

Selbst nachdem ich die Nachricht jetzt mehrfach gelesen habe, finde ich sie immer noch beeindruckend. Die Dame legt ein Tempo vor, dass es einem angst und bange werden kann. Aber vermutlich macht sie das bei all ihren neuen Bekanntschaften so. Jedenfalls scheint sich der Aufwand für das Anschreiben gelohnt zu haben, denn es hat seine Wirkung offensichtlich nicht verfehlt. Außerdem war es eine prima Übung und Inspiration für meinen Roman.

Eigentlich wollte ich mich auf keinen Fall auf ein reales Treffen einlassen. Für meine Zwecke reicht es aus, auf den Seiten herumzustöbern und per E-Mail oder Chat Kontakte zu knüpfen. So war zumindest mein Plan. Aber warum eigentlich? Was kann mir schon passieren? Ich muss es ja nicht zum Äußersten kommen lassen. So ein verruchtes Treffen in einer Hotelbar wird meine Fantasie weiter beflügeln und der Glaubwürdigkeit meines Romans förderlich sein. Ich frage mich, warum ich diese Überlegungen überhaupt noch anstelle, denn wenn ich ehrlich zu mir bin, habe ich mich längst dazu entschlossen, zumindest ein wenig am Telefon mit ihr zu plaudern. Alles Weitere werden wir dann ja sehen.

Ich packe das Prepaid-Handy aus, welches ich zusammen mit einem Ersatzakku für Sid in Neukölln gekauft habe, und nehme es in Betrieb. Da *BellaElisa* auf das Vorgeplänkel verzichten möchte, sende ich ihr meine neue Handynummer mit den Worten: *Ruf. Mich. An.*

LOVE BUDDY - KAPITEL 5

Kaum sind alle aus dem Haus, setze ich mich an meinen Laptop und logge mich bei *EroticAffair* ein. Eine rot aufleuchtende Zahl signalisiert mir 19 neue Nachrichten. Voller Vorfreude öffne ich mein Postfach, aber selbst beim zweiten Hinsehen entdecke ich nur wieder ähnliche Vollpfosten-Mails wie gestern. Wieder nichts von *LoveBuddy.* Ohne zu zögern, lösche ich die verzweifelten Versuche dieser notgeilen Idioten.

In der vergangenen Nacht habe ich lange neben meinem schnarchenden Ehemann im Bett gelegen und in der Dunkelheit an die Decke gestarrt. Ständig gingen mir irgendwelche Fragen durch den Kopf. Wie würde Janosch reagieren, wenn er mir auf die Schliche käme? Inzwischen bin ich mir fast sicher, dass er in arge Bedrängnis käme, sollte es die Runde machen, dass seine Frau ihn mit einer Internetaffäre betrügt. Das tratschende Volk würde bald dafür sorgen, dass er *diese Fickschlampe* bedingungslos vom Hof jagen müsste. Seine Mutter wäre vermutlich die Anführerin bei dieser Hexenjagd und würde alle aufhetzen, bis er total weichgeklopft wäre. Sie wäre auch diejenige, die den Familiennamen schützen müsste angesichts der Schande, die ich über die Familie brächte. Ich sah ihr verbissenes Gesicht geradezu vor mir, wie sie pausenlos auf ihren Joschi einredet. Wie sie mich überall bei den Leuten schlecht macht. Eine Hure in der Familie! Undenkbar! Insgeheim würde sie mir den Tod auf dem Scheiterhaufen wünschen – nicht nur im übertragenen Sinne.

Irgendwann gelang es mir schließlich, dieses Szenario zu verdrängen, doch stattdessen ließ mich die Frage nicht mehr los, welches Foto von mir ich Leon mitschicken könnte. Er hatte es in seiner Mail extra erwähnt und es ist sein gutes

Recht. Ich würde mich auch auf niemanden einlassen, der sein Gesicht verhüllt. Wie soll man zu jemandem Vertrauen aufbauen, der sich vor einem versteckt? Ohne Vertrauen kann ich mir eine diskrete Affäre nicht vorstellen. Schließlich verabreden wir uns zum Sex, da werden wir noch viel mehr voneinander sehen als nur unsere Gesichter. *Alles* werden wir vom anderen sehen.

Da ich so auf keinen Fall einschlafen konnte, öffnete ich die Fotogalerie auf meinem Smartphone, das mir Janosch vor einem Jahr zum Geburtstag geschenkt hat. Im schwachen Lichtschein des Displays ging ich die Fotos der vergangenen zwölf Monate durch: Aufnahmen von Familienurlauben – Pfingsten auf Lanzarote, Sommerferien in der Toskana, Skifahren in Ischgl; massenhaft Aufnahmen von Noras Einschulung, unseren Geburtstagen und natürlich vom Weihnachtsfest. Dann noch Bilder von meiner Teilnahme an einem Yogakurs und zahlreiche Schnappschüsse von einem der seltenen Kneipenbesuche mit Freundinnen, wo wir in unsere Handykameras um die Wette strahlten.

Ich brauchte nicht lange zu überlegen, keines dieser Bilder war für meine Zwecke geeignet. Hätte ich nur eine verschwiegene Freundin, die ich in meine Pläne einweihen und als Fotografin anheuern könnte. Aber so jemanden gibt es leider nicht in meinem Leben.

Meine nächste Idee war, auf die Schnelle ein Fotostudio in der näheren Umgebung aufzusuchen, um ein professionelles Shooting zu machen. Aber das würde Fragen aufwerfen. *Was hat Anna Schubert, eine verheiratete Frau mit zwei Kindern, wohl mit diesen Fotos vor? Weiß ihr Mann überhaupt davon? Und warum hat sie es so verdammt eilig damit?* Damit würde ich den idealen Nährboden für neue Gerüchte bereiten.

Schließlich entschied ich mich für ein Selfie und versuchte wenigstens noch ein bisschen zu schlafen. Im Halbschlaf malte ich mir jedoch unweigerlich aus, wie es mit Leon wohl sein würde, und war kurz davor, Hand an mich anzulegen. Aber das Schnarchen und Grunzen, diese unendlich langen Atemaussetzer, dieses sich neben mir krachend im Bett wälzenden und im Schlaf furzenden Walrosses vertrieb selbst den zartesten Anflug erotischer Gedanken.

Also begann ich darüber nachzugrübeln, wo ich meine Fotosession abhalten könnte. Kategorisch schloss ich die Kinderzimmer und das Schlafzimmer aus. Janoschs sogenanntes Arbeitszimmer zog ich nur für einen winzigen Augenblick ernsthaft in Erwägung, obwohl es mich ungemein reizte, mich an seinem Lieblingsplatz für Leon abzulichten. Nachdem ich auch die Gästetoilette und den Heizungskeller ausgeschlossen hatte, blieb schließlich nur noch das Wohnzimmer übrig.

Jetzt stehe ich im Badezimmer vor dem Spiegel und richte meine Haare zu einer schicken Hochsteckfrisur. Außerdem schminke ich mich etwas stärker als sonst. Dafür, dass ich heute Nacht kaum geschlafen habe, sehe ich eigentlich ganz passabel aus. Im Schlafzimmer ziehe ich das luftige dunkelrote Sommerkleid mit den hauchdünnen Trägern an, das ich mir erst vor wenigen Wochen gekauft, aber noch nie getragen habe. Dann schlüpfe ich in schwarze Pumps, stelle mich vor den großen Spiegel und betrachte mich grinsend von allen Seiten. *Hübsch, liebe Anna, wirklich sehr hübsch.*

Ich kenne mich zwar ganz gut mit Fotografie aus, muss aber trotzdem unzählige Male vor der Terrassenglasfront posieren, während die Steuerungsapp meiner Handykamera immer wieder die Sekunden bis zur Selbstauslösung herunter zählt.

Millionen Fotos später sind einige ganz brauchbare Bilder dabei, aber keines davon ist perfekt. Entweder habe ich den Mund etwas zu schief, die Belichtung ist nicht optimal oder dieser dumm-doofe Fick-Mich-Blick hat sich auf mein Gesicht geschlichen. Vielleicht bin ich aber auch viel zu selbstkritisch. Oder es hat etwas damit zu tun, dass Janosch neulich diesen verletzenden Spruch losließ, als ich ihm ein grauenhaftes Foto von mir zeigte. »Du siehst doch darauf aus wie immer, Anna«, hat er zu mir gesagt.

Nach einer weiteren halben Stunde habe ich endlich das perfekte Bild im Kasten. Ich hoffe nur, dass dieses Portal wirklich seriös und sicher ist, so wie es auf der Webseite behauptet wird, denn wenn mein freizügiges Bewerbungsfoto ins offene Internet gelangen würde, wäre das sicher Grund genug für ein neues Stadtgespräch. Plötzlich tauchen wieder diese Zweifel auf, ob ich überhaupt das Recht dazu habe, ein erfüllendes Sexualleben einzufordern, und wie heute Nacht schleicht sich der völlig abstruse Gedanke ein, dass ich morgen einen Knoten in meiner Brust entdecken könnte. Zur Strafe, weil ich so selbstsüchtig bin und nur an meine eigenen Bedürfnisse denke, dabei in meinem egoistischen Wahn sogar meine Familie aufs Spiel setze.

Ich will solche Gedanken nicht denken. Deshalb habe ich mich bereits, als ich schlaflos im Bett lag, damit abgelenkt, die Antwortmail an Leon auszubrüten, die ich jetzt, ohne großartig nachdenken zu müssen, auf meinem Laptop eintippe:

Von: **Margot02** | An: **LoveBuddy**
Lieber Leon,
vielen Dank für deine nette Mail. Kompliment, du hast es geschafft, mein Interesse zu wecken. Gerne würde ich mich mit dir auf einen Drink oder auch ein Essen treffen, damit wir uns näher kennenlernen können. Alles Weitere werden wir dann sehen. Das angehängte Foto habe ich gerade eben erst exklusiv für dich aufgenommen. Ich hoffe, es weckt ebensolche Begierde in dir, wie es deine Fotos bei mir getan haben.

Erotische Grüße, Anna

P. S.: Ich habe Internationales Eventmanagement studiert mit den Schwerpunkten Spanisch, Italienisch und Französisch.

Ich hänge die neue Anna aus Stuttgart an und schicke die Mail los. Es wird Zeit, dass ich mich wieder umziehe und die Selfies von meinem Handy lösche.

Der halbe Vormittag ist bereits um, als ich mitten in den Vorbereitungen für das Mittagessen zum hundertsten Mal, wie eine Süchtige auf der Suche nach Stoff einen schnellen Blick in mein Postfach werfe. Und endlich. Mir stockt das Herz, als ich eine Nachricht von *LoveBuddy* entdecke. Mit zitternden Fingern öffne ich sie und die wenigen Worte lösen augenblicklich einen lauten Jubelschrei aus.

Ich weiß nicht, wie lange ich durchs Wohnzimmer tanze, während Leons Nachricht, der er auch gleich seine Handynummer beigefügt hat, wie ein sich ständig wiederholender Schriftzug auf einem Teleprompter an meinem geistigen Auge vorbeizieht: *»Anna, was bist du nur für ein zauberhaftes Wesen! Ich flehe dich an: Du musst mich anrufen.«*

Ich überlege, was heute Nachmittag mit den Kindern alles auf dem Plan steht, und finde eine knapp einstündige Lücke, in der beide versorgt sind. Das müsste gerade so reichen, um mir einige Ortschaften weiter ein Prepaid-Handy zu besorgen.

9

Die Sätze sprudeln nur so aus mir heraus, sodass ich kaum mit dem Tippen nachkomme, als mich das voreingestellte Standardgedudel des Pre-Paid-Handys unsanft aus meinem Gedankenfluss reißt. Es muss *BellaElisa* sein, da ich sonst niemandem meine neue Nummer gegeben habe. Ich unterdrücke meine leichte Verstimmung, räuspere mich einige Male und nehme den Anruf mit einem freundlichen »Hallo?« entgegen.

»Hat mein romantischer Poet auch einen richtigen Namen?«

Ihre Stimme hat einen erotischen Klang mit einem leicht rauchigen Touch.

»Hat es dir die Sprache verschlagen?«

»Ähm … doch, nein.« Verdammt, hätte ich mich besser vorbereitet, müsste ich jetzt nicht wie ein Schuljunge herumstammeln.

»Werner«, antworte ich spontan.

Sie lacht herzhaft auf. »Tatsächlich? Das passt so gar nicht zu dir. Fällt dir nichts Romantischeres ein?« Sie lacht immer noch. »Oder Erotischeres?«

Na ja, Karl wäre auch nicht viel besser, denke ich und beschließe, dass es Zeit wird, die Führung des Gesprächs zu übernehmen. »Ich offenbare nicht gleich jedem wildfremden Menschen, der meine sexuellen Vorlieben nachlesen kann, meine wahre Identität.«

»Schisser«, lacht sie ins Telefon. »Heute Abend, 20 Uhr?«

Wie bitte?

»Okay.«

Was machst du da, Karl?

»Perfekt, dann um acht in der Bar des Grand Hotel Berlin am Potsdamer Platz. Und versetz mich nicht. Diese einmalige Chance wird sich dir kein zweites Mal bieten, mein Süßer.«

Noch bevor ich etwas erwidern kann, hat sie aufgelegt. Ich

stehe auf und wandle wie in Trance zurück zum Fenster. Im Görli ist wie immer an warmen Sommertagen die Hölle los, aber das nehme ich nur am Rande wahr. Was ist da gerade eben passiert? Unwillkürlich schüttele ich den Kopf und versuche zu begreifen, dass ich soeben ein Date mit einer mir völlig fremden Frau ausgemacht habe und wir uns in wenigen Stunden mit der Absicht treffen werden, Sex miteinander zu haben. Zumindest habe ich da bei *BellaElisa* keinerlei Zweifel.

Ich frage mich, warum diese Frau scharf auf mich ist. Ich bin zwar nicht gerade hässlich, aber von einem Adonis etwa so weit entfernt wie Karl Dall von George Clooney. Vielleicht steht sie ja auf jüngere Männer. In meinem Profil ist mein mit neununddreißig Jahren angegebenes Alter um drei Jahre geschönt und aus ihrer Sicht bin ich somit zehn Jahre jünger als sie. Möglicherweise hat sie auch einfach nur eine Vorliebe für Künstler. Mein Pseudonym *RomanticWriter* und der Eintrag »Romanautor« als Beruf in meinem Profil dürften ihr sicherlich nicht entgangen sein. Und im Unterschied zu Leons Anschreiben in *Love Buddy* endet die Geschichte, die ich *BellaElisa* geschickt habe, nicht in der Hotelbar mit einer Einladung zum Essen, sondern erst viel später, als es im Hotelzimmer bereits voll zur Sache geht. Aber möglicherweise hat sie sich auch einfach zum Lebensziel gesetzt, Männer aller Berufsgruppen einmal durchzubumsen.

Mein Blick schweift vom Park hinunter auf die Straße, wo ein Liebespaar Hand in Hand entlang spaziert und von einer Gruppe von Dealern bedrängt wird. Ich erinnere mich an das Paar im Park, welches mich überhaupt erst auf die Idee brachte, einen Liebesroman zu schreiben. Als plötzlich ein Spaziergänger mit einem Mischlingshund auftaucht, muss ich schon wieder an den Vorfall vor Tantchens Haus denken. Jetzt reicht es. Ich muss mich irgendwie ablenken. Und so ein verruchtes Treffen in einer Hotelbar wird mich sicher auf andere Gedanken bringen.

Es sind nicht einmal mehr sechs Stunden bis zu meinem Date

und da wir uns in einem Luxushotel treffen werden, sollte ich mich trotz Künstlerbonus wenigstens so weit herrichten, dass ich einigermaßen passabel daherkomme.

Mit einem schlechten Gewissen gegenüber meinem neuen Kreditkartenlimit verlasse ich die Wohnung und mache mich auf den Weg, um das Notwendige für ein attraktives Outfit zu besorgen. Kaum habe ich die ersten Treppenstufen genommen, kommt mir zwischen dem vierten und fünften Stock ein junger Mann mit Baseballcap entgegen, der sichtlich außer Atem ist. Ich muss schmunzeln angesichts des Fitnesszustandes mancher junger Leute, die zwar coole sportliche Kleidung tragen, es aber kaum fünf Stockwerke die Treppen hoch schaffen. Als wir aneinander vorbeigehen, murmelt er ein freundliches »Hi« vor sich hin und als ob er meine Gedanken lesen könnte, nimmt er die letzten Stufen mit Schwung. Ich bleibe kurz stehen und warte ab, ob er vielleicht bei mir klingelt, aber dann höre ich, wie er bei Melanie die Tür aufschließt und in ihrer Wohnung verschwindet. Mir wird klar, dass es sich um ihren Airbnb-Untermieter handeln muss, und mache mich zügig auf den Weg hinunter.

10

Seit Minuten geistere ich am Bahnsteig Gleisdreieck auf und ab und horche auf das Herannahen der U-Bahn, um zum zwei Stationen entfernten Potsdamer Platz zu gelangen. Von dort aus sind es zwar nur noch wenige Minuten Fußweg bis zum Grand Hotel, trotzdem macht sich allmählich eine leichte Nervosität breit. Es ist kurz vor acht und ich werde mich um mindestens fünfzehn Minuten verspäten. Ich beginne allmählich an mir zu zweifeln und frage mich, wieso ich mir das überhaupt alles antue. Mit einem neuen dunkelblauen Sakko, dem teuren Duftwasser, das ich eigentlich gar nicht vorhatte zu kaufen, einer Packung Kondome und einem frischen Haarschnitt war ich erst kurz nach halb sieben völlig durchgeschwitzt wieder zuhause. Beim Duschen fiel mir dann wieder ein, dass *BellaElisa* in ihrem Profil »Intimrasur« als ein unbedingtes Must-have angegeben hatte, also rasierte ich mich noch. Streng genommen war es bis jetzt eine einzige Tortur und von Lust auf Sex bin ich momentan so weit entfernt wie eine Nonne von einer Schwangerschaft.

Aus der Ferne kündigt das Surren der Gleise das Herannahen der U-Bahn an und ich bin froh, als sich die Türen mit einem Zischen öffnen. Ich stelle mich direkt neben die Tür und als die Bahn beschleunigt, betrachte ich die anderen Fahrgäste und frage mich, wer von ihnen sich wohl über ein Datingportal mit wildfremden Menschen zum Sex verabreden würde.

Als ich am Potsdamer Platz aussteige, ist es bereits zwanzig nach acht und während ich mit schnellen Schritten zum Grand Hotel eile, bin ich aufgeregt wie ein Teenager.

Wenige Minuten später betrete ich die Hotellobby, schaue mich kurz um und finde schnell den Weg zur Bar. Es ist noch nicht allzu viel los. Die Tische sind kaum besetzt und auch an der Bar selbst sind nur wenige Hocker belegt. Jetzt fühle ich mich wieder wie ein erwachsener Mann und lasse meinen Blick souverän durch den Raum schweifen, während ich betont locker an die Bar schlendere. Die wenigen weiblichen Gäste, die ich ausmachen kann, haben nicht die geringste Ähnlichkeit mit den Fotos von *BellaElisa*. Also setze ich mich erst einmal auf einen freien Barhocker und bewundere die unzähligen Whiskyflaschen vor mir, die mich von der Regalwand auffordernd anstrahlen. Es müssen Hunderte sein. Der Barkeeper, der wie aus dem Nichts plötzlich vor mir auftaucht, scheint meine Bewunderung zu bemerken, woraufhin er erfolglos versucht, den Anflug eines stolzen Lächelns zu unterdrücken. »Guten Abend, der Herr, was darf ich Ihnen bringen?«

»Gute Frage«, antworte ich und überlege, in welcher Preisklasse sich wohl die diversen Sorten bewegen. Anmutig reicht er mir die Getränkekarte und zieht sich vornehm wieder zurück. Ich vertiefe mich in die Karte, obwohl ich vor Durst eigentlich sofort einen ganzen Eimer Wasser leersaufen könnte, und beschließe, ein großes Mineralwasser und einen Espresso zu bestellen. Ich blicke hoch, aber der Barkeeper scheint wie vom Erdboden verschluckt zu sein.

»Ich hoffe, du hast eine gute Ausrede.«

Die erotische, leicht rauchige Stimme lässt mich herumfahren und ich schaue direkt in *BellaElisas* dunkle Augen. Ihr Gesicht ist keine handbreit von meinem entfernt und ihr frischer, unbeschwerter Parfümduft steigt mir in die Nase.

»Tut mir leid«, sage ich und setze dabei ein unschuldiges Lächeln auf.

Ohne auf meine Entschuldigung zu reagieren, macht sie einen Schritt zurück und mustert mich ungeniert von oben bis unten. Ich überlege, was ich von dieser Fleischbeschau halten soll, und beschließe, es ihr gleichzutun. Mit einem süffisanten Lächeln lasse auch ich meinen Blick an ihr entlang wandern. Sie trägt schwarze High Heels und einen klassischen dunklen Hosenanzug, darunter eine weiße Bluse. Die Enden ihres knallroten

Halstuchs verhüllen einen Teil ihres überaus beeindruckenden Dekolletés, der rote Farbtupfer soll ihr vermutlich etwas Jugendlichkeit verleihen. Auch ihr für meinen Geschmack viel zu stark geschminktes Gesicht mit den knallrot bemalten Lippen soll sie wohl jünger erscheinen lassen. Allerdings schätze ich sie auf mindestens Mitte fünfzig, wenn nicht sogar älter. Sie muss ihr Alter in den Profilangaben weit nach unten justiert haben – auf jeden Fall wesentlich großzügiger, als ich das getan habe. Mir wird klar, dass die Fotos in ihrem Profilalbum schon einige Jahre alt sein müssen. Ich vermute, dass sie bereits in der Bar war, als ich hereinkam, und ich sie nur nicht gleich erkannt habe, weil ich nach einer jüngeren Frau Ausschau gehalten hatte.

»Was ich bisher sehen kann, passt soweit«, sagt sie mit einem anzüglichen Grinsen, zieht einen freien Barhocker näher und setzt sich neben mich.

»Was darf ich den Herrschaften bringen?« Wie aus dem Nichts ist der Barkeeper plötzlich wieder aufgetaucht.

»Wie immer, Charly«, antwortet *BellaElisa,* bevor ich auch nur den Hauch einer Chance habe, etwas zu sagen. Sie schürzt für einen Moment die Lippen und blickt mich mit einem verschmitzten Lächeln an. »Ich hoffe, anstatt Prosecco gibt sich der Herr auch mit Champagner zufrieden.«

Ich grinse und nicke, während ich in Gedanken den Eimer Wasser in meine ausgetrocknete Kehle schütte.

»Wie ist dein richtiger Name … W e r n e r?«

»Spielt das eine Rolle?«

»Wenn ich ein Buch von dir kaufen möchte, schon.«

Verdammt, daran hatte ich noch überhaupt keinen Gedanken verschwendet. Ich will meine wahre Identität nicht preisgeben. Wer weiß, ob sie nicht eine Stalkerin ist und penetrant wird, wenn ich sie abschütteln möchte. »Wie heißt du denn?«, versuche ich den Spieß umzudrehen.

»Amanda«, sagt sie und lacht. Der Barkeeper zieht unsere

Blicke auf sich, als er mit zwei Gläsern und einer Flasche Champagner zurückkommt, die er gekonnt serviert, während *Amanda* ihren Blick von ihm abwendet und mich unverhohlen von der Seite anstarrt.

Als er fertig ist, hebt sie ihr Glas und prostet mir zu. »Auf eine heiße Nacht«.

Ich stoße mit ihr an und lenke das Gespräch auf eine sachlichere Ebene. »In welcher Branche bist du als Unternehmerin tätig?«

»Kunstbranche. Ich leite ein Auktionshaus.«

»Interessant.«

»Ja, Gemälde, Antiquitäten, wertvolle Bücher und so was.«

»Hast du selbst auch eine kreative Ader? Ich meine, malst du, machst du Musik oder schreibst du?«

»Nein, schon lange nicht mehr. Als junges Mädchen schon.« Ein wehmütiger Ausdruck legt sich wie ein Schatten auf ihr Gesicht, was sie noch älter aussehen lässt. »Damals war ich Sängerin in einer Band und hatte nichts anderes als Musik im Kopf, aber meine Eltern bestanden darauf, dass ich etwas *Vernünftiges* studiere. Wir haben uns auf Germanistik und Kunstgeschichte geeinigt. Gott hab sie selig. Heute muss ich ihnen dankbar dafür sein. Ich denke, ich hätte es sonst nie so weit gebracht. Mein musikalisches Talent war eben limitiert.«

Eine Schattenkünstlerin, denke ich sofort. Offensichtlich wurde ihre Kreativität bereits in jungen Jahren im Keim erstickt und als Kompensation beschäftigt sie sich seitdem mit den Kunstwerken anderer Menschen. Deshalb fickt sie wohl auch einen Künstler nach dem anderen. Hatte ich also doch recht mit meiner Vermutung.

»Vielleicht solltest du wieder damit anfangen.«

Nachdenklich nippt sie an ihrem Glas und kurz darauf taucht Charly auf, um uns nachzuschenken. Mein Glas ist leer und mein Durst ungebrochen.

»Auf die Kunst«, sage ich und hebe mein Glas. Während wir erneut anstoßen, hat sie wieder die Maske der toughen Geschäftsfrau aufgesetzt.

»Auf die Kunst«, sagt sie und fährt sich mit der Zunge lasziv über ihre knallroten Lippen. »Ich habe mich stattdessen auf einem anderen Gebiet äußerst kreativ entwickelt.«

Daran habe ich nicht den geringsten Zweifel, denn sie zwinkert mir dabei mit einem Auge zu und stiert dann frech auf meinen Schoß, während ihre Hand auf meinem Oberschenkel landet.

Sie rückt noch näher an mich heran und flüstert mir ins Ohr: »Ich habe hier eine Suite reserviert. Wir können jederzeit hoch.«

Ich schnappe mir mein Glas, leere es in einem Zug und blicke Hilfe suchend zu Charly hinüber, der mich schon längere Zeit mitfühlend zu beobachten scheint und sich jetzt ertappt fühlt. Augenblicklich kommt er her, um mir nachzuschenken.

»Ich nehme noch einen Johnnie Walker … Black Label.« Meine Stimme klingt seltsam fremd in meinen Ohren. »Einen doppelten«, füge ich noch hinzu. Amanda schaut mich verwundert an und ich frage sie, ob sie auch einen möchte. »Ich nippe mal an deinem«, antwortet sie und fährt sich erneut mit der Zunge über die Lippen.

Warum stehe ich eigentlich nicht auf und verschwinde? Ich muss völlig bescheuert sein. Das alles hier kostet ein Heidengeld.

»Bitte schön, der Herr.« Charly stellt den Johnnie vor mich auf den Tresen. Er meint es wirklich gut mit mir. Das ist mindestens ein dreifacher, wenn nicht sogar ein vierfacher. Ich proste Amanda zu, ohne auf eine Reaktion von ihr zu warten, und leere mit einem großen Schluck fast das gesamte Glas. Die restliche Pfütze kann sie von mir aus »wegnippen«.

Sie rückt jetzt noch näher an mich heran und ihre Hand wandert an der Innenseite meines Schenkels zielstrebig zu meinem Schoß hinauf. »Aber nicht, dass unser Freundchen hier nachher schlappmacht«, haucht sie mir ins Ohr und greift mir in den Schritt.

Ich fasse es nicht, aber ich spüre, wie sich bei mir etwas regt. Ich muss zugeben, dass zumindest ihre Stimme eine erotische Ausstrahlung hat und auch ihr Dekolleté einiges verspricht. Ihr heißer Atem kitzelt in meinem Ohr und als ich für einen Augenblick ihre Zunge darin spüre, zucke ich zusammen. Sie weicht jedoch keinen Zentimeter von meiner Seite und flüstert weiter: »Ich will dich. Ich will dich, du Poet. Jetzt. *Sofort.* Lass uns ficken ... lass uns einfach nur ficken ... ficken, ficken, ficken.«

Ich weiß nicht, ob es am Alkohol liegt, oder daran, dass ich diese Frau für ihre Bettelei bemitleide, aber die ganze Szene macht mich irgendwie an. Vielleicht liegt es auch einfach nur daran, dass sie mich anscheinend so begehrenswert findet, dass sie an nichts anderes mehr denken kann, als mit mir nach oben in die Suite zu gehen. Ich drehe meinen Kopf zu ihr, mein Blick vergräbt sich in ihrem Dekolleté und ich amüsiere mich bei dem Gedanken, mit der Nase voraus zwischen ihren prallen Brüsten zu verschwinden, die ganz offensichtlich mit reichlich Silikon aufgepeppt wurden. Sie bleibt hartnäckig an meinem Ohr kleben und ich spüre ihren nun deutlich beschleunigten Atem. »Oben brauchst du auch nicht diesen billigen Fusel zu trinken.« Ihr Griff in meinem Schoß wird plötzlicher fester. Ich kann es nicht glauben, aber es fühlt sich gut an. »Und ick hab ooch noch wat Besseres dabei«, berlinert sie jetzt.

Was auch immer »wat Besseres« bedeuten mag, diese Frau ist mir nicht ganz geheuer. Aber warum soll ich mir nicht mal wieder ein wenig Spaß gönnen? Was soll schon passieren? Schließlich war ich lange genug enthaltsam – sowohl was Alkohol als auch was Sex betrifft. Und eigentlich ist sie ganz gut in Schuss. Plötzlich steht sie auf, zieht ihren Hosenanzug zurecht und nimmt mich an der Hand.

»Moment, der restliche Champagner«, sage ich und schenke mir mit der freien Hand selbst nach, wobei ich einen Teil davon auf den Tresen verschütte. Ich blicke kurz hoch, aber mein Freund Charly ist schon wieder wie vom Erdboden verschluckt. Ein Magier. Während ich mein Glas leere und dabei über den Rand schielend Amanda beobachte, schaut sie mich seltsam verträumt an. Dieser Blick ist so extrem, dass in mir unweigerlich die Vermutung auftaucht, sie könnte ganz gewaltig einen an der Klatsche haben. Mantraartig plappert sie das Wort »Künstler« vor sich hin und nickt dabei mit einem übertrieben verständnisvollen Ausdruck, dass man denken könnte, Gott persönlich erlöse gerade eines seiner Schäfchen von einer begangenen Todsünde.

Plötzlich verändert sich ihr Blick. Er wird gierig. Fordernd. Bestimmend. »Jetzt komm«, befiehlt sie und zieht mich vom Tresen weg. Mir wird schwindelig und erst jetzt wird mir bewusst, dass ich seit dem Frühstück nichts mehr gegessen habe.

»Eigentlich wollte ich mich noch von Charly verabschieden«, sage ich mit schwerer Stimme, während sie mich Richtung Aufzug zerrt, wo bereits einige Gäste warten. *Karl, sei vorsichtig. Du lallst schon. Das war noch nie ein gutes Zeichen.*

»Charly bekommt ein großzügiges Trinkgeld«, sagt Amanda und fasst mir dabei mit der einen Hand an den Oberarm und mit der anderen kurz und knackig in den Schritt.

Scheiß drauf. Plötzlich hat mein alkoholisiertes Hirn eine Entscheidung getroffen und ich versuche nicht einmal mehr, mich dagegen zu wehren.

Das Leben ist so kurz. Lass uns ficken, *BellaElisa.*

11

Als ich aufwache, muss ich mich zuerst eine Weile orientieren, um auszumachen, wo ich mich überhaupt befinde. Wenigstens liege ich in meinem eigenen Bett, stelle ich erleichtert fest. Mein Kopf schmerzt zum Zerplatzen und auch an meiner Schulter und an den Rippen spüre ich einen stechenden Schmerz. Krampfhaft versuche ich mich an den gestrigen Abend zu erinnern.

Ich sehe eine hysterische, wutentbrannte Amanda vor mir, die in der Hotelsuite mit einen Gummidildo nach mir wirft. Danach stürmt der Concierge herein und befördert mich äußerst rabiat über den Hinterausgang aus dem Hotel. Ich bin mir nicht sicher, wie ich danach nach Hause komme, glaube mich aber dunkel daran erinnern zu können, in einem Taxi gesessen zu haben. Danach ist nichts mehr und ich versuche erst gar nicht, mich an das zu erinnern, was später noch passiert sein könnte. Mein Therapeut hatte mir einmal erklärt, dass es bei einem Filmriss vollkommen sinnlos sei, sich erinnern zu wollen, weil ab einer bestimmten Alkoholkonzentration im Blut die Biochemie im Hirn so verändert werde, dass keine neuen Informationen mehr im Langzeitgedächtnis abgespeichert werden könnten. Ich kann also so viel nachdenken, wie ich möchte – wo nichts abgespeichert ist, lässt sich auch nichts erinnern. Wenn man zu lange grübele, fügte er noch hinzu, könne es sogar passieren, dass man irgendwann glaube, sich an Geschehnisse zu erinnern, die man sich in Wahrheit nur einbilde.

Also hangele ich mich zurück zu dem Zeitpunkt, an dem ich mit Amanda im Aufzug nach oben fahre und wir uns, ungeachtet der anderen Fahrgäste, hemmungslos abknutschen. Ich sehe, wie ich halb schwankend Arm in Arm mit ihr die Hotelsuite betrete. Kaum ist die Tür zu, will Amanda gleich zur Sache kommen, aber auf einem der Tische in dem riesigen Appartement entdecke ich eine Flasche Champagner, über die wir uns auf mein Drängen hin zuerst hermachen. Kurz darauf entdecke ich noch eine Flasche dreißig Jahre alten Scotch, den sie bereits unten an der Bar extra für mich bestellt hat und von dem ich einiges in mich hineinschütte. Danach geht es wirklich zur Sache und wir rammeln wie die Karnickel. Amanda scheint es Spaß zu machen, denn immer wieder spornt sie mich an: »Härter … ja, ja, ja … schneller, weiter so … ja, los, los … härter … fick mich … ja, ja, ja …« Wir wechseln immer wieder die Stellung und es dauert eine Ewigkeit, bis ich endlich komme, da mein Alkoholpegel bereits so hoch ist, dass ich kaum noch etwas spüre. Die ganze Sauferei hat mich ziemlich platt gemacht, und nach der Rammelei bin ich todmüde und will einfach nur noch pennen. Stattdessen zieht sie mich hinüber zur Couch, wo ich es mir splitternackt gemütlich machen soll. Wie von Geisterhand zaubert sie einen Alu-Koffer hervor, den sie mit einem schlüpfrigen Augenzwinkern öffnet, und führt mir voller Stolz ihre Sammlung an Sex-Spielzeugen vor, als wären wir bei einem Tupper-Nachmittag. Für sie hat der Abend gerade erst begonnen und meinem benebelten Hirn dämmert langsam, dass sie jetzt ein ausgiebiges Lustprogramm von mir erwartet. Zuerst wolle sie mit der Zunge verwöhnt werden, erklärt sie entschieden, woraufhin mir ein Artikel einfällt, den ich erst vor wenigen Tagen in der Berliner Tageszeitung gelesen habe. Man habe eine starke Zunahme an Syphilisfällen in Deutschland zu beklagen, stand da – besonders häufig in der ungezügelten Hauptstadt Berlin. Während Amanda schmatzend einen ihrer Glasdildos ableckt, döse ich ein und als sie mich das erste Mal weckt, ist sie zwar schon ziemlich sauer auf mich, hat aber die Hoffnung noch nicht aufgegeben. Sie bietet mir eine Linie Koks an, was ich jedoch dankend ablehne. Also zieht sie sich die Linie selbst rein und breitet weitere Sex-Utensilien auf dem Tisch aus. Als ich das zweite Mal von ihr geweckt werde, schubst sie mich von der Couch und ich knalle mit dem Gesicht auf den harten Parkettfußboden. Sie schreit wie eine Verrückte und tritt ein paar Mal mit den Füssen auf mich ein. Schließlich kann ich mich aufrappeln, doch sofort beginnt sie damit, mich auch noch mit den Fäusten zu traktieren. Irgendwie schaffe ich es schließlich, etwas Abstand von ihr zu gewinnen und meine verstreuten Klamotten einzusammeln. Doch nachdem ich mich unter ihren wüsten Beschimpfungen angezogen habe, fängt sie plötzlich damit an, mich mit ihren Dildos zu bewerfen. Als der große schwarze Hartgummidildo gegen meine Schläfe knallt, spüre ich sofort warmes Blut über mein Gesicht rinnen, schwanke für einen Moment und fluche über mich selbst, weil ich mich auf dieses kranke Stück eingelassen habe. In diesem Moment stürmt der Concierge in die Suite und mir wird fast der Arm aus dem Schultergelenk gerissen.

Ich wälze mich aus dem Bett und wanke ins Bad, wo ich mir zwei der Schmerztabletten einwerfe, mit denen ich vor wenigen Tagen Melanie ausgeholfen habe. Im Nachhinein muss ich dem rabiaten Concierge eigentlich dankbar dafür sein, dass er mich vor dieser Irren gerettet hat. Und vor allem vor mir selbst. Denn wer weiß, zu was ich in meinem Vollsuff fähig gewesen wäre, wenn sie mich noch weiter traktiert hätte. Mein Autorenhirn fängt sofort damit an, sich Notwehrmaßnahmen auszumalen. Als Amanda bereits mit aufgeschlitzter Kehle ein rot gefärbtes Bad in der Wanne nimmt, erinnere ich mich daran, dass ich derzeit an einem Liebesroman schreibe und es mit meiner realitätsnahen Recherche wohl etwas übertrieben habe. Ich kann immer noch nicht fassen, dass ich mich überhaupt auf dieses irrsinnige Abenteuer eingelassen habe. Auf alle Fälle ist mein Bedarf an Sex-Dates erst einmal gedeckt und ab sofort werde ich meine diesbezüglichen Recherchen ausschließlich auf die virtuelle Welt beschränken.

Allmählich beginnen die Schmerztabletten zu wirken und ich bin froh, mit ein paar Blessuren davongekommen zu sein. Wie gut, dass ich so vorsichtig war und ihr meine wahre Identität bis zum Schluss verheimlicht habe – denn diesem kranken Miststück würde ich alles zutrauen.

LOVE BUDDY - KAPITEL 6

Im Unterschied zur vorherigen Nacht konnte ich diesmal zumindest einige Stunden am Stück schlafen. Auch wenn es von einem erholsamen Schönheitsschlaf weit entfernt war, fühle ich mich am heutigen Freitagmorgen doch einigermaßen ausgeruht, nachdem die ganze Bande das Haus verlassen hat.

Gestern hatte ich es gerade noch rechtzeitig geschafft, Nora vom Turnen abzuholen, da sich der Kauf des Prepaid-Handys in die Länge zog. Selbst als alle schliefen, wagte ich es nicht, das Ding in Betrieb zu nehmen. Es wird immer mal jemand wach und hat plötzlich Hunger oder Durst, gerade Max schleicht sich in letzter Zeit öfters mitten in der Nacht barfuß die Treppe runter und holt sich etwas aus dem Kühlschrank.

Aber jetzt ist die Luft endlich rein. Mit einem Kräutertee mache ich es mir auf der Wohnzimmercouch gemütlich und speichere als erstes Leons Handynummer. Als mein Zeigefinger bereits über dem grünen Wählsymbol schwebt, werde ich plötzlich unschlüssig. Eine leichte Berührung und die Verbindung würde aufgebaut.

Warum machst du es dann nicht einfach? Seit Stunden fieberst du doch darauf hin?

Ich weiß nicht, was mich davon abhält. Vielleicht ist es wieder mein schlechtes Gewissen, das mich daran erinnert, dass ich auf dem besten Weg bin, meine Ehe zu ruinieren. Zwei Kinderseelen mehr, die am Egoismus eines Elternteiles zerbrechen, das meint, sich sexuell verwirklichen zu müssen. Natürlich weiß ich, dass Kinder heutzutage in allen möglichen Beziehungsvarianten gesund aufwachsen können. Aber nicht in diesem Kaff. Es würde hier keine Zukunft mehr für mich geben. Alles würde auseinanderfallen. Alles würde zerbrechen.

Mein Finger schwebt minutenlang über dem Display und ich spüre, wie er zu verkrampfen beginnt. Ist es das wirklich wert? So schlecht ist mein Leben doch gar nicht. Wir haben ein geräumiges, luxuriöses Haus. Einen schönen Garten. Fröhliche, gesunde Kinder. Genug Geld, um mehrmals im Jahr in den Urlaub zu fahren. Was will ich also mehr?

Sex, Anna. Du willst Sex. Richtig geilen SEX! Außerdem ist deine Ehe schon lange nur noch eine Farce. Sei doch mal ehrlich zu dir selbst.

Hab ich das wirklich gerade getan? Ich zittere, während auf dem Display blinkende Punkte hinter dem Schriftzug »Wählen …« auftauchen. Ich bin mir nicht sicher, ob ich meinen Finger selbst gesteuert habe oder ob die Berührung eher zufällig durch das Zittern verursacht wurde. Aber noch könnte ich die Verbindung abbrechen.

»Ja?«

Wag es einfach, Anna. Tu es!

»Anna?«

Woher weiß er? Natürlich! Er wird sich wie ich ein zweites Handy für seine Treffen angeschafft haben. Schließlich mache ich mir keine Illusionen darüber, dass ich nicht seine einzige Gespielin bin. »Ich beiße nicht«, sagt er. »Zumindest nicht am Telefon.« Seine sonore Stimme berührt etwas in mir und die feinen Härchen auf meinen Unterarmen richten sich auf. Ich werde so nervös, dass ich von der Couch aufstehen muss. Ich schwanke ein wenig.

»Ja«, sage ich endlich.

»Du weißt gar nicht, wie ich mich freue. Ich konnte es kaum erwarten.«

»Ging leider nicht früher, du weißt ja, ich bin … und die Kinder …«

»Natürlich. Verstehe.«

»Ja … ich …« Was ist los mit mir? Ich stottere wie ein verliebter Teenager.

»Ich muss dich kennenlernen, Anna ... Allerdings sollte ich schon längst in einem Meeting sein.« Leon macht eine kurze Pause. Er scheint zu überlegen. »Wann können wir uns treffen?«

Ich beobachte durch die Terrassenfront einen Vogel im Garten, der einen Wurm aus dem Rasen pickt. Er fliegt los, während der Wurm noch in seinem Schnabel zappelt.

»Am Wochenende«, antwortet ich. »Morgen Nachmittag vielleicht ... für ein paar Stunden.«

Es dauert einige Sekunden, bis Leon antwortet. »17 Uhr?«

»Ja. Ja, das müsste gehen. Irgendwie bekomme ich das hin.«

»Ich muss jetzt, Anna. Ich ruf dich heute Abend ...«

»Nein!«, platzt es sofort aus mir heraus. »Da kann ich nicht telefonieren.«

Ich höre, wie er von einer Frauenstimme angesprochen wird, die ihn in das Meeting drängt. Offensichtlich warten alle nur noch auf ihn.

»Sorry, das war meine Assistentin. Pass auf, ich sende dir heute Abend eine SMS mit der Adresse eines kleinen netten Lokals in der Innenstadt, okay?«

»Ja«, sage ich automatisch. »Ja, ich freue mich.«

»Ich muss jetzt wirklich, sorry. Bis morgen, Anna.«

»Bis morgen«, kann ich gerade noch antworten, bevor Leon auflegt.

Wow. Du hast ein Date, Anna. Glückwunsch! Ich bin total aufgeregt. Mein Herz schlägt wie wild. Ich habe noch keinen blassen Schimmer, wie ich mir morgen Nachmittag einige Stunden freinehmen soll, ohne dass Janosch oder die Kinder irgendeinen Verdacht schöpfen. Eine Mischung aus Stolz, Angst und Vorfreude stürzt mich in ein Gefühlschaos. Ich kann kaum glauben, dass ich tatsächlich morgen ein Date mit Leon habe. Die Geschwindigkeit, mit der die Realität meine kühnsten Träume einholt, ist furchterregend. Ich schnappe mir meinen Laptop und betrachte zum wiederholten Male ausgiebig die beiden angehängten Fotos aus Leons E-Mail. Ein Kribbeln breitet sich über meinen ganzen Körper aus und ich bin so aufgeregt, dass ich es kaum aushalten kann. Ich muss jetzt irgendetwas tun. Mich bewegen. Ich schnelle von der Couch und hüpfe freudetrunken im Wohnzimmer auf und ab, völlig losgelöst, so wie ich es zuletzt als Kind getan habe. Hüpfe tänzelnd in die Küche, wo ich einige Pirouetten drehe und mich immer wieder selbst beglückwünsche: »Yes, Anna, yes, yes, yes!«

Als mein Blick auf das Küchenfenster fällt, schnürt es mir die Kehle zu. Als ob jemand auf die Pausetaste gedrückt hätte, frieren meine Tanzbewegungen augenblicklich ein und ich starre auf meine geballte Faust, die in Siegerpose über mir verharrt. Ein weiterer Blick durchs Fenster auf Margots verwunderten Blick verrät mir sofort, dass sie mich schon eine ganze Weile von draußen beobachtet haben muss, wie ich in der Küche diesen Veitstanz aufführe. Nur langsam kann ich mich aus meiner Starre lösen, dann nicke ich Margot mit einem gezwungenen Lächeln zu und betätige den Türöffner.

»Gibt es etwas zu feiern?«, fragt sie mit einem misstraui-schen Unterton.

»Mann, hast du mich vielleicht erschreckt«, sage ich und umarme sie erst mal. Ihre Körperhaltung ist steif, fast schon ablehnend. Sie scheint mir meine gute Laune übel zu nehmen. Wir lösen uns wieder voneinander und sie blickt mich fragend an.

»Das erzähle ich dir später«, antworte ich. »Viel wichtiger ist doch, wie es dir geht.«

»Anna«, erwidert sie mit gedehnter Stimme. »Rück schon raus damit.«

Margot kann äußerst hartnäckig sein und je länger ich das Ganze hinauszögere, desto misstrauischer wird sie werden. »Also gut«, sage ich und zwinkere ihr zu. »Wenn du mir versprichst, es niemanden zu erzählen.«

Margot spreizt ihre Finger zu einem Schwur und legt ihre Hand an die Brust. »Du kennst mich doch.«

Eben. Und da ich weder religiös noch gläubig bin und wir auch nicht vor einem Richter stehen, beeindruckt mich ihr Schwur nicht sonderlich. »Vor allem kein Wort zu Janosch«, füge ich noch hinzu.

»Anna, ich bitte dich«, sagt sie mit einem beleidigten Gesichtsausdruck, der eindeutig aufgesetzt ist.

Ich werfe ihr einen Brocken hin und hoffe, dass sie ihn schlucken wird: »Ich habe vielleicht einen Job.«

»Echt?«

»Ja, wäre zwar erst mal nur Teilzeit und hauptsächlich an den Wochenenden ... organisieren von Messeveranstaltungen, Seminaren, Vorträgen und so was. Aber es wäre zumindest wieder ein Einstieg.«

»Das ist ja super. Und was sagt Janosch dazu, er will doch nicht, dass ...«

»Genau«, unterbreche ich sie. »Deshalb darf er noch nichts davon erfahren. Ich werde erst mit ihm sprechen, wenn ich die Zusage habe.«

»Ich freu mich so für dich.«

Kurz darauf wechselt Ihr Gesichtsausdruck blitzartig von einem fröhlichen zurück zu dem weinerlich niedergeschlagenen der letzten Tage. Sie hat es geschluckt und fragt mich, ob wir einen Prosecco zusammen trinken. Eigentlich möchte ich ihr antworten, dass ich es für bedenklich halte, schon wieder am frühen Vormittag Alkohol zu trinken. Angesichts der besonderen Umstände kann ich ihren Wunsch jedoch verstehen und da keine Flasche mehr oben ist, gehe ich in den Keller, um eine zu holen, und stopfe bei der Gelegenheit gleich die Wäsche in den Trockner.

Als ich wieder zurückkomme, hat sie bereits zwei Gläser auf den Tisch gestellt und wartet mit gesenktem Kopf am

Küchentisch auf mich. Als ich sie anspreche und sie ihren Kopf hebt, sind ihre Augen noch verheulter, weshalb ich sie noch einmal in den Arm nehme und tröste. Nach dem ersten Glas Prosecco scheint es ihr wieder etwas besser zu gehen und wir unterhalten uns eine Weile über ihre Schlafprobleme und einen möglichen Vitaminmangel, verursacht durch seelischen Stress. Erst als ich ihr das dritte Glas Prosecco einschenke, rückt sie plötzlich unvermittelt mit dem raus, was ihr auf dem Herzen liegt.

»Ich hatte ihm verziehen.«

»Was? Sprichst du von Werner?«

»Von wem denn sonst!«

»Ich bin nur etwas überrascht. Ich meine, du wolltest dich doch scheiden lassen. Und wieso *hatte*?«

»Er kann nicht mehr zurück, sagt er.«

»Obwohl du ihm verziehen hast?«

»Ja, seine Reaktion war, dass es für ihn okay wäre, wenn die Zwillinge bei mir wohnen blieben. Ein Besuchsrecht an ein oder zwei Wochenenden im Monat würde ihm ausreichen.«

So recht weiß ich noch nicht, was ich davon halten soll. »Und wo wohnt er jetzt?«, frage ich und sofort blitzt ein wütendes Funkeln in Margots Augen auf.

»Bei seiner Fickschlampe. Jetzt bildet er sich auch noch ein, er hätte sich in sie verliebt.«

So ein Vollidiot, schießt es mir sofort durch den Kopf. Diese Frau scheint Werner ja ganz schön um den Finger gewickelt zu haben. Aber das kann mir zum Glück nicht passieren. Bei mir geht es nur um Sex. Nur um das Körperliche. Sonst um rein gar nichts. Und Liebe ist schließlich etwas ganz anderes.

12

Seit ich wach geworden bin, habe ich kaum etwas zustande gebracht. Der Kater ist zwar im Laufe des Vormittags erträglicher geworden und am frühen Nachmittag schließlich ganz verschwunden. Dafür ist das Stechen in meinem Brustkorb heftiger geworden. Ich vermute, dass eine oder mehrere Rippen etwas abbekommen haben, und weiß, dass damit nicht zu spaßen ist. Ich erinnere mich an den tragischen Todesfall eines Bekannten, bei dem eine gebrochene Rippe, die nicht behandelt worden war, plötzlich die Lunge durchbohrte. Aber es muss ja nicht immer gleich das Schlimmste passieren, versuche ich mich zu beruhigen, und beschließe, bis morgen abzuwarten. Sollte es dann nicht besser sein, lasse ich mich röntgen.

Sid hat mir am Vormittag eine Nachricht über WhatsApp geschickt, dass alles okay sei und er sich vermutlich heute Abend, spätestens morgen Vormittag zuhause blicken lasse. Ich habe ihm zurückgeschrieben, mich für seine Nachricht bedankt und ihm mitgeteilt, dass ich ihm einen neuen Akku für sein Handy besorgt habe, woraufhin ich mit einer Armee grinsender Smileys bombardiert wurde. Ich bin einfach nur froh, dass sich unser Verhältnis wieder auf dem Weg der Besserung befindet, auch wenn ich weiß, dass es bei seinem wechselhaften Verhalten schnell wieder anders werden kann.

Ich schaue auf die Uhr. Es ist kurz vor fünf. Dicke dunkle Wolken sind aufgezogen und ein heftiger Platzregen geht nieder. Ein Blick auf das Satellitenbild meiner Wetterapp verrät mir, dass dies nur ein kurzes Intermezzo sein und in wenigen Stunden die Sonne wieder durchbrechen wird. Ich halte meine ausgebreiteten Hände aus dem offenen Fenster und genieße eine Weile dieses Naturschauspiel. Die warmen schweren Regentropfen klatschen auf meine Handrücken und wegspritzendes Wasser kitzelt auf meinem Gesicht. Ich sauge die vom aufgeheizten

Asphalt aufsteigende, dampfgeschwängerte Luft auf, die durchsetzt ist vom Geruch nach modriger Erde und frischem Laub, überlagert von einer Note stinkenden Hundekots und gammliger Abfälle. Mein Blick schweift hinüber zum Görli, wo ein paar Verrückte im Schauerregen tanzen, als würde ein Eingeborenenstamm auf Meskalin einen Freudentanz aufführen. Die Szene erinnert mich ein wenig an Annas ausgelassenen Tanz und der Regen inspiriert mich. Ich setze mich zurück an den Schreibtisch, um weiterzuschreiben.

Die Zeit verfliegt nur so und ich bin tief im Flow versunken, als sich mein Magen mit einem seltsamen Grummeln meldet. Es hat aufgehört zu regnen, nur abgerissene Zweige und Laub, die sich mit weggespültem Abfall und Dreck an einigen Stellen gesammelt haben, zeugen noch von dem kleinen Unwetter. Der Himmel ist wieder klar und der reinigende Regen hat eine angenehm frische Luft hinterlassen. Meine Gedärme signalisieren mir, dass ich auf dem schnellsten Weg die Toilette aufsuchen sollte. Ich schaffe es gerade noch rechtzeitig, bevor mein ganz persönliches Gewitter losdonnert. Vermutlich die Nachwehen des exzessiven Alkoholgenusses, denke ich und bleibe noch einige Minuten sitzen. Gerade als ich aufstehen will, klingelt es an der Wohnungstür.

Nur keine Hektik, sage ich mir und mache mich in aller Ruhe fertig. Es klingelt zum zweiten Mal. »Komme gleich!«, rufe ich, während ich mir die Hände wasche. Nun klingelt es mehrmals hintereinander und kurz darauf folgt ein hartnäckiges Klopfen gegen die Wohnungstür. Sid hat doch einen Schlüssel, denke ich und während ich mir die Hände abtrockne, frage ich mich, ob Gregor vielleicht beschlossen hat, noch einen weiteren Versuch zu unternehmen. Es könnte natürlich auch sein, dass Melanie dringend meine Hilfe benötigt. Ich eile zur Tür und durch den Spion erkenne ich einen grimmig dreinblickenden Mann ungefähr in meinem Alter und eine etwas jüngere Frau. Der Mann schlägt jetzt mehrmals mit der Faust gegen die Tür, sodass ich instinktiv einen Schritt zurückweiche. In dem Moment, als ich nochmals einen Blick durch den Spion wage und hinter den beiden einen Polizeibeamten in Uniform ausmache, weiß ich, dass etwas passiert sein muss. Sid! Es muss etwas mit Sid passiert sein! Der Schweiß schießt mir aus allen Poren, während ich die Tür aufreiße.

LOVE BUDDY - KAPITEL 7

Zwischen Hildrizhausen und Sindelfingen-Ost ist mal wieder Stau und es geht nur im Schritttempo voran. Ich bin so aufgeregt, dass ich es kaum aushalte, und als auf beiden Fahrstreifen gar nichts mehr geht, wechsle ich, begleitet von dem Gehupe eines anderen Fahrers, nach rechts und nehme die Ausfahrt Böblingen-Hulb, da ich weiß, dass weiter vorne die Möglichkeit besteht, zurück auf die Autobahn zu kommen.

Es war leichter als gedacht, Janosch davon zu überzeugen, dass ich dringend eine Luftveränderung benötige, dass ich ein paar Stunden lang etwas für mich alleine unternehmen muss, um aus dem ganzen Alltagstrott herauszukommen – was im Grunde genommen auch der Wahrheit entspricht. Als ich ihm sagte, ich wolle alleine in Stuttgart shoppen gehen, hat er sich in keiner Weise gewundert. Im Gegenteil. Auch wenn er versucht hat, es zu verbergen, habe ich ihm genau angesehen, dass er froh darüber war, nicht mitkommen zu müssen. Abgesehen davon, dass mein Ehemann prinzipiell keine Lust mehr hat, gemeinsam etwas mit mir zu unternehmen, hasst er Einkaufstouren.

Der Verkehr gerät erneut ins Stocken, als ein heftiges Sommergewitter aufkommt. Schwere Regentropfen trommeln auf die Windschutzscheibe und die Scheibenwischer flitzen auf der schnellsten Stufe hektisch hin und her, schaffen es aber trotzdem kaum, die Sicht freizuhalten. Nach wenigen Minuten ist der ganze Spuk wieder vorbei und die Sonne zaubert einen herrlichen Regenbogen hervor. Ich frage mich, ob die zunehmend heftigeren Gewitter in unserer Region tatsächlich etwas mit der Klimaerwärmung zu tun haben oder ob es einfach nur Zufall ist. Aber so genau weiß das wohl niemand, genauso wenig wie ich weiß, ob mein Vorhaben heute wirklich eine kluge Entscheidung ist. Ich kenne diesen

Menschen überhaupt nicht. Eigentlich geht mir das auch alles viel zu schnell. Die Vorstellung, in nicht einmal einer halben Stunde einen völlig fremden Mann zu treffen, um Sex mit ihm zu haben, erscheint mir im Augenblick total verrückt.

Bisher war alles noch so einfach. Anonym. Nicht real. Eher so, wie wenn man ein gutes Buch liest oder einen spannenden Film schaut. Man fiebert mit, teilt die Freuden und Ängste der Protagonisten, sitzt aber im bequemen und sicheren Wohnzimmersessel bei einer Tasse Tee oder einem guten Glas Rotwein. Aber jetzt ist es echt. Es wird ernst. Wieder macht sich das schlechte Gewissen, dieses Gefühlschaos in mir breit: die Vorfreude auf ein sexuelles Abenteuer – die Angst vor der Entdeckung. Das Verlangen in den Augen des anderen – der Verrat an meinen Kindern, an meiner Familie. Das Gefühl, begehrt zu werden – die Angst Leon könnte jemand ganz anderer sein als der, für den er sich ausgibt. Jemand der Frauen … Ich schüttle den Kopf.

Du liest zu viele Krimis, Anna. Schaust zu oft Tatort. So viele Frauen mordende Serienkiller gibt es nicht. Warum sollte es einer der wenigen echten gerade auf dich abgesehen haben?

Natürlich ist es eher unwahrscheinlich, außerdem treffen wir uns an einem öffentlichen Ort, in einem kleinen netten Restaurant. Ich habe Google befragt. Alles in Ordnung. Es liegt in einer belebten Straße mit vielen anderen Restaurants, Kneipen und Bars. Wir treffen uns nicht einmal in einem Hotel, wo wir schnell auf ein Zimmer verschwinden könnten. Es ist erst mal nur ein Essen. Ganz normal. Und dann sehen wir weiter. Leon weiß nicht, wo ich wohne, kennt meinen Nachnamen nicht. Außerdem wird mir niemand auf die Schliche kommen. Selbst wenn ich jemanden treffen sollte, der mich kennt, ist das kein Problem. Janosch weiß schließlich, dass ich heute in Stuttgart bin. Ich werfe einen Blick auf das Navi und mein Herzschlag legt einen Zahn zu. Nur noch neun Minuten bis zum Ziel.

Es ist meine erste Shoppingtour, bei der ich innerhalb weniger Minuten zwei Tüten voller Klamotten zusammenkaufe. Ich packe die Alibi-Einkäufe in den Kofferraum und verlasse zu Fuß das Parkhaus des Einkaufscenters. Nach wenigen Minuten betrete ich das von Leon vorgeschlagene Lokal und blicke mich um. Einige Tische sind besetzt, aber von Leon keine Spur. Kein Wunder, schließlich bin ich eine Viertelstunde zu früh dran. Ein junger, schlanker Kellner mit blonden, leicht strubbeligen Haaren kommt auf mich zu. Mit seinen leuchtend blauen Augen und dem Dreitagebart erinnert er mich sofort an den jungen Terence Hill. »Guten Tag, schöne Frau«, begrüßt er mich mit einem freundlichen Lächeln. »Ein Tisch für eine Person?«

Ich überlege. Bestimmt hat Leon einen Tisch reservieren lassen. »Zwei Personen«, antworte ich. »Ich bin verabredet.«

»Bitte«, sagt er und zeigt auf einen freien Tisch am Fenster.

»Meine Verabredung hat vermutlich bereits reserviert«, gebe ich sicherheitshalber zu bedenken. »17 Uhr.«

»Auf welchen Namen?«

»Leon.«

»Nachname?«

Ich zucke mit den Schultern und lächle verlegen.

Terence versteht sofort. »Einen kleinen Moment bitte«, sagt er, macht auf dem Absatz kehrt und lässt mich stehen. Es dauert jedoch nur wenige Augenblicke, bis er zurückkommt. »Hier bitte«, sagte er und weist mit der Hand auf einen freien Tisch etwas weiter hinten in einer kleinen Nische.

»Danke«, sage ich immer noch etwas verlegen und setze mich.

»Darf ich Ihnen schon etwas zu trinken bringen?«

Ich bestelle ein Mineralwasser und kann mir die Frage, die mir auf der Zunge liegt, einfach nicht verkneifen: »Auf welchen Namen ist denn der Tisch reserviert worden?«

Terence weicht meinem Blick aus und rubbelt auf der schneeweißen Tischdecke an einem imaginären Fleck herum. Als er seinen Kopf wieder hebt, ist er merklich entspannter. Er blickt mir jedoch immer noch nicht in die Augen, sondern über mich hinweg.

»Anna?«

Ich zucke zusammen. Leon steht direkt neben mir und lächelt mich aus dunklen, unergründlichen Augen an. Ich stehe auf. Er ist fast einen Kopf größer als ich. Wir umarmen uns und er küsst mich auf jede Wange, als ob wir uns schon ewig kennen würden. Sein Aftershave ist der Hammer.

»Setzen wir uns«, sagt er und sofort fallen mir seine großen gepflegten Hände auf. Er bestellt wie ich ein Wasser und da er Terence duzt, vermute ich, dass die beiden sich kennen. Wie viele Sexdates er wohl schon hierher eingeladen hat?

»Du bist früh dran. Wie war die Fahrt?«

Ich muss erst noch begreifen, dass ich Leon jetzt tatsächlich gegenübersitze. In der Realität ist er noch attraktiver als auf den Fotos. »Es gab mal wieder Stau, aber ich bin schon früh losgekommen.« *Anna! Sei vorsichtiger!* Ich erinnere mich daran, dass ich laut meinem Profil eine 36-jährige Großstadtlady aus Stuttgart bin.

Leon schmunzelt. »Und dein Mann?«

»Er ist mit den Kiddies zuhause. Ich hab ihm erzählt, dass ich mal wieder was für mich alleine machen möchte. Es war ihm nicht unrecht.«

Leon mustert mich eindringlich. Sein Blick durchbohrt mich. Aber es fühlt sich gut an. Ich bekomme eine Gänsehaut und spüre, wie sehr ich diesen Mann begehre, der mindestens zehn Jahre jünger sein muss als ich.

»Du bist eine sehr schöne Frau, Anna.« Er streckt seine Hände über den Tisch und legt sie auf meine. »Einen

Prosecco als Aperitif?«

Ich bekomme kaum Luft und mir wird heiß. »Ja«, sage ich viel zu laut und hauche noch schnell ein leiseres »Ja« hinterher.

Leon lacht. »Tut mir leid«, entschuldigt er sich aber sofort. »Ich lache dich nicht aus. Ich finde dich nur … du bist einfach so *süß*.«

Wie lange ist es her, dass mein Ehemann mir solche Komplimente gemacht hat?

»Hast du schon Hunger?«

Es muss Jahre her sein. Viele Jahre. Ich bin mir nicht einmal mehr sicher, ob Janosch mir überhaupt jemals solche Komplimente gemacht hat. *Pass auf, Anna! Vielleicht will er dich nur einlullen. Psychopathen sind die allerbesten Schauspieler, die genau wissen, wie sie auf charmante Art andere Menschen manipulieren können.*

»Anna? … Hunger?«

»Ähm … ja … ja, entschuldige, ich war gerade in Gedanken.«

Terence bringt die Speisekarte, das Wasser für Leon und zwei Prosecco. Nachdem alles serviert ist, macht er sich mit einem verkniffenen Grinsen aus dem Staub. Leon und ich studieren eine Weile wortlos die Karte. Ich wundere mich über die ungewöhnlich hohen Preise für ein Restaurant dieser Klasse. Aber das ist nicht der Grund, warum ich keinen allzu großen Hunger verspüre. Ich bin einfach nur viel zu aufgeregt. Außerdem muss ich immer wieder an die Kiddies denken. Ich frage mich, was sie wohl gerade machen und ob es ihnen gut geht, während ich hier drauf und dran bin, unsere Familie zu zerstören.

»Hast du etwas gefunden?«, fragt Leon.

»Ich nehme erst mal das Carpaccio.«

»Aha, Fleischeslust.«

Ich weiß nicht, wie ich diese Worte interpretieren soll.

»Was meinst du damit?«

»Ach, vergiss es. Ist mir nur so rausgerutscht. Ich esse nur ganz selten Fleisch.«

Du siehst aber gar nicht danach aus, denke ich und betrachte verträumt den muskulösen Körper, der sich deutlich unter seinem T-Shirt abzeichnet; verschlinge mit meinen Blicken seine sehnigen, kräftigen Unterarme, die straffe gebräunte Haut, die sich über die perfekt definierten Bizeps seiner Oberarme spannt. Ich muss mich dazu zwingen, den Blick abzuwenden, und bringe mich zur Besinnung, bevor ich über den Tisch springe und über Leon herfalle.

»Ich bin kein Dogmatiker«, fügt er noch hinzu. »Eigentlich esse ich fast alles außer raffiniertem Zucker und Weißmehl. Ich esse Fisch, Eier und Milchprodukte, solange ich weiß, woher die Lebensmittel stammen und wie sie verarbeitet wurden. Nur eben keine verarbeitete Wurst und nur ganz selten mal ein gutes Stück Fleisch. Das Restaurant hier verwendet übrigens ausschließlich Bio- und Vollkornprodukte.«

Verstehe, deshalb die Preise. »Hat das einen bestimmten Grund?«, hake ich nach.

»Vor einigen Jahren habe ich Recherchen über Mastbetriebe und Schlachthöfe für die Kampagne einer Tierschutzorganisation durchgeführt. Seitdem ist mir der Appetit auf konventionelles Fleisch vergangen. Ich war sogar einige Zeit lang Vegetarier. Zudem hatte ich damals massive Probleme mit meinen Kniegelenken, was ich übrigens mit Kokosnussöl in den Griff bekommen habe.«

Ich schaue ihn ungläubig an.

»Es ist wirklich so. Kokosnussöl ist ein wundervolles Heilmittel, wenn man gleichzeitig auf eine natürliche Ernährungsweise umstellt. Man kann es innerlich und äußerlich anwenden, es bekämpft Bakterien, Viren und Pilze und wird zudem anders verstoffwechselt als andere Fette. Ich kann dir nur raten, es selbst einmal auszuprobieren – ein Jungbrunnen für alle Körperzellen.«

Eigentlich kann ich mir noch was viel Besseres als Jungbrunnen vorstellen … »Und was arbeitest du?«, frage ich stattdessen.

»Ich bin Creative Director bei einer internationalen Werbeagentur.«

»Wow.« *Mehr fällt dir dazu nicht ein, du Dummchen?*

»Aber lass uns nicht darüber reden«, sagt Leon, bevor ich noch etwas Vernünftigeres von mir geben kann. »Meine Arbeit nimmt sowieso schon viel zu viel Raum in meinem Leben ein.«

Natürlich. Jetzt wird mir einiges klar. Leon ist mit seinem Job verheiratet und hat deshalb keine feste Beziehung. Er hat einfach keine Zeit dafür. Ob er auch seine Assistentin vögelt? Terence steht plötzlich wieder am Tisch und fragt, ob wir gewählt haben. Ich bestelle das Carpaccio und Leon einen Caprese. Da mein Prosecco-Glas inzwischen leer ist, fragt mich Leon, ob ich noch ein Glas möchte oder ob wir lieber gleich auf Wein umsteigen sollen, und empfiehlt einen biodynamisch angebauten Barbera in Demeter-Qualität. Ich stimme zu, woraufhin Leon eine Flasche ordert.

»Warum hast du dich bei *EroticAffair* angemeldet?«, fragt er plötzlich unvermittelt.

Der Prosecco hat mich bereits locker gemacht und ich gebe dem Zensor in meinem Kopf einen Tritt. »Na ja, weil ich geilen Sex mit einem attraktiven Mann wie dir haben möchte, der mich begehrt und in den siebten Himmel vögelt.«

Leon lächelt süffisant. »Da bist du ja bei mir genau richtig.«

Wir plaudern noch eine Weile wie selbstverständlich über unsere sexuellen Vorlieben, schwenken dann aber auf das Thema Reisen um, trinken Wein und essen Vollkornbaguette, bis Terence unsere Vorspeisen serviert. Meine Nervosität ist wie weggepustet und durch den Aperitif habe ich einen Bärenhunger bekommen. Als zweiten Gang bestellen wir einen vegetarischen Antipasti-Teller für zwei Personen mit leckerem Käse und gebratenem Gemüse, danach noch selbst gemachtes Eis und zum Abschluss darf natürlich der obligatorische Espresso nicht fehlen. Nachdem Leon die Rechnung mit einem großzügigen Trinkgeld beglichen hat, bringt Terence uns ungefragt einen ganz besonders edlen Grappa, wie er behauptet.

Als wir mit einem ordentlichen Schwips das Lokal verlassen, hat bereits die Dämmerung eingesetzt und da es immer noch sehr mild ist, beschließen wir, einen Spaziergang durch den oberen Schlossgarten zu machen.

Im Park schlendern wir Hand in Hand wie ein frisch verliebtes Paar am See entlang, als ich plötzlich Andrea, die Mutter einer Mitschülerin von Max entdecke, die uns mit ihrem Mann weiter vorne auf dem Weg entgegenkommt. Ohne zu zögern ziehe ich Leon an der Hand hinüber auf den schmalen Rasenstreifen näher an das Seeufer heran, sodass einige Enten quakend reißaus nehmen. Als er mit dem Rücken nur noch ein kleines Stück vom Ufer entfernt steht, drücke ich meine Lippen auf seine und es dauert nicht lange, bis ich spüre, wie seine Zunge nach meiner tastet. Ich erwidere das Spiel, während wir am unbeleuchteten Ufer auf den Rasen sinken und dort eng umschlungen weitermachen. Mir ist plötzlich völlig egal, ob Andrea uns beobachtet oder mich sogar erkannt hat, denn ich spüre eine ungekannte Leichtigkeit in mir, die mich alles um mich herum vergessen lässt. Während wir uns weiter küssen, öffne ich seine Hose und im selben Moment, als ich seine Erregung in meiner Hand spüre, flüstert er mir ins Ohr, dass wir es gleich hier machen sollten. Ich antworte nicht, sondern beuge mich mit dem Gesicht über seinen Schoß. Leon stöhnt auf und für einen winzigen Moment bekomme ich nun doch Bedenken. Vor meinem geistigen Auge taucht die Polizei auf, während Andrea mit ihrem Handy einen Schnappschuss von unserer Verhaftung wegen unsittlichen Verhaltens macht, das sie sofort auf Facebook postet. Bei dem Gedanken muss ich laut auflachen. Leon fragt, was denn auf einmal so lustig gewesen sei. Ich erzähle es ihm, woraufhin er sich eine Zeit lang nicht mehr einkriegt, mich dann aber zu sich hochzieht und wir uns erneut küssen. Er schiebt dabei mein Kleid hoch, streift meinen Slip ab und als er endlich in mich eindringt, stöhne auch ich laut auf. Mit einem Mal hält er jedoch inne und flüstert mir kichernd ins Ohr, dass am Weg ein älteres Ehepaar stehen und uns beobachten würde. Sein warmer Atem kitzelt und als ich die beiden ebenfalls entdecke, verharre ich regungslos, während Leon mich weiter mit leichten Bewegungen neckt. Wir kichern und stöhnen und ich halte es kaum noch aus vor Verlangen. Endlich spazieren die beiden kopfschüttelnd weiter und wir legen los, als ob wir alleine auf der Welt wären. Es dauert nicht lange, bis wir gemeinsam kommen.

Ein Traum. Das muss ein Traum sein, denke ich, als ich wieder klar denken kann.

Wenig später liegen wir Arm in Arm auf dem Rasen und betrachten die Sterne am klaren Nachthimmel. Leon fragt mich, ob wir uns ein Hotelzimmer nehmen sollen. Ich überlege, brauche aber nicht allzu lange, um eine Entscheidung zu treffen. Ich ziehe mein Handy aus der Tasche und schicke Janosch eine WhatsApp, dass ich zufällig eine alte Studienfreundin getroffen hätte und noch ein paar Stunden in Stuttgart bleiben würde, er brauche nicht auf mich zu warten. Es dauert nicht lange und er wünscht mir viel Spaß, warnt mich aber davor, zu viel zu trinken, ich solle mir im Notfall lieber ein Hotelzimmer nehmen oder bei meiner Freundin übernachten, falls das ginge. Ich schreibe zurück, dass dies vielleicht gar keine schlechte Idee wäre, erkundige mich nach den Kindern und erfahre, dass beide bereits vor dem Fernseher eingeschlafen sind. Ich wünsche allen eine gute Nacht und schicke ein paar Smileys mit Herzchen und Küsschen hinterher.

Leon hat mich die ganze Zeit über verträumt beobachtet und nachdem ich mein Handy wieder in meiner Handtasche verstaut habe, küssen und befummeln wir uns noch eine Weile.

Schließlich machen wir uns auf den Weg. Allein der Gedanke, was wir gleich alles in dem Hotelzimmer anstellen werden, raubt mir den Verstand. Leon schaut mich an, als ob er mich gleich auffressen möchte. Von mir aus kann er mich komplett verschlingen. Das erste Mal seit vielen Jahren lebe ich wieder und verspüre eine ungekannte Lust und Leidenschaft in mir, wie ich es noch nie erlebt habe. Diesen Mann werde ich nicht mehr hergeben. Komme, was wolle. Und jeder, der versuchen sollte, ihn mir wieder wegzunehmen, werde ich ohne mit der Wimper zu zucken ermorden.

13

Als Erstes werde ich von den Beamten nach meinen Personalien gefragt und als sich bestätigt, dass ich derjenige bin, nach dem sie gesucht haben, wird mir deutlich gemacht, dass ich vorläufig festgenommen sei. Ich stehe unter dem dringenden Tatverdacht, in der vergangenen Nacht die 63-jährige Amanda Lubitz ermordet zu haben.

Meine erste Reaktion ist Erleichterung. Hauptsache, mit Sid ist alles in Ordnung. Dann muss ich lachen. Trotz der todernsten Gesichter um mich herum kann ich nichts anders tun, als lauthals zu lachen. »Das kann doch nicht euer Ernst sein«, rufe ich. Es muss sich um eine Verwechslung handeln. Ich bin ganz sicher, dass ich niemanden ermordet habe. Warum sollte ich das tun? Ich habe überhaupt kein Motiv, jemals irgendwen zu ermorden. Immer noch muss ich lachen. Aber es klingt zunehmend zynisch. Ich merke, dass sie unbeeindruckt bleiben. Sie zwingen mich dazu, mich mit den Händen an die Wand und die Beine auseinander zu stellen. Dann werde ich gründlich auf Waffen und was weiß ich nicht noch alles abgetastet. Wie sie denn auf so eine Schnapsidee kämen, frage ich derweil kopfschüttelnd. Mein Lachen ist nur noch purer Hohn. Macht lieber mal euren Job richtig. Ihr seid auf dem Holzweg, schnallt ihr das nicht? Ihr habt sie doch nicht mehr alle. Mein Arm wird nach hinten gedreht. Ich schreie auf vor Schmerz. Es ist derselbe Arm, der mir schon gestern fast ausgekugelt wurde. Auch mein Brustkorb meldet sich mit einem stechenden Schmerz. Wut steigt in mir auf. Ich will mich wehren, erstarre aber augenblicklich, als die junge Beamtin ein Foto aus der Jackentasche zieht und mir unter die Nase hält.

Mir wird schlagartig heiß. Es ist eindeutig zu erkennen, dass *BellaElisa* ... dass Amanda tot ist. In ihrem Mund steckt etwas, ragt ein kleines Stück heraus. Im Hintergrund erkenne ich die

Hotelsuite, in der ich gestern dieses aus dem Ruder gelaufene Rendezvous mit ihr hatte. Scheiße! Verdammte Scheiße! Das darf doch nicht wahr sein.

Ich versuche, mich zu beruhigen. Es wird sich schon alles aufklären. Ich werde mir einen guten Anwalt besorgen. *Und womit willst du den bezahlen?* Es geht alles viel zu schnell und doch spielt sich das ganze Geschehen vor meinen Augen wie in Zeitlupe ab. Ich kann keinen klaren Gedanken fassen. Mir wird noch die Gelegenheit gegeben, ein paar Sachen zusammenzupacken, und kurz darauf werde ich in Handschellen aus der Wohnung gezerrt. Der Weg im Treppenhaus vorbei an geöffneten Wohnungstüren hinunter bis ins Erdgeschoss gleicht einem Spießrutenlauf. Als wir das Haus verlassen, sind wir umgeben von unzähligen Schaulustigen. »Bullenschweine, verpisst euch«, höre ich einige rufen. Aber es hilft nichts. Ich spüre eine Hand an meinem Hinterkopf und mein Kinn wird mir an die Brust gedrückt. Ehe ich überhaupt begreifen kann, was mit mir geschieht, sitze ich bereits auf der Rückbank eines Wagens, links und rechts flankiert von einem Beamten, und wir fahren los.

14

Spärlicher kann ein Vernehmungszimmer kaum eingerichtet sein: ein leerer Tisch, drei einfache Stühle und eine Lampe, die mich mit ihrem grellen Licht blendet. Kein Fenster. Kein venezianischer Spiegel. Nur weiße Wände. Mir gegenüber sitzt Hauptkommissar Harald Dorn und schweigt. Ich betrachte seine rote Knollennase und frage mich, ob er eine Krankheit hat oder vielleicht säuft wie ein Loch. Seine Kollegin, die sich als Oberkommissarin Lisa Schmitz vorstellt, kommt mit einem kleinen Aufnahmegerät in der Hand herein. Mit ihrem blonden Pferdeschwanz und ihrem hübschen, mädchenhaften Gesicht sieht sie aus wie eine Barbiepuppe. Ich kann mir gut vorstellen, dass sie in einer Bar immer noch ihren Ausweis vorzeigen muss, wenn sie einen Drink bestellt. Ich überlege, sie zu fragen, ob sie hier ein Praktikum macht, lasse es aber lieber sein, da ich die beiden nicht verärgern will. Barbie schließt wortlos die Tür hinter sich, stellt den Rekorder auf den Tisch und setzt sich seitlich versetzt an den Tisch. Die beiden tauschen kurz Blicke aus, bis Dorn ein Nicken andeutet, woraufhin Barbie den Aufnahmeknopf drückt und eine rote LED signalisiert, dass das Gerät in Betrieb ist.

Dorn fragt mich der Form halber, ob ich mit einer Tonaufnahme einverstanden sei, was ich bestätige. Dann liest er mir meine Rechte vor. Wiederholt, dass ich als Beschuldigter unter dem dringenden Tatverdacht des Mordes an der 63-jährigen Amanda Lubitz stünde, klärt mich über mein Aussageverweigerungsrecht auf und erinnert mich an die Möglichkeit, jederzeit einen Verteidiger hinzuzuziehen. Er blickt mich an und wartet auf eine Reaktion.

»Wie ich vorhin schon sagte. Ich verzichte auf einen Anwalt. Das Ganze dürfte sich ziemlich schnell als Missverständnis aufklären.« Wozu auch ein Anwalt? Ich kann mir sowieso keinen leisten und einen unmotivierten Pflichtverteidiger kann ich mir genauso gut schenken. Außerdem kenne ich mich aufgrund meiner früheren Recherchen ganz gut mit der Strafprozessordnung aus und weiß, worauf ich zu achten habe. Da ich nur vorläufig festgenommen bin, muss ich spätestens bis morgen Abend einem Haftrichter vorgeführt werden, damit überhaupt ein Haftbefehl erlassen werden kann. Sollte ich also hier mit Knollennase und Barbie nicht weiterkommen, kann ich immer noch einen Anwalt verlangen.

»Wie Sie meinen«, sagt Dorn und wirft einen kurzen Blick auf den Rekorder. »Der Beschuldigte verzichtet ausdrücklich auf die Hinzuziehung eines Anwalts.« Dorn richtet seinen Blick wieder auf mich. »Dann wollen wir mal, Herr Baumann. Bitte schildern Sie uns, wie und wo Sie den Zeitraum von gestern Nachmittag 16 Uhr bis heute Morgen 6 Uhr verbracht haben.«

Ich lege alles offen und erzähle die ganze Geschichte in groben Zügen, genau so, wie sie sich tatsächlich ereignet hat. Schon auf der Fahrt ins Präsidium hatte ich mich dazu entschlossen die Wahrheit zu sagen. Schließlich habe ich nicht das Geringste zu verbergen und meine Aussagen lassen sich belegen. Sie haben bei meiner Verhaftung meinen Laptop mitgenommen und können über das Seitensprungportal exakt nachvollziehen, wie der Kontakt mit Amanda zustande kam. Sie können das Manuskript lesen, für das ich recherchiert habe, Charly aus der Bar des Grand Hotels befragen und auch der Concierge wird ihnen bestätigen, dass sie putzmunter war und mit Dildos um sich geschmissen hat, als er mich aus dem Hotel beförderte. Jede andere Strategie würde die Sache nur verschlimmern.

»Wann genau haben Sie das Hotel verlassen?«, fragt Dorn.

»Ich habe nicht auf die Uhr geschaut. Ich schätze mal, es war so gegen Mitternacht. Fragen Sie doch den Concierge, er kann es Ihnen sicher ganz genau sagen.«

»Der Beschuldigte behauptet, er könne sich nicht genau daran erinnern, wann er das Hotel verlassen habe«, wiederholt Dorn in seinen eigenen Worten für das Protokoll. »Was haben Sie gemacht, nachdem Sie das Hotel verlassen haben?«

»Ich bin zu meiner Wohnung zurück.«

»Wie?«

»Mit dem Taxi.«

»Mit welchem Taxiunternehmen?«

»Das weiß ich nicht mehr.«

»Welche Nummer haben Sie angerufen?«

»Das weiß ich auch nicht mehr.«

Dorn runzelt die Stirn. »Wir haben Ihre Handydaten ausgewertet. Es gibt keine ausgehenden Anrufe in diesem Zeitraum. Auch keine Bestellung über die Uber-App auf Ihrem Handy. Und auch die Befragungen im Hotel haben ergeben, dass niemand für Sie ein Taxi gerufen hat. Ich frage Sie noch einmal, Herr Baumann: Welches Taxiunternehmen haben Sie beauftragt und wie haben Sie das Taxi bestellt?«

»Hören Sie, ich hatte schon einiges getrunken.«

»Sie können sich also auch daran nicht mehr erinnern?«

Ich versuche mich zu konzentrieren und krame fieberhaft in meinem Gedächtnis nach einer Erinnerung, die mir weiterhelfen könnte, aber außer diesem vagen Erinnerungsfetzen von heute Morgen, wo ich mich in einem Taxi sitzen sehe, ist da rein gar nichts mehr. »Nein, momentan leider nicht. Aber vielleicht stand ja auch schon eins vor dem Hotel.«

»Können Sie sich erinnern, wann Sie zurück in Ihre Wohnung gekommen sind? Hat Sie jemand gesehen? Ein Mitbewohner des Hauses vielleicht?«

Sid ist nicht zuhause gewesen. Ein Glück, ich bin froh, dass er mich in diesem Zustand nicht erlebt hat. »Gut möglich. Ich nehme an, Sie werden alle befragen, dann wird sich das herausstellen. Hören Sie, wie gesagt, ich hatte etwas zu viel getrunken. Vielleicht bin ich auch mit der U-Bahn zurück. Das lässt sich doch alles überprüfen. Es gibt doch überall Videoüberwachung und auch die Taxiunternehmen kann man abklappern, ob …«

»Sie brauchen uns nicht zu erklären, wie wir unsere Arbeit zu erledigen haben«, mischt sich Barbie ein.

»Mann, Leute, ihr verrennt euch da in etwas. Ich bin doch kein Mörder. Warum sollte ich sie denn überhaupt umbringen? Ich war froh, als ich da endlich weg war und da war sie definitiv noch putzmunter.«

Wieder mischt sich die junge Kommissarin ein: »Daran können Sie sich also noch ganz genau erinnern? Aber wie Sie kurz darauf ein Taxi gerufen haben, daran fehlt Ihnen jegliche Erinnerung?«

Ich komme nicht zum Antworten. Dorn lehnt sich mit den Unterarmen auf den Tisch und rückt näher heran. »Sie haben Schulden, Herr Baumann, und wissen nicht, wie Sie Ihre nächste Miete bezahlen sollen. Mit Ihrer Kreditkarte haben Sie sich auf Pump anonym ein Prepaid-Handy besorgt, obwohl Sie bereits ein Handy besitzen. Sie haben sich gestern Nachmittag ein neues Sakko und ein teures Parfüm gekauft. Wozu, Herr Baumann? Wozu haben Sie sich in solche Unkosten gestürzt, obwohl Sie eigentlich pleite sind?«

Ich schüttele ungläubig den Kopf und überlege, was ich antworten soll. Aber wenn ich ehrlich bin, weiß ich selbst nicht, was mich da eigentlich geritten hat.

»Ist es vielleicht so«, fährt Dorn fort, »dass Sie sich Geld von Amanda Lubitz erhofft und deshalb Ihre letzten Kröten zusammengekratzt haben, um unter Angabe einer falschen Identität Eindruck zu schinden? Dass Sie das Ziel verfolgt haben, Amanda Lubitz auszunehmen, um endlich Ihre Schulden loszuwerden, die Sie als erfolgloser Schriftsteller angehäuft haben?«

»Das ist doch völliger Schwachsinn. Es ging einfach nur um Recherche … um Sex … und um nichts anderes«, höre ich mich verteidigen und versuche zu begreifen, was hier gerade abgeht.

Barbie zieht eine hämische Grimasse, die so gar nicht zu ihrem mädchenhaften Gesicht passt. »Sex mit einer Frau, die über zwei Jahrzehnte älter ist als Sie? Das glauben Sie doch selbst nicht.«

Ich starre Barbie an und frage mich, in welcher Welt sie eigentlich lebt, bis meine Aufmerksamkeit wieder auf Dorn gelenkt wird. »Und ist es vielleicht so gewesen, Herr Baumann, dass Amanda Lubitz nicht spendabel genug war? Oder dass Sie sie bestehlen wollten, deshalb in einem unbeobachteten Moment in ihrer Handtasche nach Geld und Wertsachen gekramt haben und sie dabei überrascht wurden? Dass Sie deshalb handgreiflich geworden sind und sich das Opfer mit allen ihren Möglichkeiten gewehrt und in Todesangst geschrien hat, wodurch der Concierge auf Sie aufmerksam wurde, was er übrigens mit seiner Aussage bestätigt hat. Und ist es vielleicht so gewesen, dass Sie sauer waren, weil Sie unsanft aus dem Hotel geworfen wurden? Sauer und noch mehr pleite als zuvor. Dass Sie später nochmals in das Hotel zu der Suite zurückgeschlichen sind, das Opfer Ihnen fatalerweise die Tür geöffnet hat und Sie dann in Ihrer Wut und unter dem Einfluss von Alkohol und Kokain diese Frau brutal erwürgt haben? Und ist es weiterhin so gewesen, dass Sie dem Opfer in Ihrer grenzenlosen Wut post mortem auch noch einen Glasdildo in den Rachen gerammt haben? Ist es nicht genau so gewesen? Herr Baumann!«

»Kokain?«, schießt es aus mir heraus. »Ich habe noch nie in meinem Leben Kokain zu mir genommen. Nie! Sie selbst hat sich was reingezogen, ich nicht. Sie hat mir zwar was angeboten, aber ich habe abgelehnt.« Allmählich entwickelt sich das Ganze hier zu einer irrwitzigen Groteske. Ich habe nie in meinem Leben harte Drogen zu mir genommen. Früher hin und wieder mal ordentlich einen gesoffen, ja, und auch mal gekifft, aber never ever irgendein verdammtes Pulver die Nase hochgezogen.

»Das wird die Auswertung der Blutprobe sicherlich bestätigen«, meint Barbie nun auch wieder etwas beisteuern zu müssen.

Ich setze das dämlichste Grinsen auf, das ich drauf habe. »Genau das wird die Auswertung auch ergeben … *Püppchen!*« Demonstrativ lehne ich mich in meinem Stuhl zurück, verschränke die Arme vor meiner Brust und beobachte, wie das Gesicht von Barbie eine hochrote Farbe annimmt. »So, und jetzt verlange ich, einen Anwalt zu sprechen. Vorher sage ich kein Wort mehr. Das ist doch alles total lächerlich hier.«

Trotzdem ist mir inzwischen alles andere als zum Lachen zumute. Allmählich dämmert mir, dass ich wirklich in der Klemme sitze und ernsthaft Probleme bekommen könnte. Wie konnte ich nur so naiv sein zu glauben, dass ich dieses Missverständnis auch ohne Anwalt alleine aufklären könnte? *Idiot! Karl, du bist der allergrößte Vollidiot auf diesem Planeten.*

15

Meine Zelle ist noch spartanischer eingerichtet als das Vernehmungszimmer: ein Metallbett, eine Matratze und eine graue, nach altem Schweiß stinkende Wolldecke. Ein Tisch. Ein Stuhl. Ein Waschbecken. Wände, an denen bereits der vergilbte Putz abblättert, und eine Toilette ohne Brille.

Draußen ist es längst dunkel geworden. Ich liege auf dem Bett und starre an die Decke. Nur der schwache Schein einer entfernten Lichtquelle dringt durch das vergitterte Fenster in das Innere und lässt mich die Umrisse meiner Zelle schemenhaft erahnen. Das ganze Szenario kommt mir so unwirklich vor. Ich muss an Sid denken und frage mich, ob er inzwischen mitbekommen hat, was mit mir geschehen ist und wo ich mich befinde. Dorn hatte mir in einem Anflug von Großzügigkeit erlaubt, ihn anzurufen, aber es sprang nur seine Mailbox an. Insgeheim hoffe ich, dass es ihm einfach nur gut geht und er die Nachricht noch gar nicht abgehört hat. Das Beste wäre, wenn er erst wieder in unserer Wohnung auftaucht, nachdem sich dieses Missverständnis hier aufgeklärt hat und ich wieder auf freiem Fuß bin.

Ich muss an die Warnungen denken, auf die ich bei meinen Recherchen immer wieder gestoßen bin. Man dürfe die Gefahren des Onlinedatings auf keinen Fall unterschätzen und man könne leicht Opfer von Sexualstraftätern oder anderen Verbrechern werden, wenn man nicht einige grundlegende Regeln beachte. Dass man dabei auch ein Justizopfer und unschuldig des Mordes bezichtigt werden könnte, hatte ich jedoch nirgends gelesen und auch nie in Betracht gezogen.

In den Stunden, seit ich hier in meiner Zelle vor mich hin vegetiere, habe ich immer wieder versucht, mich an weitere Einzelheiten nach dem Verlassen des Hotels zu erinnern. Aber es muss tatsächlich so sein, wie mein Therapeut es mir erklärt hat:

Es kommt einfach nichts mehr, so sehr ich mich auch bemühe.

Dieses ohnmächtige Gefühl ist zermürbend. Ich kenne es nur zu gut. Nach dem Unfall hat es mich jahrelang an meinem Verstand zweifeln lassen. Noch Monate danach versuchte ich, mich an die Minuten vor dem Unfall und an den Unfall selbst zu erinnern, aber bis heute ist nichts in mein Bewusstsein zurückgekehrt. Damals unterstellte mir die Polizei sogar, ich würde einen Gedächtnisverlust nur vortäuschen, weil ich etwas zu verbergen hätte.

Mein Psychotherapeut erklärte mir mehrfach, dass der Fall hier anders liege als bei einem Filmriss. Es sei sogar sehr wahrscheinlich, dass Gedächtnisinhalte an den Unfall vorhanden seien, nur seien sie eben tief vergraben und meinem Bewusstsein derzeit nicht zugänglich – aus welchen Gründen auch immer. In vielen Fällen würden sie aber bereits nach wenigen Tagen oder Wochen wieder auftauchen. Also probierte er in den Monaten nach dem Unfall alles mit mir aus: Autogenes Training, Yoga, Gesprächstherapie, auch Medikamente und sogar eine Hypnose, obwohl ich eine Heidenangst davor hatte. Nichts davon brachte einen Erfolg. Es seien durchaus Fälle bekannt, bei denen die Erinnerungen erst Jahre oder gar Jahrzehnte später wieder auftauchten, versuchte er mir Hoffnung zu machen. Irgendwann war ich mir aber gar nicht mehr so sicher, ob ich das überhaupt wollte. Obwohl mich die Frage, wie es zu dem Unfall kam, immer noch täglich quält. Ich weiß auch, dass Sid diese Unsicherheit bis heute nicht loslässt und er verzweifelt nach einer Antwort sucht, warum seine Mutter sterben musste. Als ich etwa ein Jahr nach dem Unfall die Therapie abbrechen wollte, versuchte mein Therapeut, mich umzustimmen, und führte meine nächtlichen Albträume als Beweis dafür an, dass ich in meinem Unterbewusstsein das Ereignis noch lange nicht verarbeitet hätte. Er erinnerte mich nochmals daran, dass weiterhin die Möglichkeit bestünde, dass ich mich eines Tages wieder an alles erinnern könnte, wenn ich nur hart genug an mir arbeiten würde. Ich glaubte ihm irgendwann nicht mehr und hielt es für einen Versuch, mich bei der Stange zu halten, um weiterhin leichtes Geld mit mir zu verdienen.

Inzwischen sind mir kurz die Augen zugefallen. Gestern Nacht der viele Alkohol und der Stress mit Amanda. Heute der unvermeidliche Kater, plötzlich die Verhaftung, dann die Vernehmung und schließlich stundenlanges Grübeln in diesem Loch. Ich spüre, wie der Schlaf näher kommt, krümme mich wie ein Embryo zusammen und versuche mich zu entspannen. Erinnere mich daran, dass es immer irgendwie weitergegangen ist. Gebe der Müdigkeit weiter nach. Es wird sich alles aufklären. Da bin ich mir sicher. *Immer wenn du denkst, es geht nicht mehr, kommt von irgendwo ein Lichtlein her ... ein helles Licht ... ein Scheinwerferlicht ... es kommt näher ... rasend schnell. Der grelle Schein blendet mich. Ich kann nichts erkennen. Doch dann ... plötzlich sehe ich es wieder. Erneut diese rot funkelnden teuflischen Augen. Ein gigantischer Knall. Dunkelheit. Ich öffne die Augen und weiß nicht, wo ich bin. Entsetzliche Schreie sind zu hören. Ich versuche mich zu orientieren, aber mein Kopf ist ein einziger Schmerz. Blut strömt über mein Gesicht. Als ich meinen Kopf nach links in Richtung Fahrersitz drehe, muss ich würgen. Mein Herz flimmert. Ich will es nicht sehen. Presse meine Lider zusammen. Öffne sie wieder. Immerzu. Aber mit jedem Öffnen wird es klarer.*

Realer.

Aber wo ist Maras gemusterte Bluse?

Wer ist das ... da auf dem Fahrersitz?

Auf einmal erkenne ich sie. Es ist ANNA, auch wenn von ihrem Gesicht nichts mehr übrig geblieben ist.

Aber wie kann das sein?

Jemand rüttelt an der verbeulten Tür ...

16

Das dröhnende Klappern von Metall auf Metall reißt mich aus meinem Albtraum. Ich schrecke hoch, und erst als ich das Geräusch dem Entriegeln meiner Zellentür zuordnen kann, weiß ich, wo ich mich befinde. Ein kahlrasierter Beamter führt einen groß gewachsenen Mann um die dreißig mit randloser Brille und einem billigen schwarzen Anzug in meine Zelle. Er stellt sich mir als mein Pflichtverteidiger vor. Sein Mund ist riesig und erinnert mich sofort an den Sänger von Aerosmith. Der Glatzkopf schließt von außen die Tür und lässt mich mit dem Anwalt alleine, der mir zur Begrüßung die Hand entgegenstreckt und dabei so breit grinst, dass ich glaube, von seinen schneeweiß gebleichten Zähnen geblendet zu werden.

»Herr Baumann?«, fragt er, während wir uns die Hände schütteln.

»Ja«, sage ich und frage mich, wen er eigentlich sonst in dieser Zelle erwartet hat.

Er stellt seinen Aktenkoffer auf den Tisch und erklärt mir, dass wir in drei Stunden einen Termin beim Haftrichter hätten, er bereits Akteneinsicht habe nehmen können und sich meine Geschichte gerne von mir persönlich anhören möchte. Ich frage ihn, ob wir das Gespräch unbedingt in der Zelle führen müssten, da ich gerade eben erst wach geworden sei und ein dringendes menschliches Bedürfnis verspürte. Er wirft einen kurzen Blick auf die Toilettenschüssel, grinst verlegen und ist sichtlich erleichtert, als der Beamte, den er gerufen hat, unserem Ansinnen nachgibt.

Dreieinhalb Stunden später stehe ich mit Linke und Hauptkommissar Dorn vor dem Büro des Haftrichters und warte darauf, dass uns die Vorzimmerdame endlich das Zeichen zum Eintreten gibt. Schon während meines Gespräches mit Linke und auch hier vor dem Büro des Haftrichters, wo wir bereits eine geschlagene Dreiviertelstunde warten, wechselte meine Gefühlswelt zwischen der Panik, ein Justizopfer zu werden, und der Angst, an einem Lachanfall zu ersticken. Immer wieder denke ich an das Klischee, dass jetzt endlich jemand mit der versteckten Kamera um die Ecke biegen und alle in tosendes Gelächter ausbrechen müssten. Ich kann einfach nicht glauben, was sich hier abspielt und hoffe, dass der ganze Spuk mit dem Besuch beim Haftrichter endlich ein Ende findet. Linke hat mich in dieser Hoffnung bestärkt, er hält die bisherigen Indizien für die Ausstellung eines Haftbefehls nicht für ausreichend. Außerdem hat er mir geraten, keine Aussage mehr zu machen. Nach weiteren fünf Minuten des Wartens dürfen wir endlich eintreten.

Der Haftrichter, ein grimmig dreinschauender, älterer Mann mit Stirnglatze und überdimensioniertem Oberlippenbart, erinnert mich sofort an einen verkappten Nazi. Ich weiß nicht warum, aber als wir ihm gegenübersitzen, kommt mir unweigerlich die Vermutung in den Sinn, dass er sich regelmäßig von einer Domina den Hintern versohlen lässt. Mein Hirn beginnt sofort damit, sich eine Story über ihn zusammenzureimen, und ich muss mich dazu zwingen, seinen Worten zu folgen. Nachdem auch er mich über meine Rechte belehrt hat, kommt er ohne Umschweife auf den Punkt und die Realität fängt mich mit brachialer Gewalt wieder ein.

Er habe Flucht-, Wiederholungs- und Verdunklungsgefahr sowie den Grundsatz der Verhältnismäßigkeit geprüft und könne aufgrund der Schwere des Tatvorwurfs nur zu dem Schluss kommen, dass Untersuchungshaft anzuordnen sei. Ich schlucke und drehe meinen Kopf zu Linke hinüber, der jedoch nur mit den Achseln zuckt. Ich blicke zurück in die ausdruckslosen Augen des Richters und sehe keinen Sinn mehr darin, den Rat meines Anwalts zu befolgen. »Hören Sie«, sage ich zum ihm. »Als ich aus dem Hotel geworfen wurde, war die gute Frau noch putzmunter. Ich war es nicht. Ich kann es gar nicht gewesen sein. Ich bin unschuldig!«

Der Richter klappt den Hefter mit der Untersuchungsakte auf seinem Tisch zu und runzelt die Stirn. »Was macht Sie eigentlich so sicher, Herr Baumann, dass Sie nicht noch einmal in das Hotel zurückgekehrt sind? Schließlich können Sie sich nach eigener Aussage an nichts mehr erinnern, nachdem Sie aus dem Hotel geworfen wurden.«

Ich suche nach einer Antwort, die seine Unterstellung entkräften könnte, komme aber nicht einmal zum Nachdenken, da er sofort nachlegt.

»Wissen Sie, Herr Baumann, es ist schon sehr auffällig, dass Sie immer wieder unter Amnesie leiden – vor allem, wenn dabei Menschen ums Leben kommen.«

Dieser Satz trifft mich wie die Gerade eines Schwergewichtsboxers. Ich taumle. Höre nur noch ganz dumpf seine weiteren Worte. In Sekundenbruchteilen spult sich mein kompletter Albtraum vor meinem geistigen Auge ab.

»An dem Glasdildo in ihrem Rachen sind zwei unterschiedliche Fingerabdrücke identifiziert worden. Die des Opfers selbst …«, er macht eine Pause und schaut mich triumphierend an, »… und – raten Sie mal, wer die zweite Person ist?«

Ich kann nicht antworten. Das laute Pochen in meinem Kopf nimmt fast mein gesamtes Bewusstsein in Beschlag. Der Rest an Verstand reicht allerdings aus, um zu wissen, wie die Antwort lauten wird.

Er nickt, als könnte er meine Gedanken lesen. »Genau, Herr Baumann. Es sind eindeutig Ihre eigenen Fingerabdrücke.«

17

Gleich nach dem Termin beim Haftrichter haben sie mich ins Untersuchungsgefängnis verfrachtet. Drei Tage ist das nun her. Drei unendlich lange Tage. Am ersten Tag wurde ich von einer Zelle in die andere verschoben. Dazwischen in die Dusche bugsiert, wobei mich die ganze Zeit über zwei Vollzugsbeamte nicht aus den Augen ließen und beim Duschen genau beobachteten. Dann wieder warten. Nach zwei Stunden ab in die Krankenstation zur ärztlichen Untersuchung. Dort wieder warten. Nach einer Ewigkeit wurde ich dem Arzt vorgeführt, der mich über meinen Gesundheitszustand und Krankheiten ausfragte, mich mit Gummihandschuhen befummelte und in einen Becher pinkeln ließ, während er die ganze Zeit auf meinen Schwanz starrte. Gestern wurde ich dann in eine Zelle gesteckt, die genauso ein Drecksloch ist, wie es die Zelle im Präsidium war, und in der ich, bis auf zwei kurze Ausflüge in eine Besucherzelle, auch die ganze Zeit über alleine verbrachte. Ehrlich gesagt, ist mir eine Einzelzelle auch ganz recht. Allein wenn ich an die Horrorgeschichten denke, die einem unerfahrenen Neuankömmling im Knast blühen können, verzichte ich liebend gerne auf den Kontakt mit anderen Häftlingen. Alleinsein ist für mich auch kein Problem. Als Autor bin ich daran gewöhnt, denn Schreiben ist eine der einsamsten Tätigkeiten überhaupt. Wobei ich mich nie alleine fühle, denn während der Entstehung eines Romans werden die Figuren in meinem Kopf lebendig und leben mit mir. Vielleicht komme ich deshalb so gut damit zurecht.

Gestern erfuhr ich, dass Sid sich bei der Polizei gemeldet hat, es ihm gut gehe und er über die Situation aufgeklärt worden sei. Ich wollte unbedingt mit ihm telefonieren, was aber abgelehnt wurde. Auch ein Besuch in den nächsten Tagen wurde abgelehnt. Ich erklärte meinem Anwalt, dass Sid finanzielle Unterstützung benötigen werde, falls ich noch länger eingesperrt bliebe, woraufhin er mich darauf verwies, dass in solchen Fällen das Sozialamt zuständig sei, er aber zumindest veranlassen könne, dass Sid die Telefonnummer eines Sachbearbeiters bekäme. Mehr könne er von seiner Seite aus nicht tun.

Als ich heute Vormittag zu Dorn, der mir noch einige Fragen stellen wollte, in die Besucherzelle geführt wurde, bat ich ihn als Erstes, mir einen anderen Anwalt zu besorgen, da dieser Olaf Linke, den er mir als Pflichtanwalt aufs Auge gedrückt hatte, ein Volltrottel sei, woraufhin seine Knollennase eine hochrote Farbe annahm und er mir klarmachte, dass ich vorsichtig sein solle mit dem, was ich sage. Ich machte ihm daraufhin klar, dass er sich seine Fragen sonst wo hinstecken könne und sich verpissen solle.

Vermutlich wäre es besser für mich, wenn ich mich kooperativer zeigen würde, andererseits war ich das anfangs und trotzdem sitze ich jetzt hier in dieser Scheiße und habe inzwischen begriffen, dass meine Situation alles andere als hoffnungsvoll ist. Seitdem ich in diesem Loch hocke, mache ich nichts anderes, als mir den Kopf darüber zu zerbrechen, wer den Mord an Amanda Lubitz begangen haben könnte.

Aber es führt zu nichts. Ich weiß ja nicht einmal, ob der Mord überhaupt etwas mit mir zu tun hat. Es kann reiner Zufall sein, dass ich mit ihr zusammen war, bevor der Mord geschah. Genauso gut kann es sein, dass sie aufgrund einer Verwechslung umgebracht wurde. Ich gebe zu, das ist weit hergeholt. Ist aber alles schon passiert. Denkbar wäre auch, dass einer ihrer anderen Lover sie umgebracht hat. Vielleicht wurde er wie ich mit Dildos beworfen oder noch Schlimmeres, und jetzt hat er sich an ihr gerächt. Ich könnte mir noch tausend andere Konstellationen vorstellen, aber unabhängig davon, wer und warum jemand sie getötet hat, bleibt die grundsätzliche Frage, ob ich nur zufällig als Täter in den Fokus geraten bin oder ob der Mörder vielleicht ganz bewusst diese Gelegenheit genutzt hat, um mir die Sache in die Schuhe zu schieben.

Ich komme zu der Einsicht, dass ich mich gedanklich nur noch im Kreis drehe. Deshalb beschließe ich, mich zur Ablenkung anderweitig zu beschäftigen, bevor ich in die Statistik der Suizidfälle in Untersuchungsgefängnissen eingehe. Zu meiner Überraschung ist der Wärter, den ich nach einem Schreibblock und einem Stift frage, äußerst kooperativ und kurzerhand finde ich mich am Tisch sitzend wieder, den leeren Block anstarrend, während ich am Stielende des Stifts in meiner Hand kaue und überlege, wie es mit *Love Buddy* weitergehen könnte.

In Gedanken gehe ich die bisherige Geschichte noch einmal durch, nehme den Faden in Kapitel 7 wieder auf, als Anna und Leon im Stuttgarter Schlossgarten das erste Mal Sex haben und danach in ein Hotelzimmer umziehen. Die Liebesgeschichte kommt an diesem Punkt überhaupt erst in Gang, als Anna merkt, dass sie mit Leon nicht nur den besten Sex ihres Lebens hatte, sondern dass sie sich auch noch Hals über Kopf in ihn verliebt. Ich stelle mir vor, wie sie sich – zurück in Schöndorf – auf das nächste Rendezvous freut, während Janosch nichts von all dem ahnt. Spinne die Geschichte weiter, bis Anna an den Punkt kommt, wo sie bereit wäre, Janosch zu verlassen, um zu Leon zu ziehen, der ihr zudem einen interessanten Job in seiner Werbeagentur anbietet. Janosch könnte dahinterkommen und anders, als von Anna erwartet, um ihre Liebe kämpfen. Plötzlich ist Janosch sogar dazu bereit, Schöndorf und selbst seine Mutter zu verlassen, um mit ihr und den Kindern nach Stuttgart zu ziehen, so wie sie es sich immer gewünscht hat. Anna ist hin- und hergerissen, sieht die gemeinsame Zukunft mit Janosch und den Kindern vor sich, erwägt sogar die Möglichkeit einer Paartherapie, für die Janosch bereits einen Termin vereinbart hat, während Leon weiter heftig um sie wirbt und längst von Heirat spricht, wenn sie erst einmal geschieden ist. Anna muss ständig an ihre Familie denken, wenn sie mit Leon zusammen ist, während ihr Leon nicht mehr aus dem Kopf geht, wenn sie zuhause dem Alltag nachgeht. Schließlich muss sie eine Entscheidung treffen und …

Ich fange an und komme kaum noch nach, so schnell strömen die Worte aus mir heraus. In weniger als einer halben Stunde habe ich ein weiteres Kapitel geschrieben. Meine eigene Schrift kann ich kaum noch erkennen. Viele Wörter enden in gekritzelten Schlangenlinien, mit denen die letzten Buchstaben nur angedeutet sind, damit ich beim Schreiben meinen rasenden Gedanken überhaupt folgen kann. Schließlich mache ich mich daran, in Ruhe alles noch einmal zu überarbeiten, und gebe mir bei der Reinschrift so viel Mühe wie noch nie, um ein möglichst sauberes Schriftbild zu erzeugen. Zeit habe ich momentan schließlich mehr als genug.

Diese doch recht stumpfsinnige Arbeit lässt meinem Bewusstsein genug Raum, um mich mit einem weiteren Gedanken zu beschäftigen. Ich weiß nicht, wie es passiert ist, aber die Geschichte hat plötzlich eine Eigendynamik entwickelt. Sie scheint sich mit meinem eigenen Leben zu verstricken.

LOVE BUDDY - KAPITEL 8

Seit heute Nacht weiß ich endlich wieder, wie es sich anfühlt, wenn man als Frau begehrt wird. Was es mit einem macht, wenn man vor Lust und Leidenschaft fast den Verstand verliert. Mehr wollte ich doch gar nicht.

Noch vor wenigen Tagen musste ich insgeheim schmunzeln, als Margot mir unter Tränen erzählte, dass ihr Mann Werner eine Affäre habe und sich jetzt auch noch einbilde, er habe sich in diese »Fickschlampe« verliebt.

Bisher dachte ich immer, dass man diese beiden Dinge trennen könne, aber gestern Nacht habe ich mich – wie noch nie zuvor in meinem fast vierzigjährigen Leben – in einen Mann verliebt, mit dem ich mich eigentlich ausschließlich zum Sex treffen wollte.

Es muss im Hotelzimmer passiert sein, als wir verschwitzt Gesicht an Gesicht im Bett lagen und uns glückselig in die Augen blickten. Das übermächtige Gefühl des Verliebtseins packte mich so plötzlich und gewaltig, dass ich seitdem wie berauscht bin. Erst auf der Rückfahrt nahm ich meine mahnende innere Stimme überhaupt wahr: *Anna, das kannst du deiner Familie nicht antun. Denk an deine Kinder. Verstehst du nicht, was du damit alles aufs Spiel setzt? Bist du jetzt völlig übergeschnappt? Ha! Verliebst dich, als wärst du noch ein Teenager. Mach dich doch nicht lächerlich.*

Es ist ein seltsames Gefühl, jetzt, nur wenige Stunden später, mit meiner Familie am Frühstückstisch zu sitzen, als ob nichts geschehen wäre. Janosch hat sich wie immer hinter seiner Sonntagszeitung verschanzt, während Nora und Max zufrieden an ihrem heißen Kakao schlürfen.

Meine Gedanken kreisen um Leon, gedankenverloren schaue ich aus dem Küchenfenster. Draußen kriecht eine schwarze Limousine an unserer Hauseinfahrt vorbei. Ich kann erkennen, dass ein Mann mittleren Alters am Steuer sitzt, die zierliche junge Frau neben ihm späht durch das Beifahrerfenster hinaus. Als sie fast vorbei sind, zeigt sie plötzlich auf unser Haus. Genauer gesagt auf die Stelle, an der unsere Hausnummer angebracht ist. Der Wagen setzt ein Stück zurück und biegt zielstrebig in unsere Einfahrt ein. Jetzt bemerken es auch die Kinder. Selbst Janosch blickt von seiner Zeitung auf und fragt mich, wer es wohl wage, uns am Sonntagmorgen um diese Uhrzeit einen Besuch abzustatten. »Keine Ahnung«, antworte ich, als ob mich das Ganze nichts anginge. Doch als die beiden aus dem Wagen steigen und sich unserer Haustür nähern, macht sich ein flaues Gefühl in meiner Magengegend breit.

Ich habe sehr wohl eine Ahnung, warum sie hier sind. Obwohl ich keiner Menschenseele etwas von Leon erzählt habe, glaube ich plötzlich zu spüren, dass dieser Besuch etwas mit der vergangenen Nacht zu tun haben könnte. *Anna, hör auf damit,* versuche ich mich zu beruhigen. *Bestimmt ist alles ganz harmlos und die beiden haben sich nur in der Straße geirrt. Wahrscheinlich wollen sie sich ein Haus anschauen, das irgendwo in der Nähe zum Verkauf steht.*

Das elektronische Gedudel der Haustürklingel versetzt mir einen Stich. Ich zucke zusammen und blicke Janosch an. Er schaut zurück, runzelt die Stirn und fragt mich, was denn plötzlich mit mir los sei. Doch ich kann ihm nichts entgegnen, ich kann nur noch mit wild pochendem Herzen dasitzen und hoffen, dass sich dieser friedliche Sonntagmorgen nicht in einen schrecklichen Albtraum verwandelt. Nach einer Weile schüttelt Janosch verständnislos den Kopf, knallt die Zeitung auf den Tisch und steht auf. Es klingelt zum zweiten Mal und nun springen auch die Kinder auf. Dabei rutscht ein Marmeladenbrötchen vom Teller und klatscht mit der beschmierten Seite auf den Parkettfußboden.

»Da sind zwei Beamte von der Kriminalpolizei«, stammelt

Janosch von der Tür herüber. »Sie möchten mit *dir* sprechen, Anna.« Er bittet die beiden herein und als er sie ins Wohnzimmer führt, durchfährt mich ein kalter Schauer beim Anblick meines Ehemanns, der mir einen derart befremdlichen Blick zuwirft, wie ich ihn noch nie zuvor an ihm gesehen habe.

Ich wende mich ab und blicke stattdessen den stattlichen Mann an, der sich als Hauptkommissar Krüger vorstellt und dessen XXL-Lederjacke einen ranzigen Geruch verströmt. Er zieht ein Foto aus der Innentasche, hält aber noch einmal kurz inne und blickt zuerst zu Janosch, dann mit einem angedeuteten Nicken zu den Kindern. Janosch braucht einige Sekunden, um zu verstehen, bringt Nora und Max aber schließlich die Treppe hinauf in ihre Zimmer. Ich sitze wie betäubt am Frühstückstisch und kann mich immer noch nicht rühren. Dieser Krüger hält mir jetzt das Foto direkt vor die Nase und fragt mich, ob ich den abgebildeten Mann kenne. Seine Kollegin fragt mich ebenfalls etwas, aber ihre Worte dringen nicht zu mir durch. Gar nichts dringt mehr zu mir durch. Ich kann nur noch auf dieses Foto starren, auf dem das Gesicht des Mannes abgebildet ist, in den ich mich gerade eben erst verliebt habe. Mit dem ich noch vor wenigen Stunden den besten Sex meines Lebens hatte. Mit dem ich durchs Universum geflogen bin.

Der Schweiß bricht mir aus allen Poren, gleichzeitig bekomme ich eine Gänsehaut. Ich kann immer noch nicht glauben, was ich da sehe. Will es einfach nicht wahrhaben. Schließlich hebe ich den Kopf und blicke zu dem Kommissar hoch. Erst als dieser die Lippen leicht zusammenpresst und kaum merklich mit dem Kopf nickt, beginne ich zu akzeptieren, was nicht mehr zu leugnen ist. Der Mann auf dem Foto lebt nicht mehr. Leon ist tot.

18

Das metallische Geräusch der sich öffnenden Zellentür lässt mich aufschrecken. Olaf Linke kommt herein und grinst so breit, dass sein schneeweißes Gebiss fast komplett freigelegt wird und ich fürchten muss, er würde seine spitzen Eckzähne gleich in meinen Hals rammen und mir das Blut aus dem Körper saugen.

»Packen Sie Ihre Sachen, Herr Baumann, Sie sind frei.«

Ich starre ihn ungläubig an. Glaube mich verhört zu haben.

»Ihre Späße können Sie sich sparen«, sage ich in der Hoffnung, dass es keiner war. Er setzt einen mitleidigen Blick auf, ganz so als wäre ich jahrelang in einem feuchten dunklen Kerker eingesperrt gewesen und hätte längst meinen Verstand verloren.

»Es gibt neue Verdachtsmomente, die nahelegen, dass Sie nicht der Täter sind. Der Richter hat den Haftbefehl gegen Sie aufgehoben.«

»Wie?«, frage ich. »Was für Verdachtsmomente?«

»Jetzt kommen Sie erst mal mit. Ihr Sohn wartet bereits im Auto. Ich fahre Sie zu Ihrer Wohnung und erzähle Ihnen unterwegs alles.«

Ich liebe deine schneeweißen Vampirbeißerchen, möchte ich ihm entgegenschreien, ihn umarmen und küssen, kann mich aber gerade noch beherrschen. Stattdessen packe ich meinen Krempel zusammen und wir erledigen die Formalitäten. Erst als wir tatsächlich das Untersuchungsgefängnis der JVA verlassen und ich einen kurzen Blick zurück über den hohen Zaun auf die vergitterten Zellenfenster dahinter werfe, kann ich wirklich fassen, dass ich frei bin.

Als wir Linkes Wagen näherkommen, sehe ich Sid an der Motorhaube lehnen. Er kommt uns entgegen und wir umarmen uns. Es tut so gut, ihn zu spüren. Wir fragen uns gleichzeitig, wie es dem anderen geht, und müssen deshalb lachen. Zumindest in diesem kurzen Moment scheint die Welt in Ordnung zu sein.

Ich sitze vorne neben Linke, während Sid hinten Platz nimmt, sich aber gleich nach vorne beugt und mit den Unterarmen auf den Rückenlehnen der Vordersitze aufstützt, um unserem Gespräch besser folgen zu können.

»Sie sind ein Teufelskerl. Aber jetzt erzählen Sie schon, wer der Täter ist«, unterbreche ich Linke, der seit Minuten über die Formalitäten referiert, mit denen er beim Richter die Aufhebung des Haftbefehls erwirken konnte. Er schaut mich für einen Moment etwas enttäuscht an, aber als er seinen Blick wieder auf die Straße richtet, legt er endlich los.

»Amanda Lubitz pflegte seit Jahren zahlreiche sexuelle Kontakte zu Männern, die sie über einschlägige Online-Kontaktbörsen kennengelernt hat. Nach ersten Ermittlungsergebnissen handelte es sich dabei hauptsächlich um wesentlich jüngere Männer, vorwiegend aus der Künstlerszene: Musiker, Sänger, Schriftsteller, Maler, Tänzer und Schauspieler. Sie hat nichts ausgelassen, selbst Kameramänner, Beleuchtungstechniker oder Bühnenbildner hat sie zur Not vernascht.«

Ich muss an Charly denken und frage mich, wie vielen Männern er wohl bei einem Date mit der sexsüchtigen *Bella-Elisa* schon Champagner serviert hat. Ich frage Linke, ob sie sich auch in anderen Hotels mit Männern getroffen habe.

»Ja«, antwortet er. »Sie hatte fünf oder sechs Hotels, in denen sie sich vorzugsweise mit ihren Onlinebekanntschaften regelmäßig getroffen hat. Das Grand Hotel war nur eines davon.«

Ein extrem pathologischer Fall einer Schattenkünstlerin, denke ich, und im Grunde genommen tragen ihre Eltern die Verantwortung dafür. Sie unterdrückten die kreativen Talente ihrer Tochter, zerstörten ihren Traum und zwangen sie, etwas »Vernünftiges« zu studieren. Ihre sexuellen Ausschweifungen waren nur ein Ventil, eine Art Kompensation. Linke redet bereits weiter und bringt den Hobbypsychologen in mir zum Schweigen.

»Sie war seit fast fünfzehn Jahren mit einem elf Jahre älteren

Mann verheiratet. Gerold Lubitz, ihr Ehemann, steht unter dem dringenden Tatverdacht, sie in dem Hotelzimmer aus Eifersucht ermordet zu haben, kurz nachdem Sie aus dem Hotel ... entfernt wurden.«

»Scheiße!«, platzt es aus mir heraus.

»Cool«, meldet sich Sid von hinten.

»Na ja«, fährt Linke fort. »Wenn man bedenkt, dass ihre sexuellen Eskapaden seit Jahren ein offenes Geheimnis in ihrem Bekanntenkreis waren, muss man sich fast wundern, dass es nicht schon früher passiert ist. Sie muss ihren Mann auch häufig schwer gedemütigt haben. Nach Zeugenaussagen hat sie ihn immer wieder öffentlich als Versager und Schlappschwanz bezeichnet. Es war wohl auch nicht das erste Mal, dass er sie bei einem ihrer Dates überrascht hat. Zuletzt gab es vor einigen Wochen einen Vorfall in einem anderen Hotel, wo er ihr bei einem Date eine heftige Szene gemacht hat und daraufhin vor die Tür gesetzt wurde. Damals ist er nicht handgreiflich geworden, aber diesmal ...« Er dreht seinen Kopf erneut zu mir hinüber. »Das Date mit Ihnen scheint das Fass zum Überlaufen gebracht zu haben.«

»Warum hat er sich dann nicht einfach von ihr getrennt?«, fragt Sid.

»Das weiß ich nicht. Aber er war mittellos, als er sie geheiratet hat, und es gibt einen Ehevertrag. Lubitz ist ein gebrochener Mann, ein erfolgloser, gescheiterter Maler und Bildhauer. Seit Jahren alkoholkrank. Und um seinen Gesundheitszustand scheint es auch nicht mehr allzu gut bestellt zu sein. Vielleicht hat er einfach nichts mehr zu verlieren und sich nun gerächt.«

»Wie ist die Polizei auf ihn gekommen?«, frage ich.

»Ein Page hat sich daran erinnert, wie Lubitz am Tattag kurz nach Mitternacht mit ihm im Aufzug nach oben gefahren und in dem Stockwerk ausgestiegen sei, in dem sich die Suite befindet. Er erinnerte sich noch ganz genau, weil der Mann extrem nach

Alkohol gerochen habe.«

Ich will Linke unterbrechen und ihn fragen, warum dieser Schwachkopf sich erst jetzt gemeldet hat, aber er beantwortet meine Frage bereits.

»Kurz nachdem der Page Lubitz im Aufzug getroffen hatte, verabschiedete er sich in den Feierabend und hatte daraufhin wegen eines Todesfalls im Familienkreis einige Tage frei. Er konnte erst gestern vernommen werden.«

»Aber das beweist ja noch nicht allzu viel«, gebe ich zu bedenken.

»Das alleine nicht. Aber unter den zahlreichen Fingerabdrücken, die im Hotelzimmer gesichert wurden, befinden sich auch welche von Gerold Lubitz. Soweit man feststellen konnte, scheinen sie frisch zu sein. Er muss in der Tatnacht in dem Zimmer gewesen sein.«

»Und warum sind dann seine Abdrücke nicht auf dem Glasdildo?«

»Das ist der einzige Knackpunkt. Lubitz gibt zwar zu, in dem Hotelzimmer gewesen zu sein, streitet die Tat aber vehement ab. Seine Aussage lässt allerdings den Schluss zu, dass er nicht mehr ganz bei Sinnen war. Laut seiner Aussage sei ihm die Tür von irgendjemandem, an den er sich jedoch nicht erinnern könne, geöffnet worden und dann habe er seine Frau tot daliegen sehen. Er sei total geschockt gewesen und habe sich völlig verstört aus dem Hotel geschlichen, weil er irrsinnige Angst davor gehabt habe, als Mörder beschuldigt zu werden.«

Mein Autorenhirn läuft auf Hochtouren. Er könnte Handschuhe getragen haben, als er sie erwürgt und ihr anschließend den Dildo in den Rachen gerammt hat. Aber warum hat er sie dann nicht schon vorher angezogen und stattdessen überall im Zimmer seine Fingerabdrücke hinterlassen? Natürlich könnte es sein, dass er anfangs gar nicht vorhatte, seine Frau umzubringen, und sich erst im Verlauf eines Streits spontan dazu entschloss.

Andererseits war er stark alkoholisiert. Würde ein Mensch in diesem Zustand überhaupt noch so geistesgegenwärtig sein und Handschuhe anziehen?

»Für den Richter scheint der Fall jedenfalls klar zu sein«, lenkt Linke mich von meinen Gedankengängen ab. »Er hat sofort Haftbefehl erlassen und Lubitz befindet sich bereits auf der Krankenstation. Er muss erst mal einen Entzug machen.«

Diese Unklarheit mit den Fingerabdrücken macht mich stutzig. Obwohl ich Gerold Lubitz nie begegnet bin, zweifle ich daran, dass er der Mörder ist. Aber mir ist es allemal lieber, er sitzt unschuldig im Knast, als ich, so hart das auch klingt.

»Was ist mit meinem Laptop?«

»Gut, dass Sie mich daran erinnern. Ist im Kofferraum. Die Computerforensiker haben eine Kopie der Festplatte angefertigt. Die Daten werden selbstverständlich gelöscht, sobald Lubitz verurteilt und der Fall abgeschlossen ist. Ich soll Ihnen übrigens von Kommissar Dorn ausrichten, dass er das Manuskript nicht mehr aus der Hand legen konnte und gespannt ist, wie ihre Geschichte mit Anna weitergehen wird. Er wird auf jeden Fall ein Exemplar kaufen, sobald ihr Buch herauskommt, und Sie müssen es ihm dann unbedingt signieren.«

Ich fühle mich geschmeichelt. »Bekomme ich eigentlich Haftentschädigung?«, frage ich leise in der Hoffnung, Sid bekommt es hinten nicht mit. »Da gibt es doch Pauschalen, oder nicht?«

Linke runzelt etwas verwundert die Stirn. »Sofern gegen Sie kein Hauptverfahren eröffnet wird, wovon auszugehen ist, bekommen Sie fünfundzwanzig Euro für jeden angefangenen Tag.«

Immerhin, denke ich. Besser als nichts. Ich werde nun zwar nicht mehr unschuldig als Mörder verdächtigt, aber dafür haben mich meine Geldsorgen wieder eingeholt.

19

Sid und ich sitzen am Spreewaldplatz vor dem Rissani, lassen uns Falafel und Schawarma schmecken und trinken Schwarztee, den es umsonst dazu gibt. Das Rissani ist mehr Imbiss als Restaurant, dafür kann man sich für einen Fünfer pro Person locker satt essen und das auch noch einigermaßen gesund. Sid futtert, als hätte er seit Tagen nichts mehr gegessen, während er zwischendurch immer wieder WhatsApp-Nachrichten verschickt. Mir liegt die Frage auf der Zunge, ob er das Scheißding nicht wenigstens beim Essen weglegen könne, möchte aber nicht schon wieder an ihm herummosern.

Nachdem Linke uns vor dem Haus abgesetzt hatte, ging ich duschen und zog mir frische Klamotten an, während Sid seinen neuen Akku in Betrieb nahm. Auf dem Weg zum Rissani fragte er mich dann plötzlich nach Geld. Ich wollte wissen, was er für einen Betrag im Sinn hätte, und er antwortete, dass ein Hunni okay wäre. Ich sagte ihm spontan zu, obwohl augenblicklich Panik in mir aufstieg. Er weiß nicht, wie es finanziell um uns bestellt ist. Ich will ihn damit nicht auch noch belasten, obwohl ihm klar ist, dass ich seit Maras Tod nichts mehr veröffentlicht habe und er mich deshalb im Streit auch schon als Loser bezeichnet hat. Aber er glaubt nach wie vor, die Tantiemen meiner bisher veröffentlichten Bücher würden locker zum Leben ausreichen, und er spricht auch immer wieder von der Weltreise, die ich ihm zum achtzehnten Geburtstag versprochen habe. Ich atme schwer, als mir bewusst wird, dass es bis dahin gerade einmal noch sechs Wochen sind. Irgendwann muss ich ihm die Wahrheit sagen. Vielleicht wäre jetzt der richtige Moment.

Diese Weltreise ist nicht einfach nur ein Versprechen. Sid war damals fast vierzehn und am ersten Todestag von Mara ging es ihm sehr schlecht. Schon Wochen zuvor hatte er sich immer mehr zurückgezogen und kaum noch mit mir gesprochen. Seine schulischen Leistungen waren immer schlechter geworden. Ich hatte höllische Angst davor, er könnte sich etwas antun. Als ich ihm einen Termin bei einem Jugendpsychiater vorschlug, schrie er mich nur an und beschimpfte mich aufs Übelste. Für einen winzigen Moment verlor ich die Beherrschung und knallte ihm eine. Es war das erste und das letzte Mal, und auch nur mit der flachen Hand, aber dafür mit aller Kraft, sodass er sogar aus dem Ohr blutete. In dem Moment, in dem meine Hand gegen sein Gesicht drosch, wurde mir bewusst, dass ich einen großen Fehler begangen hatte. In der Tat bewirkte die Ohrfeige genau das Gegenteil von dem, was ich bezweckt hatte. Anstatt vernünftig zu werden – was auch immer das bedeuten mag bei einem Jungen in der Pubertät, der seine Mutter verloren hat – zog er sich noch mehr in sich zurück. Ich fühlte mich schuldig und einige Wochen später, an seinem vierzehnten Geburtstag, schenkte ich ihm als eine Art Wiedergutmachung eine Weltkarte und versprach ihm, dass wir beide an seinem achtzehnten Geburtstag zu einer Weltreise aufbrechen würden. Seine Freude war riesengroß. Wir umarmten uns und weinten zusammen. Plötzlich sah ich wieder so etwas wie Zuversicht in seinen Augen. Ich bin noch heute davon überzeugt, dass es das Richtige war, es ihm damals zu versprechen. Ich wusste, dass er als Kind schon immer davon geträumt hatte. Unzählige Male hatte er das Buch »In 80 Tagen um die Welt« von Jules Verne gelesen, das Mara ihm mit einer liebevollen Widmung zu seinem neunten Geburtstag geschenkt hatte.

Sid schaut zu mir auf und sein unruhiger Blick verrät mir, dass er bald losziehen möchte. Ich verwerfe den Gedanken, ihm zu beichten, dass ich mein Versprechen von damals nicht werde einhalten können. Als wir zu Ende gegessen haben, frage ich ihn, wofür er das Geld eigentlich brauche. Er grinst und sagt, er habe eine neue Freundin. Ich freue mich für ihn und schlage vor, er solle sie mir mal vorstellen. Später vielleicht, sagt er. Ich bin mir nicht sicher, ob er mich anlügt. Vielleicht bin ich ihm auch einfach nur peinlich. Weiß der Teufel, was in Sid vorgeht. Wir räumen den Tisch ab und nach einem kurzen Abstecher zum Bankautomaten zieht er los.

Ich bin froh, dass ich im Treppenhaus niemandem begegne und von nervigen Fragen verschont bleibe. In der Wohnung setze ich mich sofort an meinen Laptop und prüfe, ob die Forensiker etwas durcheinandergebracht haben, aber es scheint alles in Ordnung zu sein. Um den Kopf freizubekommen, stelle ich mich ans geöffnete Fenster und atme tief durch. Im Grunde kann ich immer noch nicht fassen, was mir die letzten Tage zugestoßen ist. Es kommt mir alles so unwirklich vor. Dieses Date an sich war schon bizarr genug. Und dann auch noch als vermeintlicher Mörder im Gefängnis zu landen – verrückt! Einfach nur verrückt.

Gerade als ich mich vom Fenster wegdrehen will, entdecke ich Gregor, der, die Hände in den Hosentaschen, auf der anderen Straßenseite lässig am Park entlang schlendert. Ich weiche automatisch ein Stück zurück, doch plötzlich stiert er mit finsterem Blick genau zu meinem Fenster hinauf und unsere Blicke treffen sich für einen winzigen Augenblick. Ich bin sicher, dass er mich gesehen hat, aber er tut so, als ob nichts gewesen wäre, und wechselt auf die der Häuserfront zugewandte Straßenseite. Ich lehne mich ein Stück weit aus dem Fenster und kann gerade noch sehen, wie er in der nächsten Seitenstraße verschwindet.

Gregor muss mitbekommen haben, dass ich wegen Mordverdachts verhaftet wurde. An seiner Stelle hätte ich auch einen neugierigen Blick auf das Fenster eines vermeintlichen Mörders geworfen, wenn ich zufällig an dessen Wohnung vorbeigekommen wäre. Trotzdem lässt sich meine vage Ahnung nicht abschütteln, er könnte einen weiteren Versuch unternehmen, mich anzupumpen. Zum Glück bleibt die Klingel stumm und einige Minuten später beginne ich damit, meine handschriftlichen Aufzeichnungen aus der Untersuchungshaft in das Manuskript einzuarbeiten.

Noch während des Abtippens grüble ich darüber nach, wie es überhaupt dazu kommen konnte, dass die sich anbahnende Liebe zwischen Anna und Leon so jäh beendet wurde. Natürlich war ich in diesem Drecksloch von einer Zelle nicht unbedingt in der Stimmung, einen locker-flockigen Liebesroman fortzuführen. Aber trotzdem, ich wollte definitiv nicht, dass Leon stirbt. Ich überlege, ob ich das Kapitel in die »Tonne« verschieben und es einfach neu schreiben soll, aber irgendetwas hält mich davon ab.

Stattdessen beginne ich mit dem nächsten Kapitel, doch es dauert nicht lange, bis das seltsame Gefühl wieder auftaucht, dass ich nicht mehr Herr meiner Geschichte bin. Dass meine Finger, die wie flinke Käfer über die Tastatur rascheln, sich verselbstständigt haben, und ich nur dabei zuschaue, wie sich die Buchstaben vor mir auf dem Bildschirm aneinanderreihen und zu Worten und Sätzen formen.

Hauptkommissar Krüger, seine Kollegin und ich haben uns ins Wohnzimmer gesetzt. Er hat das Foto, auf dem Leon zu sehen ist, auf den Couchtisch gelegt, sodass ich es ständig anstarren muss. Janosch kommt die Treppe herunter, sagt, die Kinder seien jetzt in ihren Zimmern, und setzt sich zu uns. Mir ist eiskalt und ich zittere, obwohl es ein heißer Sommertag ist und wir bald Mittag haben. Wir sitzen da und niemand sagt etwas. Ich spüre genau, wie Janosch mich beobachtet. Aus seiner Stimme habe ich heraushören können, wie verunsichert und gleichzeitig wütend er ist. Er ahnt etwas. Ich ertrage diese Stille nicht mehr.

»Ja«, sage ich und blicke von dem Foto auf. »Ja, ich kenne diesen Mann.«

Janosch starrt mich mit großen Augen an, sagt aber nichts. Mir ist klar, dass er auf eine Erklärung wartet. So wie dieser Krüger und seine Kollegin. Die Gedanken fliegen nur so durch meinen Kopf. Ich wäge ab. Soll ich mit der ganzen Wahrheit rausrücken oder nur mit einem Teil? Soll ich ihnen vielleicht eine komplette Lügengeschichte auftischen? Ja, ich kenne diesen Mann. Wir sind uns gestern zufällig in Stuttgart begegnet, als ich shoppen war. Ich kenne ihn noch vom Studium und wir sind zusammen etwas essen gegangen. Mehr war da aber nicht und danach bin ich wieder nach Hause gefahren. Ja, Janosch, ich habe dich angelogen, es war keine Kommilitonin, sondern ein Kommilitone. Ich wollte nur nicht, dass du eifersüchtig wirst. Es gibt ja auch überhaupt keinen Grund dazu. Wir waren nur essen. Sonst war da nichts. Ehrlich. Du musst mir glauben.

»Wir hatten eine Affäre«, sage ich.

Janosch wendet sofort seinen Blick von mir ab, schießt aus dem Sessel hoch und schreitet zur Terrassenfront. Er sagt kein Wort.

Krüger nickt, deutet mir damit an, ich solle weitererzählen. Ich vermute, dass sie über das Seitensprungportal auf mich gekommen sind. Selbst als wir im Hotel waren, habe ich Leon weder meinen richtigen Namen noch meine Adresse genannt. Ich wollte mir diesen letzten Rest Anonymität noch eine Weile bewahren. Wollte lieber abwarten, wie es weitergeht, wie sich meine Gefühle entwickeln. Leon hatte kein Problem damit, obwohl er mir seine wahre Identität längst offenbart hatte. Krüger fragt mich, ob ich seinen Namen kenne.

»Er heißt Leonardo Monti«, antworte ich.

»Wann haben Sie ihn zum letzten Mal gesehen?«

»Gestern.«

»Genauer, bitte.«

»Nein, es war natürlich heute. Es war ziemlich genau 2 Uhr.«

»Wo haben Sie sich zu diesem Zeitpunkt aufgehalten?«

»In dem Hotelzimmer, das auch auf dem Foto zu sehen ist. Ich bin um 2 Uhr von dort weggegangen und dann mit dem Auto zurück nach Schöndorf gefahren.« Ich blicke hinüber zur Terrasse. Janosch steht mit dem Rücken zu uns regungslos vor der großen Fensterfront. Die Hände in den Hosentaschen seiner schlabberigen Jogginghose. Man kann sehen, dass er sie zu Fäusten geballt hat.

»Mmh«, gibt Krüger von sich und fährt sich mehrmals mit der Hand über seinen Dreitagebart. Das Kratzen seiner Bartstoppeln ist zu hören, so still ist es.

»Wann sind Sie zuhause in Schöndorf angekommen?«, fährt er fort.

»Es muss so gegen 3 Uhr gewesen sein.« Ich blicke zu Janosch hinüber. Krüger folgt meinem Blick.

»Herr Schubert, können Sie das bestätigen?«

Janosch rührt sich nicht, steht stumm mit dem Rücken zu uns. Irgendwann beginnt er kaum merklich den Kopf zu schütteln.

»Herr Schubert?«, fragt Krüger jetzt nachdrücklicher und erhebt sich von der Couch. Im selben Moment dreht Janosch den Kopf zu uns, streift mich kurz mit einem strafenden Blick und wendet sich dann Krüger zu. Seine Stimme ist fest und klar. »Nein. Es tut mir leid. Ich habe geschlafen. Tief und fest … Nein, ich weiß nicht, wann meine … wann *Anna* zurückgekommen ist. Ich habe sie erst heute Morgen bemerkt, als ich aufgewacht bin.«

Ich starre ihn an. Es tut dir nicht leid, Janosch, denke ich. Dir tut überhaupt nichts leid. Du selbst tust dir am meisten leid. Was wohl die Leute sagen werden, tut dir leid. Dir geht es nicht um mich. Dir geht es nicht einmal um die Kinder. Es geht nur um dich. Um deinen Ruf. Dir geht es wie deiner Mutter nur um deinen verdammten Scheißnamen.

Ich erhole mich allmählich von dem Schock und stehe auf. Wie mein Schatten erhebt sich gleichzeitig auch Krügers Kollegin, rückt näher an mich heran.

»Haben Sie schon einen Verdacht?«, frage ich Krüger, der daraufhin seine Kollegin anblickt. Die beiden nicken sich zu. Sie scheinen gerade eine stille Vereinbarung zu treffen.

»Wie ist Leon ...«

Krüger schneidet mir das Wort ab. »Er ist gewaltsam zu Tode gekommen. Der Todeszeitpunkt liegt zwischen 2 und 3 Uhr morgens, Genaueres wird die Obduktion ergeben.«

Seine Kollegin meldet sich zu Wort: »Wir müssen Sie bitten, mitzukommen. Sie können noch ein paar Sachen einpacken … und ich muss Sie durchsuchen.«

Ich begreife nicht. Mein Gehirn braucht einige Sekunden, um die Bedeutung ihrer Worte zu verstehen. Zuerst glaube ich, ich würde träumen. Dann sitze ich als Zuschauer in einer Theatervorstellung und verfolge das Drama auf der Bühne. Aber es sind keine Schauspieler. Ich erkenne meinen Mann. Krüger. Seine Kollegin. Mich!

»Sie sind vorläufig festgenommen, Frau Schubert«, macht

mir Krüger nun endgültig klar, dass sich hier alles in der Realität abspielt.

»Wie?«, wiederhole ich apathisch. »Wie ist Leon umgebracht worden?«

20

Am frühen Morgen sitze ich wieder an meinem Laptop und starre seit einer geschlagenen Stunde auf den blinkenden Cursor unter Annas Frage: *Wie ist Leon umgebracht worden?*

Die vergangene Nacht war eine der schlimmsten seit langer Zeit. Zuerst lag ich ewig lange wach und grübelte darüber nach, warum meine Geschichte plötzlich einen ganz anderen Verlauf nimmt, als ich geplant hatte. Nachdem ich endlich hatte einschlafen können, schreckte ich keine Stunde später aus meinem Albtraum auf und fand mich schweißgebadet, aufrecht sitzend im Bett wieder. Dieser Traum wird immer absurder. Obwohl ich mich nicht mehr an alle Einzelheiten erinnern kann, bleibt diesmal eine diffuse Angst zurück, die ich bisher nicht kannte. Vielleicht werde ich allmählich einfach verrückt, denn jetzt haben sich auch noch Leon und Rolf in meinen Traum geschlichen. Selbst Gregor ist für einen kurzen Moment aufgetaucht, als er mit einem schwarzen Schäferhund an der Unfallstelle vorbeispazierte. Aber er ging fröhlich pfeifend einfach am Unfallwagen vorbei, blickte mir dabei sogar einmal ohne jegliche Gefühlsregung direkt in die Augen, bevor er wieder verschwand.

Ich fühle mich wie gerädert und der nächste Satz will einfach nicht kommen. Natürlich könnte ich irgendetwas schreiben. Krüger könnte antworten: *Ihm wurde die Kehle durchschnitten* oder *Ihm wurden der Schwanz und die Eier abgeschnitten und das ganze Gelumpe in den Rachen gesteckt. Nach der Obduktion werden wir wissen, ob er verblutet oder an seinen Genitalien erstickt ist.* Das wäre vielleicht für manche Leser schockierend, aber nicht besonders originell, denn irgendwo hatte ich das schon einmal gelesen. Vielleicht war es auch ein Film, so genau weiß ich es selbst nicht mehr. Aber wie Leon getötet wurde, ist auch gar nicht so entscheidend. Die Frage ist vielmehr: *warum?* Und was wird mit Anna geschehen? Wird man sie wie in meinem Fall nach einigen Tagen U-Haft rehabilitieren und freilassen, nachdem der wahre Täter überführt werden konnte?

Es könnte auch irgendein Zufall eine Rolle spielen. Es könnte sich herausstellen, dass der wahre Täter keinerlei Verbindung zu Anna hat und durch eine glückliche Fügung überführt wird – *deus ex machina,* ein göttlicher Zufall. Allerdings ist auch das nicht gerade originell und die Leser nehmen einem solch unmotivierte Zufälle leicht übel. Zu Recht.

Leon könnte andererseits in mafiöse Angelegenheiten verstrickt gewesen sein. Er könnte als professioneller Auftragskiller gearbeitet haben, der von den Hinterbliebenen eines seiner Opfer aus Rache umgebracht wurde. Aber würde ein Auftragskiller zur Tarnung ein Doppelleben als gesundheitsbewusster Creative Director führen? Wäre er jemand, der sich von Biokost und Kokosnussöl ernährt und aus Mitleid mit Tieren zum Vegetarier wird? Jemand, der sich zudem über Seitensprungportale mit Frauen zum Sex verabredet?

Und was ist mit Janosch? Er könnte Anna auf die Schliche gekommen sein und Leon aus Eifersucht getötet haben. Bisher ist schließlich noch nicht allzu viel über ihn bekannt. Er könnte Sportschütze sein, womit sich auch die Frage erledigt hätte, wie Leon umgebracht wurde.

Oder vielleicht war es sogar Anna selbst? Ja, genau, sie weiß es nur nicht, weil sie eine psychische Störung hat. Sie könnte Stimmen gehört haben, eine multiple Persönlichkeitsstruktur aufweisen, vielleicht nicht das Geringste von ihrer dunklen Seite ahnen – Doktor Jekyll und Mister Hyde lassen grüßen.

Nein, alles schon mal da gewesen.

Ich stehe auf und wandere unruhig durch die Wohnung. Vielleicht sollte ich wieder einen Spaziergang machen. Die besten Ideen kommen einem oft, wenn man gar nicht damit rechnet. Unter der Dusche. In der U-Bahn. Auf der Toilette. Plötzlich ist die Lösung für ein Problem da. Wenn man über etwas stundenlang nachgrübelt, kommt meistens nichts viel dabei heraus, im Gegenteil. Dieses zwanghafte Suchen verdrängt oft jegliche Kreativität. Man muss sich Zeit geben. Seinem Unterbewusstsein die Möglichkeit lassen, eine Lösung zu finden. Ganz entspannt. Früher oder später spuckt es eine Idee aus. Man muss nur lange genug warten. Mein Problem ist allerdings: Ich habe keine Zeit.

Ich muss mit jemandem darüber reden. Jemandem, der mich versteht, der vom Fach ist und dem ich in diesen Dingen vertrauen kann. Und da gibt es nur einen einzigen Menschen auf diesem Planeten. Ich schnappe mein Handy und schaue auf die Uhrzeit: 07:14 Uhr. Ich kann es ja versuchen. Ich weiß, dass meine Agentin eine Frühaufsteherin ist. *Der frühe Vogel fängt den Wurm*, ist ein Mantra von ihr, mit dem sie hin und wieder ihren Mitmenschen gewaltig auf die Nerven geht. Ich wähle ihre Nummer und nach dem zweiten Freizeichen geht sie auch schon ran.

»Karl, du hast Glück. Ich habe zwar kaum geschlafen, aber ich sitze trotzdem gut gelaunt beim Frühstück.«

»Jana, das freut mich. Wie kommt's?«

»Heute Nacht gab es eine Auktion. Ein hoher sechsstelliger Betrag!«

»Gratulation.« Ich bin natürlich neugierig zu erfahren, welcher Glückspilz von Autor hier mit Geld überhäuft werden wird. »Wer ist es?«

»Eine neue Autorin. Ihr Debüt. Mehr kann ich dir leider noch nicht verraten.«

Ich bin nicht neidisch und Missgunst gehört ganz bestimmt nicht zu meinen Charaktereigenschaften. Trotzdem wünschte ich, selbst an der Stelle dieser Autorin zu sein. Wie vermutlich tausende andere Autoren auch. Auf einen Schlag würden sich alle finanziellen Sorgen in Luft auflösen. Ich könnte mit Sid die Reise planen. Es wäre so schön.

»Dann kannst du dir ja endlich dein Haus in der Toskana leisten«, sage ich.

»Na ja, du weißt ja, Karl, bei der mickrigen Provision wird das eng. Aber ich will mich nicht beschweren. Warum rufst du an? Hast du was für mich? Was richtig Gutes?«

»Nein … ich meine, vielleicht doch. Ich bin dran. Es ist nur so, ich komme momentan nicht weiter und bräuchte ein wenig Unterstützung von dir. Eine professionelle Meinung, wenn du verstehst?«

»Ja ... ja, natürlich, ja.«

Ich höre, wie Jana tief durchatmet.

»Ich habe momentan leider nur ziemlich viel auf dem Tisch. Aber okay, hör zu, ich mach dir einen Vorschlag: Mail mir das Exposé und was du bisher hast. Ich melde mich dann … sagen wir Ende kommender Woche. Mehr kann ich dir nicht versprechen. Ich weiß momentan selbst nicht, wo mir der Kopf steht. Ich muss mich um die neue Autorin kümmern. Das verstehst du doch, oder?«

»Klar.«

»Prima, Karl … Du, ich muss jetzt. Okay? Also, ich freu mich auf deine Post. Und ich melde mich.«

»Kein Problem«, kann ich gerade noch antworten, da hat sie schon aufgelegt. Ich nehme es ihr nicht übel. Viel zu oft habe ich sie seit Maras Tod immer wieder vertröstet und dann doch kein fertiges Manuskript abgeliefert. Dass sie jetzt andere Autoren bevorzugt, die mehr Erfolg versprechen, kann ich nur allzu gut nachvollziehen.

Ein Exposé. Damit habe ich mich schon immer schwergetan. Die Geschichte auf ein oder zwei Seiten so einzudampfen, dass Agenten und Lektoren vor Begeisterung glasige Augen bekommen – vorausgesetzt, das Manuskript hält, was das Exposé verspricht. Mein Problem ist aber, dass ich noch mitten drinstecke und keine Ahnung habe, wie es weitergehen soll. Wie soll ich da ein Exposé anfertigen, das die Geschichte von Anfang bis Ende umreißt? Außerdem ist *Love Buddy* weder Fisch noch Fleisch. Eine Liebesgeschichte, die durch einen plötzlichen Mord zu einem ... ja, zu was eigentlich geworden ist?

Ich drehe mich mal wieder im Kreis und beschließe, etwas anderes zu versuchen: lesen. Eine weitere Möglichkeit der Inspiration. Ich schaue auf der Amazon-Website und stöbere zuerst bei Krimis und Thrillern, dann bei den unzähligen Schreibratgebern, finde aber nichts, was mich auf Anhieb begeistern könnte. Ich lehne mich auf meinem Schreibtischsessel zurück. Vielleicht sollte ich mir erst einmal etwas kochen und dann meine Mails checken. Plötzlich muss ich über mich selbst lachen. *Prokrastination.* Neben einer Schreibblockade ein weiteres Übel, das einen Schriftsteller befallen kann. Obwohl mir bewusst ist, dass ich gerade nach tausend Gründen suche, um das Schreiben aufzuschieben, checke ich nun doch meine Mails. Ich finde nicht viel Interessantes, außer der Mail einer Leserin, die meinen letzten Roman gelesen hat und mir ihre Begeisterung mitteilt. Das tut gut. Gerade jetzt.

Auf einmal kommt mir die Idee, bei *EroticAffair* vorbeizuschauen. Ich logge mich ein und aus reiner Neugierde versuche ich, das Profil *BellaElisa* aufzurufen, woraufhin eine Meldung erscheint, das es vor Kurzem gelöscht worden sei. Kein Wunder. Schließlich ist Amanda tot. Vermutlich haben die Behörden die Löschung veranlasst, nachdem sie die Beweise gesichert haben.

Mein Postfach zeigt den Eingang sieben neuer Nachrichten und als ich die Übersicht überfliege, bleibt mein Blick an einem der Pseudonyme hängen. Ich muss schlucken und einige Male hinschauen, weil ich es anfangs nicht glauben kann. Das muss Zufall sein, denke ich, während ich die Mail öffne. Als jedoch die Nachricht des Absenders mit dem Pseudonym *LoveBuddy* auf dem Bildschirm erscheint, wird mir schlagartig klar, dass dies alles andere als ein Zufall ist.

Sie haben mich erkennungsdienstlich behandelt. Mich gemessen und gewogen, meine Fingerabdrücke eingescannt und Fotos von mir gemacht. Ich frage mich, ob sie spezielle Filter für ihre Kamera verwenden, denn ich wirke auf den Bildern tatsächlich so, als wäre ich eine Kriminelle. Jetzt sitze ich alleine in einem Vernehmungszimmer auf einem harten Stuhl an einem abgewetzten Tisch und warte auf meinen Anwalt. Ich zittere immer noch am ganzen Körper. Es hört einfach nicht auf, obwohl ich mir einbilde, dass ich mich längst wieder unter Kontrolle habe. Aber mein Körper scheint anderer Meinung zu sein.

Zu meiner Überraschung hat Janosch sich um einen Anwalt gekümmert. Bis dieser eintreffe, solle ich nur Angaben zu meiner Person machen, gab er mir noch mit auf den Weg und wandte sich dann von mir ab, ohne sich zu verabschieden. Ich hoffte schon, er würde mir meinen Seitensprung vielleicht doch verzeihen können, und bat ihn, dafür zu sorgen, dass die Kinder so wenig wie möglich unter der Situation zu leiden hätten. Ich flehte ihn sogar an: »Ich bin unschuldig Janosch. Ich bin doch keine Mörderin. Das glaubst du doch nicht wirklich?« Er wollte es nicht hören. Das Einzige, was er noch zu mir sagte, waren zwei Worte, zwischen denen er eine lange Pause einlegte. »Schlampe … Hure.« Sonst nichts. Er schaute mich dabei nicht einmal an. Ich dachte immer, ich kenne meinen Ehemann in- und auswendig, aber von dem Moment an, als er von Leon erfuhr, wirkte er plötzlich wie ein Fremder auf mich. Vielleicht ist er in seinem männlichen Ego so schwer getroffen, dass er alles für möglich hält. Sogar, dass seine Frau eine Mörderin ist.

Auf dem Weg zur Polizeidirektion fragte ich Krüger noch einmal, wie Leon zu Tode gekommen sei. Er antwortete, dass Leonardo Monti in dem Hotelzimmer erstochen worden sei, ungefähr in dem Zeitraum, in dem ich es angeblich verlassen hätte. Deshalb würde ich automatisch zum Kreis der Verdächtigen gehören. Da heute Sonntag sei, könne ich vermutlich erst morgen einem Haftrichter vorgeführt werden, der dann über weitere Maßnahmen zu entscheiden habe.

Krüger und ein etwas dicklicher Mann um die fünfzig mit dünnem, auffällig dunkel gefärbtem Haar betreten das Besprechungszimmer. Krüger stellt ihn vor:

»Das ist Doktor Roland Martin, ihr Rechtsbeistand.«

Ich stehe auf, um ihn zu begrüßen. Er ist etwas kleiner als ich und seine Gesichtshaut zeigt kaum Falten, allerdings verrät mir seine eingeschränkte Mimik, dass er vor Kurzem eine Ladung Botox abbekommen haben muss.

»Frau Schubert«, sagt Martin, »setzen wir uns.«

Krüger verlässt den Raum und als er die Tür hinter sich schließt, versucht Martin ein zuversichtliches Lächeln aufzusetzen, was ihm jedoch nur ansatzweise gelingt.

»Frau Schubert, ich bin ein erfahrener Strafverteidiger und aufgrund der Informationen, die ich bisher erhalten habe, guter Dinge, dass wir eine Unterbringung in der Untersuchungshaft verhindern können.«

»Davon gehe ich aus. Ich bin unschuldig.«

»Das sagen *Sie.* Der Haftrichter hat möglicherweise jedoch eine völlig andere Sicht auf die Dinge. Deshalb müssen wir uns perfekt vorbereiten. Schildern Sie mir bitte in allen Einzelheiten, was genau sich in dem Zeitraum von gestern Nachmittag bis heute abgespielt hat.«

Ich lege sofort los und lege alle Karten auf den Tisch. Ich gehe sogar noch ein Stück weiter zurück und fange bei Margot an, erzähle, wie ich den Entschluss gefasst habe, mich bei *EroticAffair* anzumelden, wie der Kontakt mit Leon zustande kam, berichte von unserem Treffen im Restaurant, dem ersten Sex im Schlossgarten, davon, was sich im Hotelzimmer abgespielt hat, wie ich wieder nach Hause gefahren bin, von dem Erscheinen Krügers und seiner Kollegin beim Frühstück und was sich danach noch alles zugetragen hat.

Martin macht sich nebenbei einige Notizen und hakt an der einen oder anderen Stelle mit gezielten Fragen nach, wodurch er weitere Details aus mir herauslockt, die ich sonst vergessen hätte zu erwähnen. Insgesamt macht er einen sehr erfahrenen und kompetenten Eindruck auf mich. Janosch scheint alles in seiner Macht Stehende getan und nicht geknausert zu haben. Ich frage mich, warum er das überhaupt noch für mich tut ... für eine »Schlampe und Hure«.

Plötzlich merke ich, wie mir Tränen in die Augen steigen und ich losheule wie ein Kleinkind. Martin nimmt meine Hand und versucht mich mit beruhigenden Worten zu trösten. Er kenne das. Es sei nicht ungewöhnlich, dass in solch einer Situation die Nerven blank lägen und man von Emotionen überwältigt werde. Er reicht mir ein Papiertaschentuch, das nach Menthol duftet, und nachdem ich ausgiebig geschnäuzt habe, bekomme ich mich wieder einigermaßen in den Griff.

»Wie lange muss ich noch hierbleiben?«, frage ich.

»Das kommt darauf an, wie schnell wir einen Termin beim Haftrichter bekommen. Sonntags ist das nicht ganz so einfach.«

»Falls nicht, muss ich dann ...« Ich kann den Satz nicht zu Ende führen. Allein was bisher geschehen ist, ist schon unvorstellbar. Ich, Anna Schubert, soll eine Mörderin sein. Das ist ein schlechter Witz! Absolut lächerlich. Genauso unvorstellbar ist es für mich, die Nacht in einer Gefängniszelle verbringen zu müssen. Warum sollte ich das? Ich habe meinen Mann betrogen. Punkt. Mehr nicht. Ich wüsste nicht, dass das strafbar wäre. Dieses Zeitalter ist längst vergangen. Zumindest in der westlichen Welt.

»Warten Sie.«

Martin steht auf und gibt ein Signal, dass er das Vernehmungszimmer verlassen möchte. Ein Beamter öffnet die Tür und Martin verschwindet nach draußen. Plötzlich sitze ich wieder alleine in diesem trostlosen Raum. Ich kann es immer noch nicht fassen. Es kommt mir alles so unwirklich vor. In den vergangenen vierundzwanzig Stunden ist in meinem Leben mehr passiert als in den letzten fünf Jahren zusammen. Ich habe das erste Mal meinen Mann betrogen. Mit einem Fremden, mit Leon, den ich nie zuvor gesehen habe. Ich hatte den besten Sex meines Lebens und dann habe ich mich auch noch in ihn verknallt. Habe sogar mit dem Gedanken gespielt, Janosch zu verlassen. Und dann tauchen plötzlich zwei Kripobeamte auf und zeigen mir ein Bild von Leon. Tot. Ermordet. Sie verhaften mich, weil sie glauben, ich könnte ihn umgebracht haben. Was für ein Irrsinn!

Du musst dich beruhigen, Anna, es wird sich alles aufklären. Doch da bin ich mir nicht mehr so sicher. Immer wieder hört man Berichte über Menschen, die jahrelang unschuldig im Gefängnis saßen. Es wäre nicht der erste Justizirrtum. Andererseits ist Martin ein Top-Anwalt, er wird mich schon raushauen. Zumindest hoffe ich das und überlege sogleich, wo ich hingehen könnte, wenn ich heute wieder auf freien Fuß kommen sollte. Janosch brauche ich wohl kaum zu fragen, obwohl er mir den Zugang zu meinem eigenen Haus und zu meinen Kindern wohl kaum wird verwehren können. Aber das wäre trotzdem keine gute Idee. Ich kann mir nicht vorstellen, wie wir beide momentan unter einem Dach leben sollten. Margot? Nein. Wenn sie erfährt, dass ich es ihrem Werner gleichgetan und auch noch *Margot02* als Pseudonym benutzt habe, bringt sie mich um. Ich könnte meinen Bruder David anrufen. Allerdings lebt der in Barcelona und ich darf vermutlich nicht einmal das Land verlassen. Vielleicht eine von meinen Stammtischfreundinnen? Regina? Sie lebt alleine in einem großen Haus. Ihr Mann und sie haben sich vor einigen Monaten getrennt. Es wäre eine Möglichkeit. Sie würde mich sicher verstehen. Oder ich nehme mir einfach irgendwo ein Hotelzimmer.

Die Tür öffnet sich wieder und Martin kommt herein, gefolgt von Kommissar Krüger. Mit ihren Gesichtern stimmt irgendetwas nicht. Okay, bei Martin kann ich es verstehen, aber Krüger schaut anders als bisher. Entschlossener. Selbstbewusster. Siegessicher.

»Es gibt neue Erkenntnisse, Frau Schubert«, erklärt Krüger trocken.

Ich schaue meinen Anwalt an. Er öffnet den Mund und holt tief Luft, bevor er etwas sagt. »Ich empfehle Ihnen, keine Aussage zu machen, Frau Schubert.«

»Was ist denn los? Verdammt noch mal!« Ich zittere wieder am ganzen Körper und fühle mich, als ob mich plötzlich eine schwere Grippe befallen hätte. Ich friere entsetzlich, gleichzeitig brodelt eine fiebrige Hitze in meinem Kopf.

»Auf der Tatwaffe wurden Ihre Fingerabdrücke gefunden«, sagt Krüger. Die Worte hallen in mir nach. Immer wieder. Wie ein Echo, das ständig von einer Seite meiner Schädeldecke zur anderen geworfen wird.

»Was für eine Tatwaffe?« Mein Mund hat sich ohne mein Zutun geöffnet.

»Ein Küchenmesser«, sagt Krüger und blickt kurz zu Martin hinüber, der so hilflos und beschämt wirkt wie ein kleiner Junge, der das erste Mal beim Lügen erwischt wird. Dann wendet sich Krüger wieder mir zu. Er rückt ganz nah an mich heran. Ich blicke ihm direkt in die Augen. Erkenne, wie sich darin das Gesicht einer völlig verängstigten Frau widerspiegelt. Ich schrecke zurück, fixiere stattdessen seine Lippen, die beginnen, Worte zu formen. Worte, die ich nicht fassen kann. Worte, die mein Herz stocken lassen.

»... und das Messer stammt nachweislich aus Ihrer Küche, Frau Schubert. Wir müssen deshalb davon ausgehen, dass Sie Leonardo Monti ermordet haben.«

21

»Glück gehabt.« Das ist alles. Mehr stand nicht in der Nachricht und auch das Profil von *LoveBuddy* enthielt keinerlei zusätzliche Informationen, aus denen sich irgendwelche Rückschlüsse ziehen lassen.

Trotzdem geistern mir diese beiden Wörter seit Stunden unentwegt im Kopf herum und ich grüble darüber nach, wer sich hinter dem Pseudonym verbergen könnte. Eines ist klar: Es muss jemand sein, der mein Manuskript gelesen oder zumindest einen Blick darauf geworfen hat, denn *Love Buddy* ist nicht nur der Arbeitstitel meines Romans, sondern bezeichnet auch Leons Pseudonym. Und nun schickt mir plötzlich jemand mit genau diesem Pseudonym eine ... Drohung. Denn als nichts anderes kann ich unter den gegebenen Umständen diese Nachricht auffassen: *»Glück gehabt«*, dass du nicht lebenslang für einen Mord eingesperrt wurdest, den du nicht begangen hast. Aber mach dir keine falschen Hoffnungen. Es ist noch nicht vorbei.

Seit ich dieses Liebespaar im Görli beobachtet und die Idee zu diesem Roman gehabt habe, habe ich keinem Menschen auch nur ein Sterbenswörtchen davon erzählt. Nicht einmal mit Sid habe ich darüber gesprochen. So halte ich es immer, wenn ich einen Roman schreibe. Erst wenn die Rohfassung fertiggestellt ist, tausche ich mich mit anderen Menschen darüber aus. Und dann auch nur mit ganz wenigen ausgewählten Personen. Die einzige Ausnahme ist meine Agentin, mit der ich erste Ideen bespreche und zwischendurch darüber in Kontakt bleibe. Aber selbst das war diesmal nicht der Fall. Es kann also nur jemand sein, der Zugriff auf mein Manuskript hatte, und ich frage mich, wer dafür infrage käme.

Ich brauche nicht lange nachzudenken, um auf die Forensiker zu kommen – letztendlich alle, die mit diesem Fall als Ermittler zu tun hatten. Dorn wollte sogar ein signiertes Exemplar des fertigen Romans haben, er hat also zumindest einen Blick darauf geworfen. Doch warum sollte jemand aus diesem Personenkreis mir eine solche Nachricht schreiben und vielleicht sogar Amanda umbringen und mir dann den Mord in die Schuhe schieben? Das ist absurd.

Dann gibt es noch die Betreiber der Cloud, in der ich meine Dateien sichere. Aber selbst wenn dort jemand meine Manuskriptdatei lesen wollte, müsste er zuerst das Passwort knacken, und das ist so lang, dass er sich dabei die Zähne ausbeißen würde. Das hat mir zumindest Andy Kowalski versichert, als wir uns darüber unterhielten, während er mir meinen Internetzugang einrichtete. Außerdem kenne ich niemanden persönlich, der bei dem Cloud-Betreiber arbeitet, und dass von denen jemand ein Motiv haben könnte, kann ich mir beim besten Willen nicht vorstellen.

Bleiben noch diejenigen, die physikalischen Zugriff auf meinen Laptop haben, aber diesen Personenkreis kann ich schnell auf einen einzigen Menschen herunterbrechen: Sid, und den hier ins Spiel zu bringen, ist das Absurdeste überhaupt.

Natürlich könnte jemand in unserer Abwesenheit in der Wohnung gewesen sein, ohne dass es uns aufgefallen ist. Jemand, der sich auskennt, kann ein Wohnungstürschloss wie unseres leicht öffnen. Aber auch dann hätte er mein Passwort knacken müssen. Das alles erinnert allerdings allzu sehr an einen Verschwörungsthriller und die Machenschaften von Geheimdiensten. Ebenso absurd.

Bleibt noch die Möglichkeit, dass ein Trojaner auf meinem Rechner installiert wurde und meine Tastatureingaben mitgelesen wurden. Dann würde ein Hacker meine Passwörter kennen und sich die Manuskriptdatei herunterladen können. Das ist schon weniger absurd. Als mir in diesem Zusammenhang bewusst wird, dass ohnehin nur jemand infrage kommt, der darüber Bescheid wusste, über welches Seitensprungportal ich mit Amanda Lubitz in Kontakt stand, weiß ich, was zu tun ist. Ich schnappe mir mein Telefon und wähle die Nummer von Kommissar Dorn.

Es dauert eine Ewigkeit, bis er endlich rangeht. Er behauptet, er habe gerade wenig Zeit, und fragt mich, ob es wirklich dringend sei, woraufhin ich ihm sofort von der Nachricht und meinen Vermutungen erzähle.

»Herr Baumann«, sagt er in einem Tonfall, bei dem unmissverständlich durchdringt, dass er mich nicht ernst nehmen kann. »Das ist doch alles sehr weit hergeholt, finden Sie nicht? Diese Nachricht kann alles Mögliche bedeuten. Vielleicht versucht irgendeine Dame oder ein Homosexueller, auf diese Art mit Ihnen in Kontakt zu treten. Antworten Sie doch einfach mal, dann wird sich herausstellen, dass alles reiner Zufall ist. Außerdem, finden Sie nicht auch, dass *LoveBuddy* durchaus ein passendes Pseudonym für so ein Portal ist? Ich bin mir sicher, dass schon andere darauf gekommen sind, lange bevor Sie überhaupt Ihren Roman begonnen haben. Vielleicht sind Sie ja während Ihrer Recherchen auf das Pseudonym gestoßen und haben es für Ihren Roman übernommen, ohne sich jetzt daran zu erinnern. Oder es macht sich einfach nur jemand einen Spaß mit Ihnen. Auf solchen Portalen treiben sich schließlich genug Spinner rum. Sie sollten sich das alles nicht so zu Herzen nehmen.«

Ich fasse es nicht. Noch vor wenigen Tagen wäre ich fast aufgrund eines Justizirrtums lebenslänglich hinter Gittern gelandet und jetzt soll ich mir keine Gedanken machen? »Haben Ihre Spezialisten verdächtige Software auf meinem Rechner entdeckt? Vielleicht einen Trojaner?«

Dorn lacht. »Nein, da können Sie wirklich beruhigt sein, ganz bestimmt nicht, die Kollegen von der KTU haben nichts Derartiges erwähnt und auch im Bericht stand nichts davon. Wenn es so gewesen wäre, hätten wir es bemerkt.«

»Sind Sie sicher? Kann es nicht sein, dass der Trojaner bereits wieder gelöscht wurde? Das können die Forensiker doch sicher auch im Nachhinein noch feststellen. Ich meine …«

»Herr Baumann!«, unterbricht er mich. »Sie können es noch nicht wissen, weil es erst in einer halben Stunde eine Pressekonferenz dazu geben wird, aber es gibt Neuigkeiten zu dem Fall.«

»Was? Was für Neuigkeiten?« Während ich auf eine Antwort warte, höre ich, wie Dorn tief einatmet und dann die Luft wieder laut herausprustet.

»Also gut, es sind ja nur noch ein paar Minuten, bis es offiziell wird. Gerold Lubitz hat sich vor wenigen Stunden auf der Toilette der Krankenstation erhängt. Der Staatsanwalt und der Haftrichter werten dies als Geständnis. Ein Familiendrama. Wie so häufig. Damit dürfte der Fall abgeschlossen sein.«

22

Das Telefonat mit Dorn hat mich kaum beruhigen können. Auch wenn nun alles darauf hindeutet, dass Amandas Ehemann der Mörder war, habe ich meine Zweifel. Ohne diese Nachricht von *LoveBuddy* hätte ich – wie Staatsanwalt und Richter – den Fall als abgeschlossen betrachten können. Dann wäre ich eben zur falschen Zeit am falschen Ort gewesen und rein zufällig versehentlich unter Verdacht geraten. Ist ja gerade noch mal gut gegangen, hätte ich mir sagen können.

Meine Gedanken rotieren.

»Glück gehabt«, dass der echte Mörder überführt werden konnte. Klar, so kann man es natürlich auch sehen. Übertreibe ich also doch und jemand macht sich nur einen Spaß mit mir? *Nein! Mach dir nichts vor, Karl. Der echte Mörder läuft immer noch frei herum. Das ist alles andere als ein Spaß. Und jemand, der sich illegal Zugriff auf dein Manuskript und auf deinen Rechner verschafft hat, will nicht einfach nur ein Späßchen machen.*

Dieser *LoveBuddy* könnte mir mit dieser Nachricht andeuten wollen, dass er weitermachen wird. Ich soll Angst bekommen. Vielleicht wird er auch noch einmal morden und erneut versuchen, mir die Schuld in die Schuhe zu schieben. Warum auch immer.

Ich bekomme kaum Luft bei diesen Gedankenspielen und mein Kopf fühlt sich an, als wäre er in einen Schraubstock eingespannt. Ich kann keinen klaren Gedanken mehr fassen. Trotzdem muss ich versuchen, mich zu konzentrieren. Ich muss herausfinden, was dahintersteckt, bevor er den nächsten Schritt unternimmt. Ich muss agieren, anstatt zu reagieren. Aber es ist alles so verwirrend. Die Gedanken an meinen Albtraum tauchen wieder auf. *Gregor. Leon. Rolf. Mara. Anna.* Für einen Augenblick weiß ich nicht, ob ich mich überhaupt noch in der Realität befinde. Ob ich wach bin oder doch nur wieder von irgendeinem irrwitzigen Albtraum geplagt werde. Aber dann wird mir klar, dass ich mich in der Realität befinde. Ich träume nicht. Das alles passiert wirklich. Aber warum gerade mir? Wem habe ich etwas getan?

Ich höre, wie jemand sich am Schloss der Wohnungstür zu schaffen macht, und stehe auf. Vorsichtig schleiche ich zur Tür, wo mir ein Blick durch den Türspion verrät, dass Sid versucht, die Tür aufzuschließen. Ich schließe mit dem innen steckenden Schlüssel auf und löse die Sicherheitskette. Als ich die Tür öffne, sehe ich Sid sofort an, dass etwas nicht mit ihm stimmt.

»Tut mir leid«, sage ich. »Das ist eine reine Vorsichtsmaßnahme. Komm rein.«

Sid sagt nichts. Er wirkt verstört.

»Was ist los?«, frage ich, obwohl ich aus Erfahrung weiß, dass es besser ist, ihn erst mal ankommen zu lassen, bevor ich ihn mit Fragen bombardiere. Aber ich kann nicht anders.

»Sid?«

Er bleibt im Flur stehen, antwortet aber nicht. Stattdessen zieht er sein Handy heraus und wischt mit dem Finger einige Male so schnell über das Display, dass ich kaum nachkomme.

»Hier«, sagt er und streckt mir sein Handy entgegen.

Ich starre auf die Textnachricht: »Du bist der Sohn eines Mörders.«

»Von wem hast du diese SMS?«

»Die Nummer wurde unterdrückt.«

»Wie lange ist das her?«

»Steht drunter.«

Jetzt fällt mir auch der Zeitstempel auf. Es ist eine knappe Stunde her. Er macht also weiter. Wie ich es vermutet habe.

»Komm mit in die Küche«, sage ich zu Sid. »Ich rufe bei der Kripo an.«

Als wir am Tisch sitzen, stelle ich auf Lautsprecher und wähle die Nummer des Kommissars, aber nach zweimaligem

Klingeln springt sofort die Mailbox an. Ich lege auf, ohne eine Nachricht zu hinterlassen, und versuche es bei seiner Kollegin. Da ich keine Handynummer von ihr habe, wähle ich die Nummer der Zentrale, wo ein freundlicher Beamter das Gespräch entgegennimmt und mich weiterverbindet.

»Oberkommissarin Lisa Schmitz.«

»Karl Baumann. Ich muss Sie unbedingt sprechen.«

»Ach, Herr Baumann. Schön, von Ihnen zu hören.«

Dorn scheint ihr noch nichts von seinem Telefonat mit mir erzählt zu haben, sonst wäre sie wohl kaum so freundlich.

»Da haben Sie ja wirklich Glück gehabt.«

Was?

»Aber wir hätten den Pagen sowieso noch verhört«, fügt sie sicherheitshalber hinzu.

»Haben Sie gerade *Glück gehabt* gesagt?«

»Kann sein. Warum fragen Sie?«

»Nur so.«

Ich verschweige ihr die erste Nachricht, um Sid nicht weiter zu beunruhigen, erzähle ihr nur von der SMS auf seinem Handy und verlange, dass sie etwas unternimmt. Als ich fertig bin, bleibt es am anderen Ende zuerst einige Zeit lang still, bis sie sich räuspert.

»Nach dem, was Sie erlebt haben, Herr Baumann, kann ich Ihre Sorgen durchaus nachvollziehen, aber …«

Ich brauche gar nicht mehr zuzuhören. Sie schwafelt etwas von Überreizung, ich solle mir keine Sorgen machen, der Fall sei längst aufgeklärt und aufgrund dieser Nachricht könne sie bei keinem Richter der Welt eine richterliche Anordnung zur Nachverfolgung erwirken. Da würde sich im Nachhinein wohl jemand einen schlechten Scherz erlauben und abgesehen davon sei für Beleidigung oder Nötigung die Mordkommission sowieso nicht zuständig.

Ich spüre, wie mir das Blut in den Kopf steigt. Wenn ich mich jetzt nicht beherrsche, werde ich Barbie einige hässliche Schimpfwörter an den Kopf werfen und mir eine Anzeige wegen Beamtenbeleidigung einhandeln.

»Sie täuschen sich«, brülle ich ins Telefon und lege auf. »Dumme Fotze!«

Sid starrt mich mit offenem Mund an.

»Tut mir leid, aber …« Ich kann nur noch den Kopf schütteln und ärgere mich gleichzeitig über mich selbst, weil ich so unbeherrscht war.

»Hast du meine Handynummer an irgendjemanden weitergegeben?«, fragt Sid.

»Nein! Warum sollte ich?«

»Kcinc Ahnung, abcr das kann doch kein Zufall sein, oder?«

»Könnte die Nachricht nicht von einem deiner Kumpels stammen?«

Sid neigt seinen Kopf nachdenklich zur Seite. »Kann schon sein. Vielleicht ist es ja doch bloß ein dummer Scherz?«

»Wahrscheinlich«, bestätige ich. »Bestimmt ist alles ganz harmlos, so wie es die Kripo sagt. Machen wir uns keinen Kopf mehr.«

Kurz darauf verziehe ich mich in mein Zimmer, wo ich wie ein Tiger in seinem Käfig auf und ab wandere. Das ist alles andere als harmlos.

Nach einigen Minuten fasse ich einen Entschluss. Es wird allerhöchste Zeit, selbst etwas zu unternehmen, wenn schon die Kripo nichts unternimmt. Mal sehen, wie *LoveBuddy* darauf reagiert, wenn ich ihn ein wenig provoziere. Ich setze mich an den Rechner, rufe die Nachricht auf, die ich von ihm erhalten habe, und klicke auf »Antworten«.

Augenblicklich erscheint eine Systemmeldung, die ich so ähnlich vor Kurzem schon einmal gelesen habe: »Das Profil *LoveBuddy* wurde vor wenigen Stunden vom Benutzer gelöscht.«

LOVE BUDDY - KAPITEL 11

Ich sitze in der Besucherzelle der JVA für Frauen und warte auf meinen Bruder David. Meinen Anwalt habe ich vor zwei Tagen zum Teufel gejagt, weil ich den Eindruck nicht loswurde, dass er nicht meine Interessen, sondern die von Janosch vertritt. Noch an dem Sonntag, an dem ich verhaftet wurde, ordnete der Haftrichter Untersuchungshaft an. Martin hatte erst gar nicht versucht, etwas dagegen zu unternehmen, sondern mir nur immer wieder geraten, die Aussage zu verweigern. Er sagte, bei der momentanen Beweislage könne er die U-Haft nicht verhindern und selbst eine Kaution käme bei einem solchen Tatvorwurf nicht infrage. Ich müsse notgedrungen in den sauren Apfel beißen und einige Tage in U-Haft verbringen, bis alles aufgeklärt sei. Er sei sicher, dass ich keine zwei Wochen im Gefängnis verbringen müsse.

Das ist jetzt über *fünf* Wochen her. Aber das war nicht der eigentliche Grund, warum ich ihn zum Teufel gejagt habe, sondern die Tatsache, dass Janosch vor drei Tagen die sofortige Scheidung wegen unzumutbarer Härte eingereicht hat.

Vielleicht käme es ihm gar nicht mal so ungelegen, wenn ich die nächsten fünfzehn Jahre oder noch länger aus seinem Leben verschwinden würde. Er wäre fein raus, wenn ich verurteilt werden würde. Er wäre der Gute und alle würden ihm beistehen. Er könnte die Kinder von mir fernhalten, sich ein neues Heimchen am Herd und Mütterchen für die Kinder suchen und sein beschissenes langweiliges Leben weiterführen. Er könnte ja schließlich nichts dafür, dass seine Frau, die Schlampe und Hure, plötzlich meint, etwas in ihrem Leben zu versäumen, deshalb durch die Gegend vögelt und dann auch noch einen ihrer Lover absticht. So eine gehört auch nicht ins Gefängnis, sondern für immer in die Psychiatrie. Ich kann mir vorstellen, wie er kopfschüttelnd die Worte seiner Mutter nachplappert: Wie konnte ich nur auf dieses hinterlistige Stück hereinfallen. Sie muss mir die ganze Zeit über etwas vorgespielt haben. Wer weiß, wie lange sie das schon so treibt?

Eigentlich habe ich es schon immer gewusst, jedenfalls zumindest geahnt: Janosch ist ein kleiner Spießer. Ein verwöhntes Einzelkind. Ein jämmerlicher Scheißkerl und Muttersöhnchen. Ich sehe seine Mutter, diese Hexe, geradezu vor mir, wie sie ihren Sohn gegen mich aufhetzt. Ich weiß genau, wie die alte Schachtel tickt: Mein alles geliebter, hochbegabter Janosch, der beste aller Söhne ... Leider bist du etwas naiv, was Frauen anbelangt, deshalb muss ich mich jetzt selbst darum kümmern. Auf mich wollte man ja nicht hören. Ich war von vornherein gegen eine Hochzeit mit dieser Eventmanagerin aus Stuttgart. Die wollte doch nie ein anständiges Leben auf dem Dorf führen, die will Partys, mein lieber kleiner dummer Janosch, die will Abwechslung. Sie ist eine notorische Lügnerin, die dich früher oder später betrügen wird, die dich ausnehmen wird, die nur dein Geld will, MEIN Geld will, um sich ein bequemes Leben auf unsere Kosten zu machen. So eine ist auch keine gute Mutter, mein Sohn, glaub mir das, so eine schaut nur nach sich selbst und vernachlässigt ihre Kinder. Habe ich es dir nicht immer prophezeit? Und jetzt ist es passiert. Siehst du, was sie getan hat? Sie hat dich vor der ganzen Welt lächerlich gemacht. Hättest du damals nur auf deine Mutter gehört. Aber jetzt ist es zu spät. Jetzt gibt es nur noch eine Möglichkeit: Du musst Konsequenzen ziehen. Sonst machst du dich zum Gespött der Leute. Was meinst du, was schon alles hinter deinem Rücken geredet wird. Du musst die Scheidung einreichen. Sofort! Das bist du deiner Mutter und deinen Kindern schuldig. Es ist auch ihr und mein Name, der hier in den Dreck gezogen wird. Was sollen nur die Leute sagen, wenn du hier nicht sofort klare Verhältnisse schaffst?

Die Tür öffnet sich, David betritt die Besucherzelle. Wir

drücken uns und vergießen ein paar Tränen. Über ein Jahr ist es inzwischen her, das wir uns das letzte Mal getroffen haben. Es war der zehnte Todestag unserer Eltern. David kam damals ohne seine Familie alleine aus Barcelona nach Stuttgart. Ich holte ihn am Flughafen ab und wir fuhren direkt zum Pragfriedhof, um das Grab unserer Eltern zu besuchen. *Ruhet in Frieden. Frei von Leid und Schmerz,* hatten wir nach ihrem gemeinsamen Selbstmord als Spruch für den Grabstein ausgesucht. Anfangs hatten wir es ihnen noch übel genommen, dass sie sich einfach so, ohne Vorwarnung, aus dem Leben geschlichen und uns mit einem kurzen Abschiedsbrief zurückgelassen hatten. Aber nach einiger Zeit begannen wir sie zu verstehen und konnten nachvollziehen, dass sie lebensmüde waren und nicht bis zum qualvollen Ende warten wollten – Vater, der die ersten Anzeichen von Alzheimer hatte, und Mutter, die unheilbar an Krebs erkrankt war.

David sieht gut aus. Er wirkt frisch, glücklich und zufrieden, auch wenn ihm tiefe Sorgenfalten im Gesicht stehen angesichts meiner Situation. Aber er hat diese mentale Stärke, die eine glückliche Beziehung, drei fröhliche, gesunde Kinder und ein ausfüllender Beruf ihm schenken. David, mein kleiner Bruder, acht Jahre jünger als ich. Früher habe ich mich immer um ihn gekümmert; ihm einige Male die Windeln gewechselt, als ich selbst noch ein halbes Kind war. Und jetzt brauche ich das erste Mal in meinem Leben seine Hilfe.

»Ich bin keine Mörderin«, sage ich zu ihm, während wir uns an einen der Besuchertische setzen.

»Das brauchst du mir nicht zu sagen. Ich habe keine Sekunde daran gezweifelt.«

»Danke, dass du gekommen bist.«

»Es ist gut, dass du mich angerufen hast.«

Ich weiß, dass er als Architekt beruflich stark eingespannt ist, dass er große Verantwortung trägt und nicht einfach so mir nichts, dir nichts aus einem laufenden Projekt verschwinden kann. »Ich bin dir so dankbar, David. Ich habe sonst niemanden mehr. Ich ...« Erneut überwältigt mich ein Heulkrampf. Ich schluchze wie ein kleines Schulmädchen, was mich gleichzeitig wütend macht. Ich will es David nicht noch schwerer machen, als es eh schon ist. Er wischt mir eine Träne aus dem Augenwinkel und tröstet mich mit aufmunternden Worten. Allein seine einfühlsame Stimme lässt mich wieder etwas ruhiger werden. Trotzdem bleibt diese tiefe Angst, die sich wie eine Zecke an meiner Seele festgebissen hat, seit ich eingesperrt wurde. Am liebsten würde ich alles erzählen, was mir in den vergangenen Wochen durch den Kopf gegangen ist. Mich endlich bei jemandem ausweinen. Mir alles von der Seele reden. Auch, dass ich ernsthaft darüber nachdenke, mir das Leben zu nehmen. Dass ich schon mehr als einmal kurz davor war, es tatsächlich zu versuchen.

»Du musst mir helfen. Ich brauche einen guten Anwalt. Jemanden, dem ich vertrauen kann. Und du musst Kontakt zu meinen Kindern aufnehmen. Janosch hält sie von mir fern. Ich weiß es. Er verhindert, dass sie mich besuchen, und er will nicht, dass ich hier rauskomme.«

David schaut mich nur an. Ich sehe ihm an, dass er nicht weiß, was er sagen soll.

»Du musst mir glauben. Bitte.«

»Wie kommst du darauf?«

»Du hast ihn nicht gesehen, wie er reagiert hat, als sie mich mitgenommen haben. Er war ... er war plötzlich so reserviert. Kalt. Als ob wir uns noch nie begegnet wären. Und er hat mich Schlampe und Hure genannt. Du hättest ihn wirklich sehen sollen, David. Du musst mir glauben. Ich spüre es. Ich täusche mich nicht. Wenigstens du musst mir glauben. Bitte.«

»Ich glaube dir, Anna. Natürlich glaube ich dir.« Auch wenn

er es zweimal sagt, bin ich mir nicht sicher, ob es so ist. Aber ich weiß, er wird mir helfen. So oder so.

»Was ist mit diesem Anwalt?«

»Er labert nur rum, um mich ruhig zu halten und mich zuversichtlich zu stimmen, aber er tut nichts. Janosch hat ihn beauftragt. Er hat ihn gekauft, um nicht meine, sondern seine eigenen Interessen zu vertreten.«

»Anna, damit spielt der Anwalt mit seiner Zulassung. Das ist eine ungeheure Beschuldigung. Hast du irgendwelche Beweise?«

»Ich kann ihm nicht mehr vertrauen.«

David nimmt meine Hände, lehnt sich etwas über den Tisch, um mir näher zu kommen, und schaut mir tief in die Augen. »Egal was kommt, Anna, ich helfe dir. Wir schaffen das.«

Wir grinsen uns an und müssen plötzlich losprusten, weil wir beide an Angela Merkel denken. Das tut gut. Ich glaube, es ist das erste Mal, dass ich lachen kann, seit Leon tot ist.

»Aber ich brauche nicht nur einen guten Anwalt«, werde ich wieder ernster. »Wir … *du* musst selbst etwas unternehmen.«

David schaut mich fragend an.

»Jemand hat aus unserer Küche ein Messer entwendet und Leon damit umgebracht. David, dir ist doch sicherlich klar, dass nicht allzu viele Menschen dafür infrage kommen.«

»Du glaubst doch nicht etwa, dass Janosch ...«

»Doch … nein … ich meine, ich weiß selbst nicht mehr, was ich glauben soll. Aber ich kann es nicht ausschließen. Nicht mehr, nachdem er mir einen Anwalt besorgt hat, der offensichtlich gegen mich arbeitet. Vielleicht war seine heftige Reaktion, als sie mich abholten, auch nur gespielt, um die Ermittler zu täuschen. Ich halte inzwischen alles für möglich.«

»Aber warum sollte Janosch einen Mord begehen, nur um dich loszuwerden? Er hätte sich doch auch einfach von dir scheiden lassen können.«

»Er muss es ja nicht unbedingt geplant haben. Aber es ist doch denkbar, dass er irgendwie Wind davon bekommen hat, dass ich mich in Stuttgart mit jemandem zu einem Sexdate treffe, und dann aus Eifersucht ...«

»Wurde sein Alibi nicht überprüft?«

»Doch, natürlich, er war den ganzen Tag mit den Kindern zusammen, aber er muss es ja nicht selbst gewesen sein. Bestimmt war er es nicht selbst. Dazu wäre er viel zu feige.«

»Wurde bei euch kürzlich mal eingebrochen?«

»Wieso? ... Nein.«

»Vielleicht habt ihr es gar nicht bemerkt?«

»Nein.«

»Wer hat alles einen Schlüssel?«

»Janosch, Max und ich ... und natürlich Janoschs Mutter. Für alle Fälle. Falls ihr kleiner Junge oder dessen schlampige Ehefrau ihre Schlüssel mal wieder verlegt haben.«

»Habt ihr eine Putzhilfe?«

»Du machst vielleicht Späße. Ich habe schließlich den ganzen Tag Zeit.«

David nickt und fährt sich mit der Hand mehrmals übers Kinn. »Wie sieht es mit Besuchern aus? Freunden? Nachbarn? Vertretern? Handwerkern? Andere Eltern? Es kann ja auch schon eine Weile her sein, dass das Messer verschwunden ist.«

»Nein. Ich weiß inzwischen, welches Messer es war. Ich kann mich noch ganz genau daran erinnern, wie ich es drei Tage vor dem Mord benutzt habe – Rindergeschnetzeltes mit Kartoffelbrei und Feldsalat ... Ich hatte noch eine Rinderhüfte eingefroren und sie nach dem Auftauen mit genau diesem Messer zerkleinert.«

David huscht ein kurzes Lächeln über die Lippen. Ich kenne meinen Bruder und kann erahnen, wie er darüber nachdenkt, einen Witz zu reißen. Ich versuche ebenfalls zu lächeln. Er braucht nicht zu wissen, wie es tatsächlich in mir aussieht. Allein der Gedanke, er könnte auch noch seine Schwester durch Suizid verlieren, würde ihn vermutlich um den Verstand bringen. Ich beschließe, wieder auf das eigentliche Thema zurückzukommen.

»Du musst einen Privatdetektiv beauftragen. Einen richtig guten. Hast du Geld? Kannst du es für mich auslegen? Janosch hat die Scheidung eingereicht. Sobald alles geregelt ist, kann ich dir das Geld zurückzahlen.«

»Mach dir darüber keine Sorgen. Ich verdiene gut. Selbst wenn du es nicht zurückzahlen könntest, wäre das kein Problem. Ich kümmere mich noch heute darum.«

Er lächelt. Strahlt Zuversicht aus. Ich bin so dankbar, dass ich ihn habe.

»Danke, David.«

Plötzlich wird seine Miene ernst und nimmt einen sorgenvollen Ausdruck an. »Wenn du mir etwas versprichst.«

»Alles, was du willst, kleiner Bruder«, sage ich lächelnd.

Er erwidert mein Lächeln nicht. »Bitte tu dir nichts an, Anna. Es wird alles gut werden.«

Seine Stimme klingt schwach, als er das sagt. Ich kann nicht antworten, weil ich kaum Luft bekomme. Krampfhaft versuche ich den nächsten Heulanfall zu unterdrücken, während ich mit bebenden Lippen nicke. Erst als ich merke, dass ich viel heftiger nicke, als es normal wäre, kann ich etwas sagen. »Ich verspreche es dir, David. Ehrlich. Du brauchst dir keine Sorgen zu machen.«

23

In den vergangenen Tagen ist nichts Ungewöhnliches mehr passiert. Keine weiteren Nachrichten. Keine neuen Indizien oder Beweise, die Gerold Lubitz nach seinem Suizid hätten be- oder entlasten können. Wie Dorn angekündigt hatte, wurde der Fall zu den Akten gelegt. Ich will wirklich glauben, dass endlich alles vorbei ist. Tief in meinem Inneren weiß ich jedoch, dass ich mich damit nur selbst belüge.

Jedenfalls habe ich die Zeit genutzt und geschrieben wie ein Irrer, das Leben muss schließlich weitergehen. Ich habe praktisch nichts anderes mehr getan als essen, schlafen und schreiben. Neun weitere Kapitel mit über hundert Seiten, die Annas Leiden in der Haft schildern. Als ich mir gestern Abend diese neun Kapitel noch einmal am Stück durchlas, musste ich mich allerdings dazu zwingen, konzentriert zu bleiben. Das ist ein schlechtes Zeichen. Natürlich weiß ich schon im Voraus, was auf diesen Seiten passieren wird, trotzdem sollte mich jede Szene immer noch fesseln. In Wirklichkeit aber hat es mich stellenweise sogar richtig gelangweilt. Von Kapitel zu Kapitel driftet die Story in Richtung Ein-Personen-Drama ab. Über hundert Seiten innerer Monolog einer deprimierten und am Boden zerstörten Frau, die sich am Ende zwangsläufig umbringen wird.

Dabei gäbe es zig verschiedene Möglichkeiten, mehr Spannung zu erzeugen. Anna könnte zum Beispiel von Mitgefangenen bedroht werden. Sie könnte auch zu einer starken Anführerin mutieren und einen Aufruhr entfachen, um für bessere Haftbedingungen zu kämpfen. Oder sie könnte eine lesbische Ader entwickeln und im Gefängnis das Ufer wechseln. So ähnlich wie in der Seifenoper »Hinter Gittern – der Frauenknast«, die jahrelang auf RTL ausgestrahlt wurde.

Wenn man einen Roman schreibt, kann man nicht von vornherein alles planen, zumindest ich kann das nicht. Aber von einer erotischen Liebesgeschichte hin zu einem Psychodrama umzuschwenken und dann auch noch in eine überzeichnete Knastgeschichte abzudriften, in der sich lesbische Gefangene zwischen Romanzen, Ausbruchsversuchen und Zickenkrieg gegenseitig die Augen auskratzen oder Wärterinnen um die Ecke bringen, ist nicht das, was ich will.

Nachdem ich schließlich auch noch den Hirnfurz hatte, Anna könnte von Leon schwanger sein, entsorgte ich diesmal die hundert Seiten gnadenlos in der »Tonne« und startete einen neuen Anlauf. Aber egal was ich versuchte, Anna verharrte hartnäckig in ihrer depressiven Grundstimmung. Nun ja, es ist nicht das erste Mal, dass eine meiner Hauptfiguren ein Eigenleben entwickelt.

Zwischendurch grübelte ich darüber nach, wer sich da in mein Leben geschlichen haben könnte, wer sich hinter *LoveBuddy* verbarg. Zuerst kam mir Gregor in den Sinn. Ich weiß, was Geldsorgen mit einem machen können. Ich weiß, wie es sich anfühlt, nächtelang wachzuliegen und von Existenzängsten gequält zu werden. Dieses Scheißgefühl, ein Loser zu sein und nicht für sein Kind sorgen zu können. Diese Spielchen mit anonymen Nachrichten und die Sache mit dem Pseudonym *LoveBuddy* wären typisch für ihn. Er war schon immer jemand, der sich gerne über andere lustig macht und einfach zum Spaß andere Leute verarscht. Aber dass er ein Mörder sein soll, ist für mich trotzdem nur schwer vorstellbar. Andererseits könnte er zumindest ein Trittbrettfahrer sein, der mir eins auswischen will, weil ich ihn aus seiner Sicht mit Almosen abgespeist habe, anstatt ihm mit einem winzigen Teil meiner gigantischen Tantiemen aus der Patsche zu helfen. Und der Moment, als er von der Straße aus so seltsam zu mir hochgeblickt hat, geht mir auch nicht mehr aus dem Kopf.

Plötzlich erinnere ich mich wieder an den Vorfall am Stuttgarter Flughafen. Ich sehe noch einmal, wie der schwarze SUV am Eingang des Gebäudes vorbeischleicht, sehe den Mann hinter dem wackelnden Vorhang in Schöndorf. *Rolf.* Zuerst halte ich es für verrückt, aber je länger ich darüber nachdenke, desto wahrscheinlicher erscheint es mir, dass er etwas damit zu tun haben könnte. Er hat mich ja sogar bis in meinen Albtraum hinein verfolgt. Vielleicht ist er eifersüchtig auf mich, weil ich damals seinen Platz bei seinen Eltern eingenommen habe. Vielleicht habe ich mit meinem Besuch in Schöndorf schlafende Hunde geweckt – und damit meine ich nicht nur seinen furchterregenden Schäferhund. Bei all diesen Mutmaßungen schleicht sich unterschwellig das Gefühl ein, Rolf könnte auch etwas mit dem Selbstmord seiner Eltern zu tun gehabt haben.

Vielleicht sollte ich mich doch selbst auf die Socken machen und konkrete Nachforschungen anstellen, anstatt mir wilde Theorien auszudenken. Ich könnte Gregor aufsuchen und ihn zur Rede stellen oder mich um Rolf kümmern und ihn beobachten. Aber das kostet Zeit und sicher auch Geld.

Außerdem würde es mich vom Schreiben abhalten. Ich versuche meine Gedanken also wieder auf das Manuskript zu lenken und frage mich, ob in Annas Fall ein Privatdetektiv jemals Beweise finden wird, um sie zu entlasten.

Ich sollte versuchen, es herauszufinden.

LOVE BUDDY - KAPITEL 12

Wie gestern sitze ich in der Besucherzelle der JVA, nur warte ich diesmal nicht auf meinen Bruder, sondern auf meinen neuen Anwalt. Ich bin David so dankbar, dass er gleich gestern noch jemanden beauftragt hat und nun alles sehr schnell geht. Lange halte ich das nämlich wirklich nicht mehr aus.

Bei Anwälten ist das mit der Besuchserlaubnis kein Problem, Besuche von Angehörigen oder anderen Personen sind hingegen nur alle zwei Wochen für jeweils eine mickrige halbe Stunde erlaubt, vorausgesetzt sie werden überhaupt genehmigt. Für David habe ich deshalb gleich eine neue Erlaubnis beantragt, wobei ich natürlich hoffe, dass sich jetzt alles schnell aufklären wird und ich schon bald wieder freikomme. Die Hoffnung stirbt zuletzt, heißt es doch. Aber es fällt mir immer schwerer, daran zu glauben. Wenn die Kinder nicht wären, dann ... Das Verlangen, meine Nora und meinen Max endlich wieder in die Arme zu schließen, ist kaum noch auszuhalten. Seit fast sechs Wochen habe ich sie nicht mehr sehen dürfen. Ich vermisse die süße Mädchenstimme meiner kleinen Nora genauso wie das nach seinem beginnenden Stimmbruch immer tiefer werdende Brummen meines lieben Max. Ich ertrage den Gedanken nicht, dass die beiden glauben könnten, ihre Mutter sei eine Mörderin. Mir zerreißt es das Herz, wenn ich an sie denken muss. Und ich muss ständig an sie denken.

Ich hoffe, sie werden irgendwann verstehen, dass ich nur mit einem anderen Mann geschlafen habe, weil mich Janosch so sehr vernachlässigt hat. Wenn ich überhaupt jemals noch die Gelegenheit dazu bekomme, es ihnen erklären zu können. Dass ich mich dabei auch noch verliebt habe, muss niemand erfahren. Das ist ganz allein meine Sache. Nicht einmal Leon wusste davon. Es ging ja auch alles viel zu schnell und eigentlich ist es mir auch erst auf der Heimfahrt so richtig bewusst geworden. Nach seinem Tod spielt es ohnehin keine Rolle mehr.

Seit ich in diesem Loch eingesperrt bin, zweifle ich immer öfter an meinem Verstand. Ich werde in Kürze verrückt werden, das weiß ich ganz genau. Vielleicht bin ich es auch schon. Aber das ist nicht einmal das Schlimmste. Was mich viel mehr ängstigt, ist die Tatsache, dass die Phasen, in denen es mir vollkommen gleichgültig ist, was mit mir passiert, immer länger werden. Wenn meine Kinder nicht wären, wüsste ich nicht, was ich tun würde.

Die Tür öffnet sich und als ich aufschaue, spüre ich einen kleinen Stich im Herzen. Für einen winzigen Augenblick glaube ich, Leon würde hereinkommen. Diese Ähnlichkeit ist verblüffend, nur ist dieser Mann, der mit dynamischen Schritten näher kommt, um einiges älter und unter seinem anthrazitfarbenen Anzug ist ein kleines Bäuchlein zu erahnen. »Bleiben Sie sitzen«, sagt er freundlich und bevor ich antworten kann, hat er sich zu mir an den Tisch gesetzt und streckt mir seine Hand entgegen. »Konrad Simon, Kanzlei Simon und Partner.«

Ich gebe ihm die Hand. Sein Händedruck ist fest aber nicht aufdringlich. Er hat eine weiche, gepflegte Haut und er riecht umwerfend gut.

»Danke, dass Sie so schnell kommen konnten.«

»Wie geht es Ihnen, Frau Schubert?«

»Fragen Sie nicht.«

Simon zieht die Stirn in Falten und räuspert sich kurz.

»Das wird schon, Frau Schubert. Ich werde alles tun, was in meiner Macht steht, um Ihre Unschuld zu beweisen.« Er nickt und setzt ein aufmunterndes Lächeln auf. »Zuerst ein kurzer Hinweis zu Ihrem bisherigen Anwalt. Falls wir beweisen können, was Sie vermuten, dann wird Kollege Martin sein blaues Wunder erleben. Aber das ist jetzt erst einmal zweitrangig. Konzentrieren wir uns stattdessen darauf, wie wir Sie so schnell wie möglich hier herausbekommen.«

Das hört sich gut an. Das hört sich wirklich gut an. Ich hätte nicht geglaubt, dass sich so schnell wieder Hoffnung in mir breitmachen könnte. Aber diesem Mann nehme ich jedes Wort ab, das er sagt. »Das ist gut«, stimme ich ihm zu.

»Zuerst einmal muss ich mir ein eigenes Bild machen. Erzählen Sie mir bitte alles, was sich in dem fraglichen Zeitraum ereignet hat. Jedes noch so kleine Detail kann von Bedeutung sein.«

Ich wiederhole, was ich bereits Martin erzählt habe. Wie er hakt auch Simon einige Male nach und entlockt mir dadurch weitere Details. Als wir in der Gegenwart angekommen sind, macht er ein nachdenkliches Gesicht.

»Frau Schubert, ich möchte ehrlich zu Ihnen sein. Bei der gegenwärtigen Beweislage wird es in der Hauptverhandlung nicht einfach für uns werden: das Messer aus Ihrer Küche mit Ihren Fingerabdrücken darauf; der Todeszeitpunkt, der, laut Obduktionsbericht, ungefähr auf den Zeitpunkt fällt, an dem Sie das Hotelzimmer verlassen haben; kein Alibi ...«

»Das weiß ich doch alles. Aber ich war es nicht. Ich bin unschuldig. Es muss doch irgendwelche Hinweise geben, die mich entlasten können.«

»Darauf wollte ich gerade hinaus. Hören Sie, wir werden etwas finden. Das verspreche ich Ihnen. Unsere Kanzlei arbeitet seit Langem mit einer der renommiertesten Detekteien zusammen, die Sie in Deutschland finden können. Es ist bereits ein Team an der Sache dran.« Simon wirft einen kurzen Blick auf seine Armbanduhr. »Seit knapp vier Stunden wird Ihr Mann observiert. Ab jetzt rund um die Uhr. Es wird geprüft, ob er in der jüngsten Vergangenheit Kontakte zur Unterwelt hatte. Ob er einen größeren Geldbetrag verfügbar gemacht hat. Außerdem wird im Umfeld von Leonardo Monti ermittelt. Wer könnte ein Interesse daran gehabt haben, ihn umzubringen? Gibt es Verbindungen zu seinem beruflichen Umfeld? Wie konnte jemand an das Messer aus Ihrer Küche gelangen? Woher wusste der Mörder, dass Sie sich mit Leonardo Monti treffen würden und wo? Sie sagten, dass Sie sich spontan dazu entschlossen haben, in ein Hotel zu gehen? Das würde bedeuten, dass Sie bereits im Schlossgarten oder zu einem noch früheren Zeitpunkt beobachtet oder anderweitig lokalisiert wurden. All diese Fragen werden wir beantworten, Frau Schubert. Sie können sicher sein, dass wir etwas finden werden. Die Detektei ist spezialisiert auf schwere Gewaltverbrechen und es wäre nicht der erste Mord, den wir gemeinsam zur Aufklärung bringen, nachdem die Behörden durch stümperhafte Ermittlungen einen Unschuldigen auf die Anklagebank gebracht haben.«

Simon sagt das alles mit einer Überzeugung, dass man ihm einfach glauben muss. Ich will ihm auch glauben. Trotzdem wühlen Zweifel in mir. Was ist, wenn sie doch nichts finden? Was, wenn ich in der anstehenden Hauptverhandlung als Mörderin verurteilt werde und lebenslänglich im Gefängnis bleiben muss? Wenn ich nie wieder meine Kinder sehen werde?

Ich halte diese Gedanken nicht mehr aus. Panik steigt in mir auf wie giftiges Gas. Mein Kopf schmerzt zum Zerplatzen, Tränen schießen mir in die Augen. Ich höre nichts mehr, sehe nur noch verschwommen einen vernebelten Lichtschein, dahinter eine Silhouette, die mein Anwalt sein muss. Ich bin kurz davor, loszuschreien, als mich ein grauenhafter Schwindel packt und meinen Kopf auf den Tisch sinken lässt. Wenn doch endlich alles vorbei wäre, sind meine letzten Gedanken, bevor alles um mich herum in trostloser Dunkelheit versinkt.

24

Es ist wirklich wie verhext. Anna hat ein außergewöhnlich hartnäckiges Eigenleben entwickelt. Endlich erhält sie Unterstützung von ihrem Bruder und hat einen kompetenten Anwalt, aber was tut sie? Anstatt weiter zu kämpfen, wird sie immer depressiver und hat auch noch einen Zusammenbruch erlitten. Ich will verdammt noch mal, dass sie ungeschoren aus diesem ganzen Schlamassel herauskommt. Ich will, dass diese Geschichte für Anna ein glückliches Ende findet. So wie ich es mir für mein eigenes und für Sids Leben wünsche. So wie ich es mir immer für unsere gesamte Familie gewünscht habe.

Ich weiß nicht, warum Anna sich so vehement gegen ein gutes Ende wehrt. Sie scheint geradezu eine Todessehnsucht entwickelt zu haben. Es ist ein regelrechter Sog, der mich immer wieder mit in Annas Depressionen hineinzieht. Ich sitze an meinem Laptop, beginne zu schreiben, will eigentlich der Geschichte eine Wendung zu einem versöhnlichen Ende hin geben, aber ohne dass ich etwas dagegen tun kann, werden meine Gedanken in eine destruktive Richtung gelenkt. Als ob ich eine Marionette des Teufels wäre, der im Hintergrund die Fäden zieht und mich als Todesengel benutzt.

Es ist mir schleierhaft, was da mit mir passiert, und ich beschließe deshalb, eine Pause zu machen. Sid ist seit langer Zeit endlich wieder mehr als einen Tag am Stück zuhause. Das alleine ist schon ein Grund zur Freude, aber noch viel mehr freut und gleichzeitig verwundert mich die Tatsache, dass er von sich aus damit begonnen hat, etwas für die Schule zu tun. Ich hatte ihn schon länger nicht mehr darauf angesprochen. Vielleicht hat es gerade deshalb »Klick« bei ihm gemacht. Als ob ein Schalter in seinem Kopf umgelegt worden wäre, hat er ganz plötzlich von sich aus in einer mehrstündigen Aufräumaktion sein Zimmer auf Vordermann gebracht und seine schulischen Unterlagen geordnet. Sogar die Fenster hat er geputzt, damit es heller ist. Auf einmal scheint er hoch motiviert zu sein, strukturiert seinen Tag und büffelt ununterbrochen für die Schule.

Ich mache mir einen Kaffee und plötzlich steht Sid vor mir. Er zeigt diesen entschlossenen Gesichtsausdruck, den er als kleiner Junge schon hatte, wenn er sich irgendein Vorhaben in den Kopf gesetzt hatte, aber genau wusste, dass er mich zuerst um Erlaubnis fragen muss. Ich sehe meinen kleinen Jungen vor mir, wie er einen Tobsuchtsanfall bekommt, wenn es doch mal nicht nach seinem Kopf geht.

»Papa?«

Ein mulmiges Gefühl steigt in mir auf. Er kann mich alles fragen, was er will. Aber bitte nichts, was mit Geld zu tun hat.

»Kann ich Nachhilfestunden nehmen?«

Sid lächelt mich an, als er das sagt. Auch während er auf eine Antwort von mir wartet, weicht das stolze Lächeln nicht aus seinem Gesicht. Es ist diese Art von Stolz, die ausdrücken soll: Schau her, Papa! Ich habe es endlich kapiert. Ich werde jetzt alles tun, was in meiner Macht steht, um meine Zukunft erfolgreich zu gestalten. Ich weiß jetzt, auf was es ankommt im Leben. Ich bin erwachsen geworden. Aber ich brauche deine Hilfe.

Du darfst das nicht ablehnen, wird mir sofort klar. Wenn ich ihn jetzt mit einem »Nein« abserviere, würde ich seine gerade erst entflammte Motivation auf einen Schlag vernichten. Gerade als ich den Mund öffnen möchte, läutet die Türklingel. Ich nutze die Gelegenheit, um etwas Zeit zu gewinnen, und vertröste ihn auf später. Über die Gegensprechanlage erfahre ich, dass ein Paket für Baumann geliefert werde. Ich schicke Sid dem Boten entgegen, damit dieser die Sendung nicht die ganzen fünf Stockwerke nach oben schleppen muss. Ich bin ja schon froh, dass er nicht aus Bequemlichkeit einfach nur eine Benachrichtigungskarte in den Briefkasten steckt.

»Was ist das?«, frage ich Sid, als er in die Wohnung zurückkommt und mir das Paket entgegenstreckt.

»Für dich.«

»Da wird schon keine Bombe drin sein«, scherze ich und reiße es auf. Was darin zum Vorschein kommt, lässt mich zuerst auflachen.

Love Buddy Superskin Pussy steht auf dem Aufkleber, auf dem eine aufblasbare Gummipuppe abgebildet ist. Darunter, eingepackt in einer durchsichtigen Kunststoffverpackung, wartet fein säuberlich zusammengefaltet eine fleischfarbene Blondine darauf, dass ihr zukünftiger Liebhaber sie mit seinem Atem zum Leben erweckt.

Sid blickt mich verstohlen an, was mich sofort zu einer Rechtfertigung veranlasst.

»Du denkst doch nicht, dass ich ...«

»Nein ... nein, überhaupt nicht ... und wenn schon, ist ja deine Sache.«

Ich überlege, ob jetzt der geeignete Zeitpunkt dafür wäre, ihm zu erzählen, dass ich daran glaube, dass der Mörder weiterhin frei herumläuft und dass diese Gummipuppe eines seiner idiotischen Spielchen sein könnte.

»Das ist Recherchematerial für mein aktuelles Projekt«, lüge ich stattdessen.

Sid kann sich ein Grinsen nicht verkneifen und blickt mich schließlich verständnisvoll an. »Klar, logisch, dann viel ... Erfolg damit.« Kaum hat er ausgesprochen, meldet sich sein Handy und nach einem kurzen Blick auf das Display schaut er zuerst kichernd zu mir auf, aber dann nimmt sein Gesicht einen ernsten Ausdruck an.

»Was ist?«, frage ich und ahne bereits, dass es nichts Gutes sein wird.

»Eine Snapchat-Nachricht.«

»Zeig!«

»Geht nicht, der Text wurde als Bild geschickt«, sagt er. »War auf drei Sekunden eingestellt.«

»Was stand ...«

»Daddy soll schon mal üben«, kommt er mir zuvor.

Eine Lüge aufrechtzuerhalten, erfordert oft weitere Lügen. In Gedanken bastle ich bereits an der nächsten Story, die Sid beruhigen soll.

»Papa, du weißt doch mehr, als du mir erzählt hast.«

Ich schaue ihn mit einem Blick an, den er nur allzu gut kennt und auch sofort versteht: *Stop. Bis hierher und nicht weiter.*

Später beim Essen scheint für ihn die Welt wieder in Ordnung zu sein und wir beschließen, am Wochenende endlich das zu tun, was wir schon lange vorhatten, nämlich gemeinsam im Olympiastadion ein Hertha-Spiel anzuschauen. Eigentlich können wir es uns nicht leisten, aber Sid beginnt sich mir gegenüber endlich zu öffnen und diese Gelegenheit muss ich nutzen.

Während wir uns weiter unterhalten, geht mir die Sache mit der Puppe nicht mehr aus dem Kopf. Vor allem die Frage, warum dieses Arschloch überhaupt solche Psychospielchen mit mir treibt. Warum bringt er mich nicht einfach um? Er hat doch vermutlich ohnehin schon einen Mord begangen. Will er mir Angst einjagen, weil er Spaß daran hat, andere zu quälen, bevor er ...

Immer wieder kommt mir bei meinen Überlegungen Rolf in den Sinn. Er ist ein verurteilter Sexualstraftäter. Die Gummipuppe und die Snapchat-Nachricht würden dazu passen. Und er hat schließlich schon einmal ... nein, sogar schon zweimal gemordet ... möglicherweise sogar noch öfter, allein wenn ich an den Selbstmord von Tantchen und Albert denke, der doch sehr unvorbereitet kam ... *Vielleicht solltest du noch einmal nach Schöndorf reisen, einfach bei ihm klingeln und ihn direkt zur Rede stellen.*

»Ich gehe wieder in mein Zimmer und lerne weiter«, reißt mich Sid aus meinen Gedanken.

»Okay«, sage ich nur und blicke ihm nachdenklich hinterher, als er sich im Flur plötzlich noch einmal zu mir umdreht.

»Papa?«

»Ja?«

»Was ist denn jetzt eigentlich mit der Nachhilfe?«

»Klar«, antworte ich. »Gute Idee, Sid. Wirklich gute Idee.«

LOVE BUDDY - KAPITEL 13

Nach meinem Zusammenbruch wurde ich für die Nacht in die Krankenabteilung verfrachtet, wo mir ein stark übergewichtiger Arzt mit schweren Tränensäcken und blutunterlaufenen Augen einige Fragen zu meinem Befinden stellte und mir ein Mittel zur Kreislaufstabilisierung verabreichte. Offensichtlich hatte er jedoch keinerlei Sorge, dass ich mir etwas antun könnte, denn seit heute Morgen sitze ich wieder alleine in meiner Zelle. Ich muss allerdings zugeben, dass ich ihm auch keinerlei Anlass zur Sorge gegeben habe. Eher sogar das Gegenteil. Ich konnte ihn davon überzeugen, dass ich zuversichtlich sei, bald rehabilitiert und entlassen zu werden, weil ich Grund zu der Annahme hätte, dass der wahre Mörder in absehbarer Zeit identifiziert und überführt werden könne.

Ich bin selbst überrascht, wie gut ich ihm etwas vorspielen konnte, obwohl es ganz anders aussieht in mir. Ich kann einfach nicht mehr an ein gutes Ende glauben. Das dauernde Alleinsein nagt an meinem Lebenswillen, ich fühle mich so leer. Das Schlimmste aber ist, tagaus, tagein in dieser trostlosen Zelle hocken und darauf warten zu müssen, dass ein Gericht endlich meinen Fall verhandelt, nur um mich dann schuldig zu sprechen und zu einer lebenslangen Freiheitsstrafe zu verurteilen. Ich bin davon überzeugt, dass es so kommen wird. Ich sehe mich immer wieder, wie ich nach der Urteilsverkündung im Gerichtssaal völlig hysterisch meine Unschuld beteuere, aber mir niemand glaubt. Ich träume davon und in meinen Träumen sehe ich nicht nur, wie ich von den Ordnern gewaltsam aus dem Saal entfernt werden muss, sondern auch, wie ich mich schließlich in meiner Zelle umbringe.

Es gibt eigentlich keinen Grund mehr, noch so lange zu warten. Warum soll ich mir das antun? Mich selbst quälen, obwohl ich sicher bin, dass sich das Ganze nicht mehr zum

Guten wenden wird. Der Weg ist das Ziel, heißt es doch immer. Aber in meinem Fall kann ich getrost auf den Weg verzichten und mich direkt dem Ziel widmen.

In den vergangenen Wochen hatte ich sehr viel Zeit zum Nachdenken, ich habe praktisch nichts anderes getan. Inzwischen kann ich meine Eltern nicht nur verstehen, sondern ich kann nachempfinden, was sie zu diesem Schritt veranlasst hat, weil ich mich jetzt genauso fühle, wie sie sich damals gefühlt haben müssen. Ich weiß nur noch nicht, wie ich es anstellen soll. Erhängen? Pulsadern aufschneiden? Am liebsten würde ich ein Packung Schlaftabletten nehmen und sanft einschlafen. Ende. Aus. Amen.

Bevor ich über weitere Möglichkeiten nachdenken kann, werde ich von einem Geräusch an meiner Zellentür aufgeschreckt.

»Anwaltsbesuch«, sagt die Wärterin. Sie heißt Maria. Eine rassige drahtige Frau um die dreißig, die ihre dunklen Haare streng nach hinten gezogen und zu einem Pferdeschwanz zusammengebunden hat. In Verbindung mit ihrer Uniform sieht sie aus wie eine Domina, fehlt nur noch die Peitsche. Ich frage mich, ob sie inkognito bei einem der Portale angemeldet ist. Wie auch immer, ich mag sie. Sie ist höflich und behandelt mich mit Respekt.

Maria führt mich in die Besucherzelle, wo Konrad Simon bereits auf mich wartet.

»Fragen Sie nicht«, sage ich, bevor er auch nur den Mund aufmachen kann.

Er lächelt, aber zeitgleich legt sich ein sorgenvoller Ausdruck auf sein Gesicht.

»Es gibt Neuigkeiten«, sagte er. »Wir haben einige interessante Beobachtungen machen können.« Simon macht eine rhetorische Pause, um den Satz wirken zu lassen. Als er jedoch keinerlei Gefühlsregung bei mir erkennen kann, fährt er schließlich etwas enttäuscht fort: »Ihr Mann trifft sich regelmäßig mit Ihrer Nachbarin, Margot Kohlmeier.«

»Wie meinen Sie das?«

»Na ja, zu Uhrzeiten und an Orten, die nahelegen, dass mehr dahintersteckt als reine Nachbarschaftshilfe.«

Simon zieht stolz einen dünnen Aktenordner aus seinem Pilotenkoffer, schlägt ihn auf, blättert einige Male um und legt schließlich den Finger auf eine bestimmte Textstelle. »Gestern Abend, traf sich Ihr Mann wie üblich mit seinen Kegelfreunden, verabschiedete sich aber frühzeitig und fuhr dann nicht nach Hause, sondern zu einem Hotel in der Nähe von Sindelfingen.«

»Die beiden haben ein Verhältnis?«

»Die Vermutung liegt nahe. Um exakt 22:04 Uhr verschwand er in dem Hotel und um 0:36 Uhr verließen sie es gemeinsam. Sie hatte bereits in einem der Zimmer auf ihn gewartet. Danach fuhren sie getrennt nach Hause.«

»Das kann ich mir kaum vorstellen. Janoschs Interesse an Sex ist gleich null.«

»Es gibt Hinweise, dass diese Beziehung schon länger besteht.«

Das kann nicht sein. Das ist unmöglich. Ich kann nicht glauben, dass er mir jahrelang etwas vorspielen konnte, ohne dass ich dumme Kuh auch nur den geringsten Verdacht gehegt hätte.

»Und wer hat auf die Kinder aufgepasst?«

»Ihre Schwiegermutter ... Margot Kohlmeier hatte ein Kindermädchen engagiert.«

Eigentlich sollte ich schockiert sein von dieser Nachricht, aber das Seltsame ist: Es berührt mich kaum. Vielleicht liegt es daran, dass ich längst mit Janosch abgeschlossen habe – und auch mit meinem eigenen Leben. Anstatt einen Wutanfall zu bekommen, frage ich mich, wie lange es wohl noch dauern wird, bis die beiden ihre Beziehung offiziell machen und zusammenziehen werden. Wahrscheinlich warten sie, bis ich verurteilt bin, und lassen anstandshalber noch einige Monate ins Land gehen, damit es kein Gerede gibt.

Simon wirft erneut einen kurzen Blick in seine Akte und schaut dann wieder zu mir auf. »Unsere Nachforschungen bei den Hotelbetreibern haben ergeben, dass sich die beiden bereits seit über einem Jahr dort regelmäßig zu einem Schäferstündchen getroffen haben. Wir wissen nicht, ob sie sich nicht auch schon davor woanders getroffen haben. Möglicherweise besteht ihre Affäre schon viel länger.«

Wie konntest du nur so blöd sein und die ganze Zeit über nichts davon bemerken? Wie konntest du nur so naiv sein?

»Wir haben noch etwas herausgefunden«, fährt Simon fort. »Margot und Werner Kohlmeier hatten schon länger Eheprobleme. Sie waren vor etwa vier Jahren regelmäßig bei einem Paartherapeuten, haben die Therapie aber vor gut zwei Jahren erfolglos abgebrochen. Meiner Ansicht nach dürfte Frau Kohlmeier nicht sonderlich überrascht gewesen sein, als sie von der Affäre ihres Ehemanns mit einer Internetbekanntschaft erfahren hat. Möglicherweise kam es ihr sogar gelegen, weil sie damit einen Grund hatte, ihren Mann zum Teufel zu jagen.«

»Sie meinen, Margot hat ihre Enttäuschung und Betroffenheit nur vorgespielt?« Wenn das stimmt, ist sie eine begnadete Schauspielerin.

»Jedenfalls dürfte es ihr weniger ausgemacht haben, als es den Anschein erweckt hat. Nach dem, was Sie mir erzählten, war sie an diesem Tag doch völlig aufgelöst, nicht wahr?«

Na und ob. Ich sehe Margot vor mir, wie sie frühmorgens mit hängenden Schultern und verweinten Augen zu mir kam, sich bei mir ausgeheult und mit Prosecco zugeschüttet hat. Und das soll nur gespielt gewesen sein?

»Ja ... ja, so war es auch. Sie war total fertig. Aber wozu die ganze Show mir gegenüber?«

Simon reibt sich einige Male mit der Hand übers Kinn. »Ich weiß es nicht, aber ich bin sicher, dass wir noch mehr herausfinden werden.«

Er betrachtet mich lange und ich kann verfolgen, wie sich sein hoffnungsvoller Gesichtsausdruck auflöst und sich stattdessen Verwunderung auf seinen Zügen breitmacht.

»Verstehen Sie nicht, Frau Schubert? Das sind im Grunde gute Neuigkeiten!«

»Und was soll das Ganze mit dem Mord an Leon zu tun haben?«, frage ich.

»Betrachten Sie es doch mal objektiv: Eine Ehefrau trifft sich mit einem wildfremden Mann in einem Hotelzimmer zum Sex. Ihr Lover wird dort kurze Zeit später ermordet aufgefunden – erstochen mit einem Messer aus *ihrer* Küche und mit *ihren* Fingerabdrücken darauf. Die Beweise sind eindeutig und für die Ermittlungsbehörden ist die Sache klar. Aber aus meiner Sicht gibt es dabei einen kleinen Haken: Sie hat kein Motiv. Warum sollte sie das tun? Und es ist doch nicht abwegig, dass der Ehemann, der selbst schon länger ein Verhältnis mit der Nachbarin und Freundin seiner Ehefrau hat, etwas damit zu tun haben könnte. Vielleicht hat er Wind davon bekommen und die Gelegenheit genutzt, um sich seine Frau vom Hals zu schaffen, indem er ihr Date umbringen lässt und sie damit lebenslänglich im Knast untergebracht weiß. Das wäre doch eine günstige Gelegenheit, oder nicht?«

»Ich weiß nicht. Janosch würde ich das inzwischen zwar zutrauen, aber warum hat er dann nicht gleich *mich* umbringen lassen?«

»Dann wäre der Verdacht sofort auf ihn gefallen. Eine Eifersuchtstat. Ein hoher Prozentsatz aller Morde sind Beziehungstaten, bei denen der Täter aus dem familiären Umfeld des Opfers stammt. So aber stehen Sie selbst als Täterin im Fokus.«

Simon strahlt mich mit einem zuversichtlichen Lächeln an.

Ich weiß nicht mehr, was ich denken soll. Anfangs hatte ich auch Janosch in Verdacht. Diese Geschichte mit seinem Anwalt, der mir mehr geschadet als geholfen hat. Trotzdem habe ich meine Zweifel. Ich kenne Janosch nun schon seit über dreizehn Jahren. Wir haben zwei Wunschkinder zusammen gezeugt. Auch wenn er sich zu einem unsagbaren Arschloch entwickelt hat, haben wir uns doch einmal geliebt. Und ich kann mir trotz allem einfach nicht vorstellen, dass er einen Mord in Auftrag gegeben haben soll. Das ist doch völlig hirnrissig. Warum sollte er ein so hohes Risiko eingehen? Er hätte sich doch einfach nur von mir scheiden lassen können.

Vergiss seine Mutter nicht! Vergiss nicht die Leute. Das Gerede. Janosch hat kein Stehvermögen.

Sicher, die alte Hexe hätte das niemals akzeptiert. Nicht, wenn die Scheidung von ihrem schwanzgesteuerten Sohnemann ausgegangen wäre. Nicht, wenn *er* Ehebruch begangen hätte. Nicht, wenn *er* der Schuldige dabei gewesen wäre. Aber auch wenn Janosch ein Muttersöhnchen ist und unter der Fuchtel dieser Hexe steht, er war es nicht. Ich weiß es einfach. Ich bin mir absolut sicher, dass er es nicht war.

»Mein Mann hat nichts damit zu tun«, sage ich voller Überzeugung.

»Wir müssen alles in Betracht ziehen, Frau Schubert. In meinen Augen könnten sowohl Ihr Mann als auch Margot Kohlmeier etwas mit dem Mord zu tun haben. Beide hätten die Möglichkeit gehabt, das Messer zu entwenden. Ihr Mann sowieso, und Ihre Nachbarin hatten sie sicherlich auch nicht ständig im Auge, wenn sie bei Ihnen zu Besuch war.« Simon lehnt sich ein Stück weiter über den Tisch zu mir herüber. »Oder nicht?«

»Ich weiß es nicht. Ich weiß gar nichts mehr. Ich kann nicht mehr«, sage ich und bitte Simon, das Gespräch für heute zu beenden. Er schaut mich besorgt an und als wir uns verabschieden, versucht er mir nochmals Hoffnung zu machen und verspricht mir, morgen wiederzukommen, um mich auf den neuesten Stand zu bringen. Er ist wirklich sehr bemüht und einfühlsam. Ich schätze das sehr und kann David nicht dankbar genug dafür sein, dass er diesen Anwalt für mich ausgesucht hat.

Als ich wieder alleine in meiner Zelle bin, werde ich erneut von Tränen überwältigt. Aber diesmal dauert es nicht lange und ich fange mich wieder. Es ist wie eine Art Erlösung. Diese Gefühlsausbrüche erscheinen mir zunehmend wie ein völlig nutzloses Ritual – automatisiertes, sinnloses Geheule. Wenn ich ehrlich bin, ist es mir längst vollkommen egal, was Simon herausgefunden hat. Ich bin mir egal. Alles ist mir egal. Selbst meine Kinder ... ich kann einfach nicht mehr.

Ich lasse mich aufs Bett sinken und verfolge aus den Augenwinkeln, wie eine Kakerlake über den Boden jagt und sich unterm Bettgestell verkriecht. Auch das lässt mich inzwischen völlig kalt und ich nehme meine Gedanken an der Stelle wieder auf, wo ich durch den Anwaltsbesuch unterbrochen wurde.

25

So etwas ist mir in meinem ganzen Schriftstellerdasein noch nicht passiert. Es kam zwar in der Vergangenheit immer wieder mal vor, dass eine Figur ein Eigenleben entwickelt hat und nicht so handeln wollte, wie ich es geplant hatte. Aber noch nie so radikal, wie Anna es tut. Es ist wirklich wie verhext. Dabei bin doch *ich* der Schöpfer. *Ich* bestimme, wie *meine* Figuren in *meiner* Geschichte zu handeln haben. *Ich* bin der allmächtige Gott über diesen fiktiven Kosmos, der einmal zwischen zwei Buchdeckeln das Licht der Welt erblicken soll.

Verhext ist wirklich genau das richtige Wort dafür, denn ich kann machen, was ich will: Anna lässt sich einfach nicht von ihrem Weg abbringen. Allmählich spiele ich ernsthaft mit dem Gedanken, der Geschichte einfach ihren Lauf zu lassen – auch wenn es mir schwerfällt, weil Anna mir ans Herz gewachsen ist. Schließlich teilen wir beide das Schicksal, unschuldig unter Mordverdacht verhaftet worden zu sein.

Ich kann sie sogar verstehen. Bei mir waren es nur drei läppische Tage und diese Zeit war wahrlich demütigend und trostlos genug. Ich will gar nicht wissen, wie ich mich fühlen würde, wenn ich wie sie viele Wochen in U-Haft hätte verbringen müssen. An sich bin ich nicht so leicht unterzukriegen. Das bilde ich mir zumindest ein. Aber ich vermute, wochenlange Einzelhaft hätte mich genauso zermürbt. Tagaus, tagein in einer Zelle zu hocken und damit rechnen zu müssen, dass man unschuldig zu lebenslanger Haft verdonnert wird, weil man eine einzige falsche Entscheidung in seinem Leben getroffen hat. Ich kann ihre Verzweiflung durchaus nachvollziehen und früher oder später würde auch bei mir unweigerlich der Gedanke an Selbstmord aufkommen.

Ich beschließe, über Suizid in Gefängnissen zu recherchieren, aber als ich mich an meinen Rechner setze und die Google-

Suchseite aufrufen will, streikt wie gewohnt die Internetverbindung. Jetzt reicht es mir endgültig. Ich schnappe mir das Festnetztelefon und wähle Andys Nummer, damit er bei nächster Gelegenheit das Problem behebt. Da er jedoch nicht abnimmt, hinterlasse ich eine Nachricht auf seiner Mailbox und bitte ihn eindringlich, baldmöglichst zurückzurufen oder einfach direkt vorbeizukommen. Ich bin genervt, das konnte man meiner Stimme anhören.

Ich starte meinen Rechner neu und in dem Moment, als ich den WLAN-Router ausschalte, läutet es an der Haustür. Na, das ging aber fix, denke ich, aber an der Gegensprechanlage erfahre ich, dass der Paketbote schon wieder ein Paket für mich hat. Da Sid bereits am frühen Vormittag das Haus verlassen hat, um sich mit seiner Freundin zum Lernen zu treffen, gehe ich diesmal dem Boten selbst entgegen.

Zurück in der Wohnung betrachte ich das Päckchen von Amazon, es scheint sich um ein Buch zu handeln. Für einen Moment möchte ich es einfach ungeöffnet zurückzusenden, aber dann bin ich doch zu neugierig und öffne es.

Es ist eine gebundene Ausgabe von »Die 120 Tage von Sodom«. Ich kenne dieses Werk. Marquis des Sade hat es Ende des achtzehnten Jahrhunderts im Gefängnis geschrieben und darin seinen äußerst brutalen und menschenverachtenden Sexualfantasien freien Lauf gelassen. Es bewegt bis heute die Gemüter, obwohl wir in einer Zeit leben, in der schon längst so gut wie alle Tabus gebrochen wurden.

Allmählich wird es mir doch etwas mulmig bei der ganzen Sache. Wie lange soll das noch so gehen? Bekomme ich jetzt täglich irgendwelche Päckchen geliefert? Und wer, verdammt noch mal, steckt dahinter?

Mit einem Mal beschleicht mich ein Verdacht und ich setze mich an meinen Rechner. Ich logge mich bei Amazon ein und als ich meine letzten Bestellungen durchgehe, bestätigt sich, was ich vermutet habe. Jemand hat sich mit meinen Zugangsdaten in meinen Account bei Amazon eingeloggt und sowohl diese Gummipuppe als auch das Buch bestellt und mit meinen hinterlegten Kreditkartendaten bezahlt. Jetzt reicht's!

Ich gehe ans Fenster und während ich wütend auf den Görli hinabblicke, beschließe ich, nochmals den Kommissar anzurufen. Diesmal gibt es schließlich eindeutige Beweise. Außerdem handelt es sich um ein Betrugsdelikt, da gibt es nichts zu deuteln.

Ich erreiche jedoch weder den Kommissar noch Barbie und von der Telefonzentrale erfahre ich, dass sie vor wenigen Minuten zu einem Tatort gerufen worden seien, ich aber gerne eine Nachricht hinterlassen könne. Das spare ich mir, weil sich die beiden bei einem neuen Mordfall wohl kaum mit meinem läppischen Betrugsdelikt beschäftigen werden.

Kann nicht einfach wieder alles ganz normal werden? Jetzt, wo Sid und ich uns endlich näher gekommen sind und ich, mal abgesehen von Annas Sturheit, mit dem Schreiben gut vorankomme? Jetzt, wo ich mir sicher bin, dass ich nach über fünf Jahren endlich einen Roman zu Ende bringen werde. Genau da treibt irgend so ein Spinner seltsame Spielchen mit mir.

Ich muss etwas dagegen unternehmen, so kann es nicht weitergehen. Dann muss ich eben die Sache doch selbst in die Hand nehmen. Ich versuche es erneut bei Andy, aber wieder meldet sich nur die Mailbox. Ich erzähle von dem Amazon-Hack und dass ich unbedingt schnellstens seinen technischen Verstand benötige. So wie ich Andy kenne, wird er diese Herausforderung liebend gerne annehmen. Er ist der Typ, der Spaß am Wettkampf hat und dabei einen unglaublichen Ehrgeiz entwickeln kann.

Mir fällt ein, dass ich schleunigst mein Amazon-Passwort ändern sollte, aber als ich mich wieder an meinen Rechner setzen will, bleibt mein Blick am WLAN-Router hängen. Das gibt es doch nicht. Wie ist das möglich? Ich hatte mich doch gerade eben bei Amazon eingeloggt. Wie konnte ich mit meinem Laptop im Internet surfen, obwohl keines der LED-Lämpchen am Router leuchtet? Ich weiß genau, dass die Dinger sonst immer wild vor sich hinblinken. Aber das Teil ist mausetot. Erst jetzt wird mir bewusst, dass ich das Gerät nicht wieder eingeschaltet habe, seit der Postbote an der Haustür geläutet hat.

LOVE BUDDY - KAPITEL 14

In zwei Tagen, an meinem vierzigsten Geburtstag, werde ich es tun. Diesen Entschluss habe ich heute Nacht gefasst. Stunde um Stunde habe ich mich hin und her gewälzt und das Für und Wider abgewogen, bis ich in den frühen Morgenstunden schließlich zu meiner unumstößlichen Entscheidung gelangt bin. Auch wenn David nur schwer darüber hinwegkommen wird, ist es doch eine große Erleichterung für mich, endlich Klarheit zu haben. Ich fühle mich richtiggehend befreit, nachdem ich weiß, wie es weitergehen wird. Oder besser gesagt: wie es enden wird.

Ich möchte sogar behaupten, dass ich am heutigen Tage ein wenig fröhlich gestimmt bin, obwohl ich keine Sekunde geschlafen habe. Ich muss laut auflachen, als ich mich an den Spruch erinnere, dass man noch genug schlafen kann, wenn man tot ist. Mein irres Gekicher macht mir Angst. Ich muss verrückt geworden sein.

Kurz darauf schrecke ich hoch, als meine Zellentür geöffnet wird.

»Anwaltsbesuch«, sagt Maria.

Simon wartet bereits in der Besucherzelle auf mich und streckt mir mit einem aufmunternden Lächeln die Hand entgegen.

»Guten Tag, Frau Schubert. Ich hoffe, es geht Ihnen gut.«

»Mir geht es prima«, sage ich und lächle. »Ich habe zwar kaum geschlafen, aber ich bin guter Dinge.«

»Das freut mich, Frau Schubert. Das freut mich wirklich sehr. Setzen wir uns doch. Ich habe zwei Neuigkeiten.«

Wir setzen uns, und diesmal bin ich gespannt, was er zu berichten hat, auch wenn meine Entscheidung längst feststeht.

»Also«, sagt er und nickt mir charmant zu. »Neuigkeit Nummer eins: Margot Kohlmeier hat für die Mordzeit kein

Alibi. Die Zwillinge waren an dem besagten Samstag bei einem Kindergeburtstag und haben dort auch übernachtet. Sie hätte also prinzipiell die Möglichkeit gehabt, Ihnen nach Stuttgart zu folgen.«

»So wie Millionen anderer Menschen auch.«

»Frau Schubert, denken Sie bitte ganz genau nach, ob Ihre Nachbarin die Möglichkeit dazu gehabt hätte, das Messer aus Ihrer Küche zu entwenden. Wenn ich mich recht erinnere, sagten Sie, dass Sie das Messer noch wenige Tage vor dem Mord an Leonardo Monti zum Kochen benutzt haben.«

Simons aufmerksame Augen haben mich fest im Blick, während ich versuche, mich zu erinnern.

»Leon wurde in der Nacht von Samstag auf Sonntag umgebracht«, sage ich und rechne zurück. »Margot kam zuletzt am Mittwochmorgen um kurz nach sieben Uhr zu mir und erzählte mir von Werners Affäre. Am Abend gab es dann das Rindergeschnetzelte.«

»Gab es danach noch einen weiteren Besuch?«

Ich schüttele zuerst den Kopf, doch dann kann ich mich plötzlich wieder erinnern.

»Doch, natürlich. Jetzt fällt es mir wieder ein. Zwei Tage später, am Freitag, kam sie noch mal kurz vorbei.«

Simon nickt mir aufmunternd zu.

»Es war ein Freitag, der Tag, an dem ich mit Leon telefonierte und wir uns für Samstagnachmittag verabredeten.«

Ich sehe Margot vor mir, wie sie mich minutenlang durch das Küchenfenster beobachtet, während ich meinen Veitstanz aufführte. Was sie in dieser Zeit wohl gedacht haben mag? Über mich? Über sich selbst? Über Werner und die Zwillinge? Über ihre Affäre mit Janosch? Könnte dabei eine Kettenreaktion in ihrem proseccobenebelten Hirn in Gang gesetzt worden sein, die mich in diese verfluchte Gefängniszelle gebracht hat?

»Margot hatte mich eine Zeit lang von draußen beobachtet, wie ich vor Freude im Wohnzimmer herumgehüpft bin.«

»Hat sie geklingelt?«

»Ja, sie war sehr misstrauisch. Als Ausrede habe ich dann die Aussicht auf einen neuen Job benutzt.«

»Als sie im Haus war, haben Sie da den unteren Wohnbereich noch einmal verlassen? Sind Sie kurz nach oben gegangen? Oder haben Sie vielleicht die Toilette aufgesucht?«

»Nein ... nein, nichts von alledem.«

Aber dann fällt mir plötzlich wieder etwas ein. *Eine gute Hausfrau läuft nie leer.* Einer von Janoschs Lieblingssprüchen – wenn er denn mal mit mir gesprochen hat.

»Oder doch ... Ich bin kurz in den Keller, um eine Flasche Prosecco zu holen.«

»Wie lange hat das gedauert?«

»Vielleicht eine Minute. Bei der Gelegenheit habe ich auch gleich noch die Wäsche von der Waschmaschine in den Trockner geräumt.«

»Das ist eine lange Zeit, wenn man alleine in der Küche sitzt.«

»Ja«, sage ich und plötzlich fällt mir noch etwas ein. Natürlich! Es könnte sein, dass sie ... Ich möchte mir das gar nicht vorstellen. »Ja, und sie könnte im Wohnzimmer einen Blick auf meinen Laptop geworfen haben.«

Simon reißt die Augen auf. »Was könnte sie dort entdeckt haben?«

Meine Gedanken überschlagen sich. Noch während ich meine Antwort vorbereite, fällt mir ein weiteres Detail ein: *Margot02* – mein Pseudonym, weil mir nichts Besseres einfiel.

»Ich war bei *EroticAffair* eingeloggt. Sie könnte meine Korrespondenz mit Leon entdeckt haben ... und die Bilder von ihm.«

»Na also, da haben wir doch etwas.«

Simon lächelt mich wieder so charmant an und ich kann nicht anders, als zurückzulächeln. *Was ist los mit dir, Anna? Du wirst doch jetzt nicht noch anfangen, mit deinem Anwalt zu flirten? Du wirst doch sowieso bald ...*

»Wollen wir uns nicht einfach duzen?«, fragt er plötzlich und streckt mir seine Hand entgegen. »Konny ...«

»Anna«, antworte ich reflexartig und gebe ihm die Hand. Wir reden noch einige Minuten und nachdem wir uns verab - schiedet haben und er schon fast hinter der Tür ver - schwunden ist, dreht er sich noch einmal zu mir um. »Jetzt hätte ich doch fast die zweite Neuigkeit vergessen. Deine Schwiegermutter ist heute Nacht gestorben. Herzstillstand.«

Er winkt mir nochmals kurz zu und verschwindet. Während Maria mich in meine Zelle zurückführt, hoffe ich, dass ich der alten Hexe da oben nie begegnen werde, und gleichzeitig frage ich mich, ob Margot oder Janosch nicht auch hier ihre Finger im Spiel hatten.

26

Ständig ertappe ich mich dabei, dass ich Anna schnappen möchte, um sie zu schütteln und ihr zuzurufen: »Anna, verdammt noch mal! Es wendet sich doch gerade alles zum Guten. Siehst du das nicht? Komm doch bitte endlich zur Vernunft.« Aber sie ist so unglaublich bockig, stur und eigenwillig. Geradezu verbohrt. Fast schon dumm. Ja, eine dumme Kuh, die sich da in etwas hineingesteigert hat. Sich komplett verrannt hat.

Automatisch kommt mir wieder der Gedanke, alles wegzuwerfen, aber dann besinne ich mich. Diesmal werde ich den verdammten Roman zu Ende schreiben. Egal wie.

Ich versuche nochmals Andy zu erreichen, aber wieder springt nur die Mailbox an. Vielleicht ist er ja verreist? Oder bei einem Kunden? Immerhin ist es früher Nachmittag und da arbeiten die meisten Menschen für gewöhnlich.

Ich lege mich hin und versuche etwas zu schlafen, aber meine Gedanken lassen mich einfach nicht zur Ruhe kommen. Anna schwirrt mir ständig im Kopf herum, gleichzeitig versuche ich einen Zusammenhang zwischen *Love Buddy Superskin Pussy* und Marquise de Sade herzustellen. Immer wieder kommt mir bei meinen Überlegungen Rolf in den Sinn. Aber wir haben uns nie kennengelernt. Das alles ist Jahrzehnte her. Warum sollte er sich nach dieser langen Zeit überhaupt an mich erinnern?

Was hätte mir Mara wohl in dieser Situation geraten? Sie hatte immer die richtigen Antworten parat, wenn es eng wurde.

Ich setze mich wieder hin, und beginne zu schreiben, werde jedoch kurze Zeit später von dem Gedudel meines Handys unterbrochen. Anhand der Melodie erkenne ich sofort, dass es sich um meine Agentin handeln muss.

»Jana?«

»Karl, was hört man da für Sachen von dir? Du warst wegen Mordverdachts inhaftiert? Warum hast du mir bei unserem Telefonat nichts davon erzählt? Und was macht eigentlich dein neues Projekt? Ich warte noch immer auf deine Unterlagen.«

Ich liebe diesen Charakterzug von Jana. Sie kommt immer sofort zur Sache.

»Als ob du es gerochen hättest: Ich schreibe gerade am letzten Kapitel.«

»Um was geht es?«

Jeder Autor steht früher oder später vor der Aufgabe, seine Geschichte in einer hoch komprimierten Form in wenigen Worten zusammenfassen zu müssen. Der Pitch. Du fährst mit einem Literaturagenten oder einem Lektor im Aufzug und hast weniger als einer Minute Zeit, ihn von deiner Geschichte zu überzeugen. Und du hast überhaupt nur dann eine Chance, wenn dabei so etwas wie Magie zum Vorschein kommt. Das Problem ist nur: Ich habe mir noch keinerlei Gedanken über den Pitch gemacht. Die Geschichte ist organisch gewachsen. Ich habe sie mir nicht ausgedacht. Anfangs vielleicht schon, aber dann hat Anna sich verselbständigt.

»Eigentlich wollte ich ... Na ja, diesmal ist es kein Horrorroman geworden, sondern ein ... Psychodrama. Der Arbeitstitel lautet *Love Buddy*.«

»Ich höre.«

»Okay«, sage ich und überlege nicht lange. »Die fast vierzigjährige Anna lebt mit ihrem Mann Janosch in einem Kaff am Rande des Schwarzwaldes in einer unglücklichen Ehe, die sie nur der beiden Kinder wegen aufrechterhält. Über ein Seitensprungportal trifft sie sich in Stuttgart mit dem attraktiven Leon zu einem Sexdate und verliebt sich in ihn. Als dieser jedoch mit einem ihrer Küchenmesser im Herzen ermordet aufgefunden wird, kommt sie unschuldig in U-Haft. Annas Anwalt findet heraus, dass ihre Nachbarin Margot und Janosch schon länger eine Affäre haben und äußert den Verdacht, die beiden könnten etwas damit zu tun haben. Obwohl Anna und ihr Anwalt sich durch die Gespräche in der Besucherzelle näherkommen und erste Indizien auftauchen, die sie entlasten könnten, verfällt sie in eine tiefe Depression und ... na ja, über das Ende bin ich mir noch nicht so ganz im Klaren.«

Jana schweigt und es kommt mir wie eine Ewigkeit vor, bis sie endlich etwas sagt.

»Die Story ... also das mit der U-Haft scheint mir autobiografisch geprägt zu sein.« Dann räuspert sie sich zweimal. »Du weißt, dass autobiografisch geprägte Romane ein Problem sein können und ...«

»Nein!«, unterbreche ich sie. »Es ist anders. Ich weiß nicht, wie ich es dir erklären soll, aber Anna scheint einen eigenen Willen zu besitzen.« Selbst auf die Gefahr hin, dass mich Jana jetzt für völlig verrückt erklärt, muss ich noch etwas hinzufügen. »Es fühlt sich so an, als hätte sie ein Eigenleben. Ich meine, so richtig, wie im wirklichen Leben. Ich weiß, das klingt verrückt, aber es ist tatsächlich so. Sie macht, was sie will ... als ob ich die Marionette ihrer Gedanken wäre.«

»Das ist dein Unterbewusstsein. Karl, verstehst du, das meinte ich damit, als ich sagte, dass autobiografisch geprägte Romane oft problematisch sind.«

Sie macht eine Pause, doch bevor ich weiter über diesen Satz nachdenken kann, fügt sie noch etwas hinzu. »Aber es ist auch eine große Chance ... wie lange brauchst du noch?«

»Wenn du nicht angerufen hättest, wäre ich bereits fertig.«

Sie lacht. »Okay, dann schick es mir bis spätestens 18 Uhr. Ich fliege heute noch nach New York, dann kann ich es unterwegs lesen.«

Wir verabschieden uns und sofort mache ich mich daran, das letzte Kapitel zu Ende zu schreiben.

LOVE BUDDY - KAPITEL 15

Heute ist mein vierzigster Geburtstag und ich fühle mich elend. Von der gestrigen Gute-Laune-Anna ist nichts übrig geblieben. Ich warte darauf, dass Maria zum letzten Mal meine stählerne Zellentür öffnet und routinemäßig »Anwaltsbesuch« sagt.

Außer Konny wird mich heute niemand besuchen. Das weiß ich, weil private Besuche genehmigt werden müssen. Auch für meinen Geburtstag hat der Haftrichter keine Ausnahme gemacht. Eigentlich bin ich sogar froh darüber, denn so muss ich keine quälenden Verabschiedungen durchstehen und niemandem etwas vorspielen. David nicht und meinen Kindern auch nicht.

Als mich Konny wenig später in der Besucherzelle mit einer herzlichen Umarmung begrüßt und mir alles Gute zum Geburtstag wünscht, scheint er zu spüren, dass etwas nicht mit mir stimmt.

»Geht es dir nicht gut?«, fragt er und legt auf einmal seine Hände geradezu liebevoll auf meine Schultern, während er mich mit tiefen Sorgenfalten auf der Stirn anblickt. Sein Gesicht nähert sich meinem und innerlich schrecke ich zurück. *Nein!* Das ist mir zu intim. Was soll das alles?

Ich entziehe mich seiner Umarmung und setze mich an den Tisch. »Mir ist nur ein wenig schlecht. Ich werde mich wohl nie an das Essen hier gewöhnen.«

»Sobald du hier raus bist, lade ich dich in ein richtig feines Restaurant ein«, sagt er, während er sich mir gegenüber auf den Stuhl setzt.

Obwohl mir gar nicht danach zumute ist, muss ich lächeln. Es klingt verlockend, aber ich werde dieses Gebäude als Leiche verlassen.

»Das hört sich gut an«, sage ich und plötzlich keimt noch einmal Hoffnung in mir auf. Ich stelle mir vor, wie ich rehabilitiert werde und wieder freikomme. Ich sehe Konny und mich zusammen in einem edlen Restaurant, danach in einer coolen Bar, und dann … Ja, warum denn nicht? Beim Anblick dieses Mannes könnte ich mir durchaus vorstellen, dass wir uns näherkommen, dass wir uns ganz nah kommen. Und wer weiß, vielleicht würde sich sogar etwas Längerfristiges daraus ergeben, ich könnte mit den Kindern ...

Was soll das alles? Komm in die Realität zurück. Es ist zu Ende.

Wir setzen uns und zum ersten Mal fällt mir der Ehering an seinem Finger auf. Die schönen Bilder in meinem Kopf zerplatzen wie bunte Seifenblasen. Selbst wenn ich rehabilitiert werden würde und freikäme, würde ich seine Einladung nicht annehmen. Nicht mit einem verheirateten Mann. Noch vor wenigen Wochen wäre für mich eine diskrete Affäre mit einem gebundenen Mann kein Problem gewesen, aber inzwischen ... Ich muss an Leon denken, wie wir uns in dem Restaurant in Stuttgart das erste Mal trafen. Wie alles so unbeschwert und harmlos anfing.

Konny hat eigentlich keine echten Neuigkeiten für mich und ich habe die Vermutung, dass er nur gekommen ist, weil er mich an meinem Geburtstag etwas aufmuntern wollte. Wir reden eine Weile, aber im Grunde genommen wiederholen wir uns nur. Das Gespräch strengt mich an. Ich bin überhaupt nicht bei der Sache und muss mich dazu zwingen, aufmerksam zu bleiben. Als wir zum Ende kommen, spüre ich Erleichterung, die Konny anscheinend als gutes Zeichen deutet, denn er lächelt wieder äußerst zuversichtlich.

Schließlich packt er seine Sachen und wir verabschieden uns. Unsere Blicke treffen sich noch einmal und plötzlich wirkt er nachdenklich. Als ob er mir noch etwas mitteilen möchte, was ihm aber nicht einfallen will. Oder ahnt er etwas von meinem Entschluss, traut sich aber nicht, es auszusprechen?

Dann verlässt er den Raum, ohne nochmals etwas zu

sagen, und Maria führt mich zurück in meine Zelle, wo ich darauf warte, dass es Nacht wird.

Stundenlang liege ich auf meiner Pritsche. Starre an die Decke. Schlafe sogar ein paar Minuten. Aber als ich wieder aufwache, rast mein Herz wie wild. Ein beklemmendes Gefühl nimmt mir die Luft zum Atmen. Kalter Schweiß bricht aus. Immer wieder tauchen Zweifel auf.

Ich halte es nicht mehr aus.

Es muss jetzt schnell gehen.

Tu es nicht, Anna.

Zuerst am Heizungsrohr ...

Anna. Nein!

... dann um meinen Hals ... es zerreißt mich ... gleich ... gleich ist es vorbei ...

ANNA! ... AANNNNAAAAAAAAAA ...

ENDE

27

Bis 18 Uhr sind es noch knapp zwei Stunden. Ich nutze die Zeit und überfliege das Manuskript, um eventuelle Rechtschreibfehler zu korrigieren. Währenddessen muss ich immer wieder an das Ende der Geschichte denken. Ich kann einfach nicht fassen, was hier geschehen ist. Was mit *mir* geschehen ist. Wie es möglich sein konnte, dass eine meiner Romanfiguren den Fortgang der Geschichte derart beherrscht? Außerdem wollte ich kein Psychodrama schreiben, sondern eine romantisch-erotische Geschichte, in der die Liebe am Ende stärker ist als alles andere. Eine Geschichte mit einem Happy End. So wie ich es mir für mein eigenes Leben auch immer gewünscht habe. So wie ich es eigentlich jedem Menschen wünsche.

Aber nun ist es so, wie es ist, und Jana erneut zu enttäuschen, würde wohl das Ende unserer Zusammenarbeit bedeuten. In den vergangenen fünf Jahren hat sie trotz meiner andauernden Schreibkrise immer zu mir gehalten und mich motiviert, weiterzumachen, wenn ich kurz davor war, alles hinzuschmeißen. Jetzt habe ich es geschafft: endlich eine fertige Geschichte. Allein das ist nach dem, was ich in den vergangenen fünf Jahren erlebt habe, schon ein Erfolg. Und natürlich würde ich Janas Vertrauen in mich liebend gerne mit einer erfolgreichen Buchveröffentlichung zurückzahlen. Ich überlege sogar, ob ich ihr für eine Vermittlung von *Love Buddy* aus Dankbarkeit eine höhere Provision anbieten soll.

Bereits kurz nach halb sechs schicke ich die E-Mail mit der angehängten Manuskriptdatei raus, weil ich sichergehen will, dass sie die Datei rechtzeitig erhält, bevor ihr Flieger abhebt. Anschließend schalte ich meinen Rechner aus, weil Andy erst mal das ganze IT-Geraffel checken soll.

Was Jana wohl von der Geschichte halten wird? Ich bin mir fast sicher, dass sie mit dem Ende nicht zufrieden sein wird. Wie werde ich ihr nur begreiflich machen können, dass ich alles versucht habe, aber diese Anna so ein verdammter Sturkopf ist und sich um nichts in der Welt von ihrem Selbstmord abbringen lässt? Es hört sich ja wirklich verrückt an und ich kann es selbst kaum glauben, aber es war nun mal so. Alternativ hätte ich dieses Manuskript nur in die »Tonne« werfen können.

Allerdings ...

Plötzlich kommt mir ein neuer Gedanke. Ich weiß nicht, ob es dann besser wird, aber einen Versuch ist es allemal wert. Ich kann es ja wieder streichen, wenn es mir nicht gefällt.

Wenn schon Psychodrama, dann richtig, und der Gedanke, noch ein letztes Kapitel in Form eines Epiloges anzufügen, gefällt mir immer besser.

Ich weiß nicht warum, aber diese Idee fesselt mich immer stärker:

Zeitgleich mit Annas Selbstmord könnte ihre Nachbarin Margot tatsächlich als die wahre Mörderin überführt und verhaftet werden. Hätte Anna nur ein paar wenige Minuten gewartet, dann wäre sie jetzt noch am Leben. Sie wäre rehabilitiert und entlassen worden, hätte endlich wieder ihre Nora und ihren Max in die Arme schließen können. Sie hätte Konnys Einladung ins Restaurant annehmen können, obwohl sie sich geschworen hatte, niemals etwas mit einem verheirateten Mann anzufangen. Aber es hätte sich herausstellen können, dass ...

Handwerkliche Überlegungen, dass ich im Epilog die Perspektive ändern müsste, unterbrechen meinen Gedankenfluss. Da Anna tot ist, müsste ein allwissender Erzähler übernehmen ... Oder nein, noch besser, ein Zeitungsbericht ...

Ich brauche nicht lange zu überlegen, schon taucht die erste sensationslüsterne Headline der Boulevardpresse in meiner Vorstellung auf: NACHBARIN ALS SEX-DATING-MÖRDERIN IDENTIFIZIERT. Ich kritzle sie mit einem Kugelschreiber auf einen gelben Notizzettel und hefte ihn an den ausgeschalteten Laptop, obwohl ich nicht glaube, dass ich diese Schlagzeile ansonsten vergessen würde. Aber sicher ist sicher, und schon kommt mir bereits die nächste Idee: JUSTIZIRRTUM IM MORDFALL *LOVE BUDDY* AUFGEKLÄRT. Meine Gedanken überschlagen sich und eine Idee jagt die nächste, bis ich dieses spontane Brainstorming abbreche und mich zurück ins reale Leben begebe.

Bei Andy meldet sich wieder nur die Mailbox. Es lässt mir einfach keine Ruhe, dass mein Amazon-Account gehackt wurde. Wer weiß, was als Nächstes kommt. Identitätsdiebstahl kann Existenzen vernichten und wer weiß, was dieser Spinner inzwischen noch alles angestellt hat. Es könnte sein nächster Versuch sein, nachdem es ihm nicht gelungen ist, mich lebenslänglich unschuldig hinter Gitter zu bringen.

In was für eine Scheiße bist du da nur geraten, Karl?

28

Eine Nachricht von Sid leuchtet auf meinem Handy auf. Er teilt mir mit, dass er heute Nacht bei seiner Freundin übernachten und erst morgen Vormittag wieder zuhause sein werde. Ich bin froh, dass er sich in letzter Zeit hin und wieder mal meldet und nicht einfach nur tagelang wegbleibt. Trotzdem habe ich ein ungutes Gefühl. Ob er mich anlügt? Ich hasse mich für mein Misstrauen, aber ich bilde mir ein, zu spüren, dass etwas nicht stimmt. Warum stellt er mir seine Freundin nicht endlich mal vor? Er bittet mich um Geld, mit der Begründung, sie ausführen zu wollen. Er behauptet, er würde mit ihr Lernen und bei ihr übernachten, aber ich weiß nicht einmal, ob sie wirklich »Lizzy« heißt, wie er nach mehrmaligem Nachfragen zögerlich preisgegeben hat. Ich könnte wetten, dass er den Namen einfach erfunden hat, nur um endlich Ruhe vor den nervigen Fragen seines neugierigen Vaters zu haben. Vielleicht ist ihm der abgehalfterte Autor auch einfach nur peinlich? Mein Dad ist ein Loser ... wer gibt das schon gerne zu?

Meine Gedanken werden in den Hintergrund gedrängt, als es klingelt, und ich hoffe, dass Andy endlich vor der Tür steht.

Stattdessen begrüßt mich Melanie mit einem »Hi« und stammelt noch ein paar unverständliche Worte hinterher. Sofort beschleicht mich der Verdacht, dass mit dem kleinen Paul etwas nicht in Ordnung sein könnte.

»Beruhige dich erst mal. Was ist denn?«

»Mein Wasseranschluss leckt ... in der Küche ... kannst du schnell mal nachschauen, bevor es noch schlimmer wird?«

Ich bin handwerklich zwar nicht sonderlich begabt und vom Klempnern habe ich schon gar keine Ahnung, aber Melanie wirkt so verstört und hilflos, dass ich nicht anders kann, als ihr behilflich zu sein. Außerdem bin ich einfach nur froh, dass mit dem Kleinen alles in Ordnung ist.

»Klar«, sage ich, schnappe mir meinen Schlüssel und folge ihr in die Wohnung.

Melanies und meine Wohnung sind vom Grundriss her spiegelverkehrt angelegt. Auf dem Weg durch den dämmrigen Flur kommen wir an den zwei Türen auf der linken Seite vorbei, die zu den beiden Zimmern führen, welche zur Straßenseite hin liegen. Auf der rechten Seite gehen das Bad und das dritte Zimmer ab, beide mit Blick auf den Hinterhof. Alle Türen sind geschlossen.

»Schläft der Kleine?«, frage ich, während ich ihr in die Küche folge und dabei meinen Blick nicht von ihrem Hintern abwenden kann. Als ich mich daran erinnere, dass ich vor Kurzem noch als Amandas über zwanzig Jahre jüngerer Lover gehandelt wurde, muss ich schmunzeln. Dann aber komme ich mir vor wie ein lüsterner Greis. Melanie könnte locker meine Tochter sein.

»Ähm ... ja«, stammelt sie schon wieder vor sich hin und läuft weiter, ohne sich umzudrehen.

In der Küche inspiziere ich als Erstes den Fußboden, kann aber nicht die kleinste Pfütze entdecken.

»Da unten«, nuschelt sie, ohne mich anzublicken, und zeigt auf den Schrank unter der Küchenspüle.

»Na, dann wollen wir mal«, sage ich und wundere mich über Melanies seltsames Verhalten, während ich die beiden Flügeltüren des Spülschranks öffne. Etwas umständlich lasse ich mich auf meine Knie sinken, die mir in letzter Zeit öfters Schmerzen bereiten, und stecke den Kopf in den Schrank, um die Leitungen zu inspizieren. Da ich bei dem wenigen Licht, das unter die Spüle fällt, kaum etwas erkennen kann, taste ich die Leitungen ab, spüre aber keinerlei Feuchtigkeit, auch der Fußboden ist staubtrocken.

»Da ist nichts«, sage ich und höre, wie meine Stimme in der kleinen Höhle dumpfer klingt als sonst.

Stille.

»Melanie?«, rufe ich etwas lauter in der Annahme, dass meine Worte so sehr gedämpft waren, dass außerhalb des Schranks nicht mehr viel zu verstehen war.

Immer noch Stille. Dann höre ich Schritte näher kommen und allmählich frage ich mich, ob Melanie vielleicht einen Spaß mit mir treibt.

Jetzt geschieht alles sehr schnell. In dem Moment, in dem ich aus der Spüle herauskrieche, erkenne ich gerade noch schemenhaft die Umrisse einer Gestalt, die mich mit einem brutalen Tritt in den Bauch auf den Küchenboden niederstreckt und mir kurz darauf einen Elektroschocker an den Hals hält. Ein unfassbar heftiger Schmerz durchzuckt mich. Ich glaube sterben zu müssen und meine Muskeln fühlen sich an, als ob sie mit tausend Nadelstichen traktiert werden. Ich will schreien, aber ich bin wie gelähmt.

Nach einer Weile gelingt es mir zumindest, meine Umgebung wieder wahrzunehmen. Da sehe ich ihn plötzlich über mir. Sein abschätzender Blick mustert mich. Er läuft um mich herum, begutachtet mich von allen Seiten und tritt mich erneut mehrmals in den Bauch, als ob ich ein Stück Vieh wäre. Eine gewaltige Wut baut sich in mir auf, aber ich kann weiterhin nur bewegungsunfähig auf dem Küchenboden kauern. Der Mistkerl lächelt zufrieden und fummelt etwas aus der Kommode, die neben dem Bett an der Wand steht.

Nein!

Ich verfolge, wie er ein Tuch mit einer Flüssigkeit tränkt und dann zu mir zurückkommt. Er starrt mich mit einem derart seltsamen Gesichtsausdruck an, dass ich für einen Moment glaube, er trüge eine Maske. Während er mir den Stoff gegen Mund und Nase drückt, versuche ich den Atem anzuhalten, aber in meiner panischen Angst dauert es nur wenige Sekunden, bis meine Lungen gierig nach Luft hecheln. Wenige Augenblicke später verschwimmt alles um mich herum und ich versinke im Nichts.

29

Mara und ich waren das perfekte Paar. Wir verstanden uns nicht nur auf intellektueller Ebene hervorragend, wir tickten auch auf der emotionalen im selben Takt. Ich weiß nicht, wie oft sie den Satz zu mir sagte: »Genau dasselbe habe ich eben auch gedacht.« Diese Worte, zusammen mit ihrem zauberhaften Lächeln, das ihr dabei immer über das Gesicht huschte, packten mich jedes Mal in eine Wolke aus Watte und ein wohliges Gefühl der Geborgenheit durchströmte mich. Natürlich hatten wir auch unsere Meinungsverschiedenheiten und fetzten uns, aber wir blieben immer fair zueinander; kein einziges Mal fiel ein Wort, das einer von uns später wirklich hätte bereuen müssen. Nichts geschah unter der Gürtellinie – außer Sex natürlich. Und auch da waren wir wie geschaffen füreinander. Sie war einer dieser Glücksfälle, bei dem einfach alles passte. Mit Mara war es eigentlich immer fantastisch, obwohl wir keinen besonderen Praktiken nachgingen oder einen Fetisch hatten. Was die Experimentierfreudigkeit anbelangte, unterschieden wir uns wahrscheinlich nicht einmal großartig von der Mehrheit der Paare und trotzdem war es nie langweiliger Pflichtsex. Wir hatten immer unseren Spaß und jeder kam auf seine Kosten.

Jetzt, wo diese Erinnerungen wieder auftauchen und an meinem inneren Auge vorbeiziehen, fühlt es sich fast so an, als ob ich Mara wie damals spüren könnte. Das Kribbeln in meinen Lenden ist wieder da, mein Atem beschleunigt und ... irgendetwas stimmt nicht ... das ist doch ...

Zuerst begreife ich nicht, was mit mir passiert. Ich stöhne laut auf. *Wieso stöhnst du? Wieso spürst du diese Lust?*

Ich öffne meine Augen, schließe sie aber sofort wieder. Das kann nur ein Traum sein. Und obwohl es sich gut anfühlt, sehr gut sogar, muss es ein Albtraum sein.

Ich wage einen erneuten Blick, aber nur durch die halb

geschlossenen Lider, als könnte das Ganze dadurch weniger real erscheinen. Ich kann es nicht glauben. Es *muss* ein Traum sein – wahrscheinlich inspiriert durch mein lüsternes Gaffen vorhin im Flur.

Karl, wach auf! Steh doch einfach auf!

Aber es geht nicht. Ich liege auf dem Rücken. Auf einem knarrenden massiven Holzbett. Die Hände am oberen Ende angebunden. Die Füße am unteren.

Ich bin nackt. Jemand sitzt auf mir. Ebenfalls nackt. Den Rücken zu mir gewandt.

Fleisch auf Fleisch. Ein intimer weiblicher Duft durchströmt meine Nase.

Dieses Geräusch. Glitschig. Mal schneller, dann wieder langsamer. Mehr Druck. Weniger Druck.

Als sie sich für einen Augenblick zu mir umdreht, liegt ein entschuldigendes Lächeln auf ihrem Gesicht.

Das kann doch nicht sein. Das darf nicht sein!

»Melanie«, höre ich mich stöhnen.

»Pssst«, haucht sie. »Psssst, frag nicht, Karl, bitte!«

Sie massiert nun schneller. Reibt ihre Hände wieder mit Öl ein. Sie ist äußerst geschickt.

»Was? ...«

»Bitte«, fleht sie mich an. »Bitte, lass es einfach geschehen.«

Ich bin kurz davor.

Was läuft hier ab?

Sie macht das fantastisch.

Nein!

Ich komme. Kurz darauf blickt sie erneut für einen Augenblick über ihre Schulter und ich erkenne eine unsägliche Traurigkeit in ihren Augen, während sie mir zugleich ein sanftes Lächeln schenkt.

Als sie sich wieder wegdreht, bemerke ich eine Gestalt, die plötzlich vor ihr auftaucht.

Er ist es wieder. Er muss die ganze Zeit über mit im Raum gewesen sein. Melanie übergibt ihm einen weißen Plastikbecher, dessen Inhalt er zuerst kritisch beäugt und schließlich mit einem zufriedenen Nicken auf der Kommode abstellt.

Dann wendet er sich mir zu. Er lächelt. Zynisch. Herablassend. Triumphierend.

»Na?«, fragt er.

Ich bringe keine einzige Silbe über meine Lippen. Und plötzlich erkenne ich ihn. Es ist der junge Mann, der mir vor einiger Zeit im Treppenhaus begegnet ist – Melanies Airbnb-Untermieter. *Er* muss *LoveBuddy* sein.

30

»Sagst du mir jetzt, wo mein Kind ist?« Melanies zitternde Stimme verrät mir, dass sie den Akt hier nicht freiwillig veranstaltet hat. Nun ja, was habe ich auch erwartet.

»Ich werde es dir sagen, wenn es so weit ist.«

»Du hast mir versprochen, dass du …«

»Verpiss dich!« Er blickt Melanie für einen winzigen Moment scharf an, was ausreicht, damit sie ihren Blick unterwürfig senkt, von mir heruntersteigt und aus dem Zimmer schleicht. Plötzlich fühle ich mich noch nackter als zuvor, jetzt, ohne ihren wärmenden Körper, immer noch angebunden, alle viere von mir gestreckt, wie auf einer mittelalterlichen Streckbank. Ich hebe meinen Kopf so weit es geht und werfe einen Blick auf meinen Kameraden da unten, der sich inzwischen bequem zur Seite gelegt hat.

LoveBuddy schnappt sich ein Kissen und schiebt es mir unter den Nacken, sodass sich mein Kopf nun in einer halbwegs aufrechten Position befindet. Dann zieht er einen Stuhl ans Bettende heran, setzt sich umgekehrt darauf und legt seine verschränkten Arme auf die Rückenlehne. »Na, wie hat dir die Handentspannung gefallen?«, fragt er, während sein Blick mit einem verächtlichen Grinsen demonstrativ eine Weile auf meinem erschlafften Penis ruht. »Ich bin mir sogar sicher, dass es dir gefallen hat ... du alter geiler Bock.«

Als er mir wieder in die Augen schaut, lässt mich sein seltsamer Blick frösteln. Irgendetwas stimmt nicht mit seinen Augen. Dann fällt es mir auf. Er schielt. Aber da ist noch etwas ...

»Im Tantra-Studio war Melanie bekannt für ihre einfühlsamen Erotikmassagen«, fügt er noch hinzu.

Ich verspüre den Drang, loszuschreien. Dieses kranke Arschloch hat mich zwar nicht geknebelt, aber wie lange wird er mich wohl schreien lassen, bevor er mich bewusstlos schlägt oder mir wieder den Elektroschocker an den Hals hält? Ich blicke an mir herunter. Oder an eine andere Körperstelle? Da, wo es garantiert noch mehr Schmerzen verursachen würde. Außerdem, wen würde es schon interessieren, wenn ich schreien würde? In dieser Gegend hier gibt es ständig irgendwelche Streitereien, Gekreische und lautstarke Pöbeleien.

Ich kann mich gerade noch beherrschen und anstatt zu schreien blicke ich mich erst einmal um, um herauszufinden, wo genau ich mich befinde. Es muss Melanies Schlafzimmer sein, welches zur Straße hin liegt. Ich sehe ein Bild des kleinen Paul auf ihrem Nachttisch und erinnere mich daran, dass ich im Dämmerzustand die Sirenen der Löschfahrzeuge gehört habe, die vermutlich von der Kreuzberger Feuerwache losfuhren.

»Was willst du?«, frage ich.

Er lächelt. Dann fummelt er plötzlich an seinem linken Ohr herum.

»Weißt du, was eine Epithese ist?«

Ich habe dieses Wort noch nie gehört, fange aber sofort an, mir einen Sinn zusammenzureimen. Bevor ich jedoch auch nur annähernd einen vernünftigen Zusammenhang herstellen kann, erstarre ich bei dem Anblick, der sich mir bietet.

Jesus! Wie kann das sein?

Der Fremde hält plötzlich sein Ohr in der Hand und wedelt damit herum. Ich wende meinen Blick ab und richte ihn stattdessen auf die Stelle, wo normalerweise seine Ohrmuschel sein sollte. Aber da ist nichts mehr. Außer zwei dunklen Metallstiften, die aus einer dünnen, pergamentartigen Haut herausragen, ist da rein gar nichts mehr.

Mit einem geübten Handgriff klinkt er das Ohr wieder an der Stelle ein, wo es hingehört, und während ich noch darüber nachdenke, ob das ein Trick sein könnte, macht er sich bereits an seinem linken Auge zu schaffen.

Himmel! Das darf doch nicht wahr sein.

Plötzlich hält er ein Stück seines Gesichts in der Hand – auch seine Augenbraue und die Wimpern sind mit dran ... und mittendrin sein Auge. Auch damit wedelt er herum. Noch eine Prothese, wird mir schlagartig klar. Nein, jetzt verstehe ich, das muss man unter *Epithese* verstehen.

Ich wage es nicht, an die Stelle zu blicken, wo zuvor sein Auge war, und presse unweigerlich meine Augenlider zusammen.

»Schau hin«, brüllt er. »Schau hin, verdammt noch mal. Schau hin, was du angerichtet hast.«

Was?

»Öffne deine Augen ... du Mörder.«

Was meint er damit?

Willenlos folge ich seinem Befehl und blicke in das klaffende Loch in seiner linken Augenhöhle. Aber ich halte es nicht lange aus. Der bizarre, einäugige Blick, mit dem er mich anstarrt, lässt mich erneut die Lider zusammenpressen. Aber es hilft nichts. Dieses Bild hat sich derart in mein Gedächtnis eingebrannt, dass ich es selbst noch mit geschlossenen Augen gestochen scharf vor mir sehe.

31

Als ich die Augen öffne, ist in seinem Gesicht wieder alles an seinem Platz. Er sitzt regungslos auf dem Stuhl am Bettende und starrt mich an.

»Weißt du jetzt, wer ich bin?«, fragt er.

Ich habe den Jungen, der bei dem Unfall mit schweren Verbrennungen überlebt hatte zwar nie zu Gesicht bekommen, aber ... er muss es sein.

»Der Unfall.« Mehr Worte bringe ich nicht über die Lippen.

Er lacht. Besser gesagt, nur sein Mund lacht, denn auch sein echtes Auge bleibt völlig ausdruckslos.

»Du weißt nicht einmal mehr, wie ich heiße, stimmt's?«

Er steht auf und geht ans Fenster, wo er stehenbleibt und lange stumm auf den Park blickt.

»Wir hatten doch E-Mail-Kontakt«, sage ich entschuldigend, nachdem ich mich wieder einigermaßen gefangen habe. »Damals ... erinnerst du dich nicht? Du hattest mir zurückgeschrieben, dass du mit deinen Adoptiveltern nach Kanada auswanderst, und mir noch alles Gute gewünscht.«

Es dauert eine Weile, bis er antwortet. Er dreht sich dabei nicht um, sondern starrt weiterhin aus dem Fenster. »Ich war noch ein halbes Kind«, beginnt er mit monotoner Stimme. »Mein Leben war von einer Sekunde auf die andere eine einzige Qual. Ich hatte grässliche Schmerzen. Unvorstellbare Schmerzen. Und immer wieder Operationen. Unzählige Operationen. Meine Adoptiveltern haben das nicht lange mit mir ausgehalten.«

Plötzlich dreht er sich zu mir um. »Und alles nur wegen dir.«

Sein Blick ist hasserfüllt, während er wieder näher kommt und sich erneut auf den Stuhl setzt. »Du hast meine Eltern getötet«, spuckt er verächtlich aus. »Und mein Leben zerstört.«

Ich mustere ihn und mir wird bewusst, dass er bei genauerem Hinschauen viel älter wirkt, als es seinem Alter entspricht. Er müsste jetzt achtzehn, höchstens neunzehn Jahre alt sein. Aber seine Erscheinung lässt durchblicken, dass er nicht nur äußerlich vom Leben gezeichnet wurde. Das Leiden und die Qualen haben ihn auch innerlich altern lassen.

Von einer Sekunde auf die andere weicht der hasserfüllte Ausdruck aus seinem Gesicht und seine Mundwinkel verziehen sich zu einem gekünstelten Lächeln. »Sebastian … Sebastian Keller.« Er sagt es freundlich, als würde er sich bei einem Bewerbungsgespräch vorstellen.

Und jetzt erinnere ich mich auch wieder. Ich muss gestehen, dass ich seinen Namen vergessen ... vielleicht auch eher verdrängt hatte. Ich war zu sehr mit mir selbst und mit Sid beschäftigt.

»Ich habe keine Erinnerungen an den Unfall.« Meine Stimme klingt entschuldigend.

Was soll das, Karl? Du trägst keine Schuld. Lass dir nichts einreden.

»Vielleicht kannst du dich tatsächlich nicht mehr daran erinnern«, spricht er weiter. »Vielleicht bist du auch einfach nur ein kleines, feiges Arschloch. Vielleicht belügst du dich selbst. Aber das ist egal. Es spielt keine Rolle, ob du dich erinnern kannst. Verstehst du? Es ändert nichts an deiner Schuld.« Sebastians Gesichtszüge verkrampfen sich, als ob er heftige Schmerzen hätte. »Denn du wirst dafür büßen ... so oder so.«

»Für was? Für was soll ich verdammt noch mal büßen? Ich habe nichts getan!«

Sebastian lacht. Er lacht laut und lange. »Du scheinst dich tatsächlich an nichts erinnern zu können.« Er schaut mich eine Weile mitleidig an. »Ich beginne dir sogar zu glauben, Karl Baumann.«

Das ist zumindest ein Anfang. Ich muss versuchen, ihn davon zu überzeugen, dass er sich da etwas zusammengereimt hat, was nicht der Realität entspricht. Ich muss ihn auf den Boden der

Tatsachen zurückholen. »Mara ... Meine Frau ist gefahren. Sie geriet ein Stück auf die Gegenfahrbahn und streifte den Wagen deiner Eltern. Das war die Unfallursache. Es tut mir leid. Es tut mir wirklich sehr leid, aber die Schuld bei mir zu suchen, ist ...«

»Wie ich schon sagte, es spielt keine Rolle!«

»Aber ...«

»Ich sage dir, wie es wirklich war. Vielleicht erinnerst du dich dann wieder. *Ich* habe es jedenfalls gesehen. Ich habe ganz genau gesehen, warum ihr auf die Gegenfahrbahn geraten seid.«

Dieser letzte Satz trifft mich wie ein Hammerschlag. Innerhalb von Sekundenbruchteilen blitzen die Erinnerungen an die unzähligen Sitzungen mit meinem Therapeuten auf, in denen nicht die geringste Erinnerung zurückkam. Und jetzt soll ich plötzlich die Wahrheit erfahren? Er lügt. Dieser Junge hat sich definitiv aufgrund seiner unsäglichen Schmerzen etwas zusammengereimt. Er brauchte einen Schuldigen. Es kann nicht anders sein. Wie soll er etwas gesehen haben? Es ging alles so schnell. Und er saß hinten im Wagen. Er lügt. Er muss lügen.

»Ich werde es nie vergessen«, beginnt er. »Es war ein wundervoller Herbsttag, die Sonne schien von einem strahlend blauen Himmel und meine Mutter freute sich so sehr über die vielen bunten Blätter an den Bäumen, die im Sonnenlicht glänzten, dass sie uns ständig darauf aufmerksam machte: ›Bastian, jetzt schau doch mal aus dem Fenster, wie zauberhaft alles aussieht‹, forderte sie mich auf. Schließlich tat ich ihr den Gefallen und legte meinen Nintendo zur Seite, mit dem ich schon die ganze Zeit über beschäftigt gewesen war. Ich lehnte mich ein Stück nach vorne, legte meine Hand auf die Schulter meiner Mutter und wir blickten gemeinsam durch die Windschutzscheibe und bewunderten die Umgebung.«

Sebastians Blick ist nach innen gekehrt und eine tiefe Traurigkeit legt sich über sein Gesicht.

»Mir waren die blöden Blätter damals eigentlich völlig egal.

Ich wollte nur weiterspielen, aber ich tat eben meiner Mutter den Gefallen und gab vor, total begeistert zu sein. Ich glaube, sie bemerkte es sogar, dass ich ihr nur etwas vorspielte, aber gesagt hat sie nichts ... und dann kam uns auf der schnurgeraden Straße euer Wagen entgegen.«

Soweit kann das alles noch stimmen, denke ich. An die letzten Minuten der Fahrt kann ich mich zwar nicht mehr erinnern, aber es war ein herrlicher Herbsttag, das weiß ich noch genau.

»Mein Vater hat zuerst bemerkt, dass mit euch etwas nicht stimmt. ›Was ist denn mit denen los?‹, wunderte er sich und schüttelte dabei den Kopf. Dann sah ich es auch. Euer Wagen überquerte immer wieder ein Stück den Mittelstreifen, fuhr fast schon Schlangenlinien. Mein Vater verlangsamte das Tempo, aber euer Wagen schien sogar noch zu beschleunigen. Und dann ging alles ganz schnell.«

Mir wird plötzlich ganz heiß. In Schlangenlinien? Wieso sollte Mara in Schlangenlinien gefahren sein? Sie hatte weder Alkohol noch Medikamente oder irgendwelche Drogen im Blut und erfreute sich allerbester Gesundheit.

»Ihr habt gestritten. Ich habe mit eigenen Augen gesehen, wie deine Frau mit der rechten Hand auf dich eingeschlagen hat.«

Was!? Das kann nicht sein. Er lügt. Dieser verdammte Bastard lügt. Warum lügt er?

»Dämmert es langsam bei dir?«, unterbricht er seine Ausführungen. »Kannst du dich jetzt wieder erinnern?«

Ich kann nur den Kopf schütteln. Ich kann mich an nichts mehr erinnern. Egal, was er erzählt, egal, was er sich einbildet, damals gesehen zu haben. Mara und ich haben so gut wie nie gestritten, und wenn, dann nur mit Worten. Wir sind nie handgreiflich geworden. NIE!

»Ich werde dir auf die Sprünge helfen«, fährt er fort. »Du hast ihren Arm zu fassen bekommen und mit beiden Händen festgehalten. Ich habe genau gesehen, wie sie geschrien hat. Ihr wart schon fast auf unserer Höhe. Ihr Gesicht war total verzerrt … als ob sie panische Angst vor dir gehabt hätte.«

Du kleiner beschissener Lügner!

»Du hast an ihrem Arm gezerrt. In diesem Moment hat sie die andere Hand vom Lenkrad genommen, um sich zu wehren, und der Wagen schlingerte wieder über den Mittelstreifen ... Meine Mutter stieß einen lauten Schrei aus, mein Vater versuchte auszuweichen, aber ... dann gab es diesen gewaltigen Knall und alles um mich herum wurde dunkel.«

»Du lügst«, brülle ich. »Du bist ein verdammter Lügner.«

»Als ich wieder wach wurde, war überall Rauch und ... Feuer. Eine unglaubliche Hitze. Meine Eltern schrien. Ich versuchte aus dem Wagen zu klettern, aber mein Oberkörper steckte im hinteren Seitenfenster fest. Nur meine Arme und mein Kopf ragten aus dem Auto. Die Flammen wurden immer mehr. Sie kamen von der Vorderseite des Wagens und mein einziger Gedanke war, aus diesem brennenden Auto zu kommen. Aber es ging nicht. Ich steckte fest und konnte nichts tun. Die Flammen loderten bereits um meinen Kopf herum ... und dann ...« Sebastian blickt mich vorwurfsvoll an. »Dann wachte ich im Notarztwagen noch einmal kurz auf. Ab da war mein Leben ein einziger Schmerz. Ich wollte sterben. Ich wollte nur noch sterben, aber sie ließen mich nicht. Das Einzige, was mich davon abhielt, verrückt zu werden, war der Gedanke, dass du irgendwann dafür büßen würdest. Verstehst du? Dass du dein restliches Leben lang dafür büßen würdest, wenn die Zeit gekommen wäre. Dass du dafür im Gefängnis verrotten würdest. Du allein bist schuld an allem, Karl Baumann!«

32

Gleich nachdem Sebastian seine Lügengeschichte zu Ende erzählt hatte, stand er wortlos auf, schloss die Fenster und zog die Vorhänge zu. Als er aus dem Zimmer verschwand, glaubte ich, Tränen in seinem gesunden Auge erkannt zu haben, obwohl die dichten Vorhänge nur noch wenig Licht hereinließen. Seitdem versuche ich, Struktur in mein Denken zu bekommen, aber meine Gedanken überschlagen sich in einem schwindelerregenden Tempo. Allmählich setzt mir das Ganze auch körperlich zu. Meine Gliedmaßen fühlen sich zum Zerreißen gespannt an. Mein Rücken und meine Hüften schmerzen, als ob ich fortgeschrittene Arthritis hätte. Ich konnte noch nie lange auf dem Rücken liegen, geschweige denn auf dem Rücken schlafen. Nach wenigen Minuten verspüre ich immer den starken Drang, mich auf die Seite zu legen.

Aber dieses körperliche Unbehagen ist ein Scheißdreck gegen das Gedankengewirr. Die unzähligen Fragen, die mir durch den Kopf jagen, machen mich verrückt. Wie kann sich jemand eine so detaillierte Lügengeschichte ausdenken? Sofort kommt mir einer von Tantchens Sprüchen in den Sinn: *In jeder Lüge steckt auch immer ein Körnchen Wahrheit.* Die Frage ist nur, welches dieses Körnchen in Sebastians Lügengeschichte sein könnte? Mal angenommen, es stimmt, was er da behauptet: Warum hat er dann nicht schon viel früher davon erzählt? Warum hat er es damals nicht bei der Polizei zu Protokoll gegeben? Warum hat er noch so freundlich auf meine E-Mail geantwortet, obwohl er glaubte, dass ich schuld am Tod seiner Eltern und an seinen unsäglichen Schmerzen sei?

Und damit auch schuld am Tod von Mara.

Das Adrenalin lässt mein Herz schneller schlagen und mein Körper verlangt nach Bewegung. Unweigerlich zerre ich wie ein Wilder mit Händen und Füßen an meinen Fesseln, sodass das massive Holzbett knarrt und ächzt. Aber es hilft nichts. Die Seile, die er verwendet hat, geben keinen Millimeter nach, und obwohl sie ölig und weich sind, reiben sie schmerzhaft an meinen Gelenken.

Ich atme einige Male tief ein und aus, um mich zu beruhigen, aber sofort schießen weitere Fragen durch meinen Kopf. Was hat er mit mir vor? Was hat er mit Melanie vor? Was hat er mit dem kleinen Paul angestellt? Der kleine Kerl ist sicher nicht mehr in der Wohnung. Vermutlich hält er ihn irgendwo anders versteckt und erpresst Melanie damit. Oder plant er vielleicht sogar, Sid in sein krankes Spiel einzubinden? Schließlich hat er ihm bereits eine Snapchat-Nachricht auf sein Handy geschickt. Inzwischen traue ich diesem kranken Lügner alles zu.

Meine Fantasie geht mit mir durch und der Horrorautor in mir beginnt sofort damit, Szenarien zu entwerfen, die meine Fragen beantworten. Was mir da in den Sinn kommt, kann ich kaum ertragen.

33

Seit es draußen dunkel geworden ist, kann ich kaum noch etwas erkennen, obwohl sich meine Augen längst an die Dunkelheit gewöhnt haben. Mittlerweile hat sich auch ein brennender Durst bemerkbar gemacht, aber er ist lange nicht so quälend wie die Gedanken an das, was noch alles kommen könnte – obwohl ich das Gefühl habe, dass Sebastian kein durchgeknallter Psychopath ist. Er wurde traumatisiert. Ja. Und er ist es noch. Er hat Schreckliches erlebt. Ich möchte mir gar nicht vorstellen, welche Schmerzen er erleiden musste. Aber trotz allem glaube ich nicht, dass er der Typ ist, den es erregt, wenn er andere Menschen quält. Andererseits habe ich keinerlei Zweifel daran, dass er bereit ist, zu töten, und ich bin mir inzwischen auch absolut sicher, dass er Amanda umgebracht hat, um mir den Mord anzuhängen. Er hat es im Prinzip selbst zugegeben, als er gesagt hat, dass ich für meine Schuld büßen und im Gefängnis verrotten müsste. Nur hatte ihm eben Amandas versoffener Ehemann einen Strich durch die Rechnung gemacht.

Wie schon mehrmals zuvor in den vergangenen Stunden, höre ich wieder Schritte auf dem knarrenden Dielenboden im Flur näher kommen. Diesmal verhallen sie aber nicht, sondern verklingen abrupt direkt vor Melanies Schlafzimmer. Ich hebe meinen Kopf, so weit es nur geht, und erkenne sofort den Schatten, der sich in dem schwachen Lichtschein unter der Tür abzeichnet. Jemand steht direkt vor meinem Zimmer.

Ich habe kaum Zeit, darüber zu mutmaßen, ob es Melanie oder Sebastian oder möglicherweise sogar meine Rettung sein könnte, da die Tür plötzlich aufgerissen wird und jemand den Lichtschalter betätigt. Das grelle Licht der Deckenlampe direkt über mir, lässt mich die Augen zusammenkneifen. Als ich sie wieder öffne, lässt sich Sebastian gerade auf dem Stuhl an meinem Bettende nieder.

Er sagt kein Wort, sondern starrt mich nur an. Sein Gesichtsausdruck hat sich verändert. Er wirkt irgendwie erleichtert. Fast schon zufrieden.

»Kann ich bitte etwas zu trinken bekommen?«, frage ich.

»Deine Story – *Love Buddy* – hat mir übrigens gut gefallen«, sagt er, ohne auf mein Ansinnen einzugehen, und erst jetzt erkenne ich, dass er beige Gummihandschuhe trägt.

Vielleicht zieht er als Nächstes ein Messer aus der Tasche.

Er starrt schon wieder auf meinen Penis. Oder bilde ich mir das nur ein? Mein Herzschlag beschleunigt sich und eine zwanghafte Unruhe macht sich in mir breit, die kein Ventil findet.

»Nur schade, dass sich die gute Anna in ihrer Zelle erhängt hat.« Mit einem Mal nimmt sein Gesicht einen bedrohlichen Ausdruck an. »Wage es nicht! Wage es bloß nicht, dich im Gefängnis umzubringen, Karl Baumann. Sonst …«

Er steht plötzlich auf und geht langsam zur Kommode hinüber. Für einen Augenblick dreht er sich nochmals um. »Sonst wird dein lieber Sohn Sid an deiner Stelle büßen müssen. Das verspreche ich dir. So leid es mir für ihn tun würde.«

Ich nehme nur am Rande wahr, wie er etwas aus der Kommode kramt. Mir wird schwindelig vor Angst. Urplötzlich steht er wieder vor mir und greift sich ohne Umschweife meine Hand, legt etwas hinein und schließt meine Finger um den glatten Gegenstand. Als er meine Finger wieder löst und mir das Etwas mit einem triumphierenden Grinsen vors Gesicht hält, erkenne ich, dass es sich um einen Glasdildo handelt.

»Alles andere habe ich bereits erledigt«, sagt er. »Es hat mir keinen Spaß gemacht, das kannst du mir glauben. Auch bei Amanda Lubitz hat es mir keinen Spaß gemacht. Aber es musste sein.«

Er dreht sich weg, geht zur Tür und schaltet das Licht aus. Bevor ich auch nur annähernd wieder genug Luft zum Atmen bekomme, schließt sich die Tür. Ich erstarre in der Dunkelheit und eine grauenvolle Panik erfasst mich. Ich halte es nicht mehr aus und beginne hemmungslos zu heulen.

34

Ich weiß nicht, wie lange ich nach meinem emotionalen Zusammenbruch wie ein toter Käfer auf dem Rücken lag, aber irgendwann gewann mein Verstand wieder die Oberhand. Sebastian hat Melanie umgebracht. Anders kann ich seine Worte, er habe alles andere bereits erledigt, nicht deuten. Auch Amanda hat er den Glasdildo erst nach ihrem Tod in den Rachen gerammt. Jetzt bestätigt sich auch meine Vermutung, wozu er mein Sperma benötigte. Es soll aussehen wie eine Vergewaltigung. Ich sehe Dorn, Barbie und diesen alten Nazi von Richter vor mir, wie sie mir erneut die angeblichen Beweise um die Ohren schlagen, wie sie Gerold Lubitz nach seinem Tod entlasten müssen und mich wegen Zweifachmordes anklagen, und ich sehe, wie ich diesmal tatsächlich verurteilt werde. *Beide Morde tragen eindeutig dieselbe Handschrift*, heißt es bei der Verlesung der Urteilsbegründung. *Die Handschrift von Karl Baumann.* Wahrscheinlich stecken sie mich sogar in die Psychiatrie. So wie Tantchens Sohn Rolf damals. *Karl Baumann hat über seinen Amazon-Account eine Gummipuppe gekauft, um seine krankhaften sexuellen Fantasien, die er zudem mit Literatur von Marquise de Sade befeuert hat, durchzuspielen, bevor er sich an seinem wehrlosen Opfer vergriff und seine perversen Fantasien in die Tat umsetzte.*

Oder geht mal wieder der Horrorautor mit mir durch? Ich wünschte, es wäre so. Aber wenn ich die Fakten auf den Tisch lege, gibt es nur diese eine Schlussfolgerung. Trotzdem, es muss doch eine Möglichkeit geben, wie ich aus dieser Sache wieder rauskomme. Damit wird Sebastian nicht durchkommen. So blöd können nicht einmal Dorn und Barbie sein.

Obwohl – bei Amanda hätte es ja auch fast funktioniert. Nur durch Zufall konnte ich gerade noch meinen Kopf aus der Schlinge ziehen.

Aber wie will er es anstellen, dass ich auch diesmal als Täter erscheine? Splitternackt mit allen vieren ans Bett gefesselt? Wie soll ich da einen Mord begangen haben?

Karl, jetzt stellt dich mal nicht so blöd an. Du bist Autor. Denk nach. Da gibt es sicher zig Möglichkeiten.

Auch das mag ja sein, nur kommt mir spontan keine in den Sinn. Abgesehen davon dürfte es in Melanies Wohnung nur so von seinen Fingerabdrücken und seiner DNA wimmeln. Ein Hinweis von mir und die Untersuchungen der Forensiker werden ergeben, dass sich der Junge, dessen Eltern damals bei dem Unfall ums Leben kamen, als harmloser Tourist getarnt in Melanies Wohnung eingemietet hat. Warum hat er das wohl getan? So einen Zufall kann es doch gar nicht geben – ausgerechnet in der Wohnung, die gegenüber der Wohnung liegt, in dem der Beifahrer aus dem Unfallfahrzeug wohnt.

Das würde aber nur funktionieren, wenn seine Fingerabdrücke oder seine DNA in den zentralen Dateien des BKA gespeichert sind. Ansonsten müsste die Polizei ihn erst einmal ausfindig machen. Vor allem ausfindig machen wollen. Außerdem könnte er untertauchen und es wird in der Wohnung massenhaft verschiedene Spuren geben, denn Melanie hatte ständig neue Untermieter.

Andererseits – er wurde unzählige Male operiert und es wurden gewiss zahlreiche Hauttransplantationen durchgeführt. Außerdem die Epithesen. Seine behandelnden Ärzte können hier ganz bestimmt weiterhelfen. Die werden alle möglichen biometrischen Daten von ihm gespeichert haben.

Dazu braucht es eine richterliche Anordnung. Ich hoffe, du hast diesmal einen wirklich guten Anwalt. Ein zweites Mal wirst du nicht so viel Glück haben.

Aber es wird Zeugen geben, die ihn im Haus gesehen haben.

Bist du sicher? Die ständig besoffene Alte aus dem Erdgeschoss etwa?

Er muss sich zuvor bei Airbnb angemeldet haben.

Das geht auch mit einer gefakten Identität.

Warum zweifle ich ständig? Damit kann er nicht durchkommen. Damit darf er einfach nicht durchkommen.

Erinnerst du dich nicht mehr an deine Recherchen? Nach Schätzungen eines erfahrenen Richters werden jeden Tag allein in Deutschland 600 bis 700 Menschen zu Unrecht wegen einer Straftat verurteilt.

Ja, schon, aber ...

Was ist mit Harry Wörz? Oder Gustl Mollath?

Ja, verdammt noch mal. Aber man wird Spuren finden.

Nur wenn man danach sucht.

Meine Handgelenke! Meine Fußgelenke! Ich könnte an meinen Fesseln zerren. Wenn es Abdruckspuren gibt, wird man feststellen, dass ich gefesselt worden bin.

Marquise de Sade war besessen von erotischen Fesselspielen. Außerdem hast du selbst bemerkt, dass die eingeölten Seile besonders weich sind. So etwas gibt es nur im Erotikshop in der SM-Abteilung.

Ich kann doch nicht einfach nur hier herumliegen und mich meinem Schicksal ergeben. Vielleicht sollte ich um Hilfe rufen? Vielleicht alarmiert ja doch jemand die Polizei?

In deiner Wohnung ist niemand. Sid kommt frühestens morgen wieder. Er ist bei seiner Freundin. Hier sind alle Fenster geschlossen. Die Mieter im vierten Stock sind fast nie zuhause. Und wenn, dann drehen sie ihre Technomucke so laut auf, dass dagegen sogar das Berghain eine Oase der Ruhe ist.

Wenn Sebastian mir eine verpasst oder mich erneut mit dem Elektroschocker traktiert, wird auch das Spuren hinterlassen. Damit wäre doch bewiesen, dass ich …

Melanie könnte sich gewehrt haben. Vermutlich hat er längst ihre Fingerabdrücke an dem Elektroschocker hinterlassen.

Ich kann es drehen und wenden, wie ich will, und trotzdem:

gar nichts zu unternehmen, ist die schlechteste aller Varianten. Viele Optionen habe ich jedoch nicht. Entweder um Hilfe schreien oder auf ein Wunder hoffen.

Oder warten, bis Sebastian wiederkommt. Irgendwann muss er dich losmachen. Du kannst keinen Mord begangen und dich danach selbst ans Bett gefesselt haben.

Noch während ich darüber nachdenke, welche Variante ich wählen soll, höre ich Schritte auf den knarrenden Dielen im Flur näher kommen. Und wie zuvor verstummen sie abrupt direkt vor der Zimmertür.

35

Das grelle Aufblitzen des Lichts lässt mich erneut die Augen zusammenkneifen, diesmal zwinge ich mich jedoch dazu, sie sofort wieder zu öffnen. Ich verfolge, wie Sebastian den Stuhl mit einer Hand vom Bettende wegzieht und an die Seite des Bettes schleift. Was hat er da in der anderen Hand? Eine Trinkflasche? Hat er endlich ein Einsehen? Mein Mund ist inzwischen so trocken wie eine Wüste.

Sebastian setzt sich auf den Stuhl und lächelt mich sanftmütig an, während er den Stöpsel des Trinkverschlusses herauszieht. Er richtet das Kissen hinter meinem Nacken, sodass mein Kopf wieder etwas aufrechter liegt, und hält mir die rote Plastikflasche direkt vors Gesicht.

»Trink, das wird dir guttun«, sagte er und steckt mir den Stöpsel in den Mund. Gierig wie ein Baby sauge ich an dem Nippel, doch gleich nach dem ersten Schluck pruste ich die ganze Flüssigkeit wieder heraus.

Alkohol. Whisky. *Dieser Hurensohn hat dich verarscht.*

»Trink!«, wiederholt er. Diesmal hat seine Stimme einen äußerst scharfen Tonfall. Ich blicke ihm direkt ins Gesicht, fokussiere zuerst sein linkes, ausdrucksloses Auge, dann sein echtes. Sein eben noch milder Gesichtsausdruck ist längst einem bedrohlichen gewichen.

»Du magst doch Whisky. Also los, trink!«

Natürlich, schießt es mir in den Sinn. Ein weiteres Indiz, das mich als Täter erscheinen lässt. Auch bei Amanda hatte ich Whiskey getrunken. Zuerst den Johnnie, den mir Charly äußerst großzügig eingeschenkt hatte, und dann noch Unmengen von diesem teuren Scotch, den Amanda in der Suite bestellt hatte. Irgendwie muss Sebastian auch das herausgefunden haben.

Kunststück. Schließlich war er in der Suite und hat Amanda umgebracht. Da muss er auch die Whiskypulle entdeckt haben.

Außerdem hatte er uns vermutlich schon in der Bar beobachtet.

»Ich kann es dir auch einflößen«, sagt er. »Es wird nur etwas schmerzhafter für dich sein. Das ist der einzige Unterschied.«

Ich trinke. Und ich hoffe, während der hochprozentige Stoff in meinen Magen wandert, dass mich Sebastian falsch einschätzt. Der Alkohol wird mir kurzfristig Energie und Mut verleihen. Vielleicht bekomme ich doch noch eine Chance. Er wird mich irgendwann losmachen müssen. Vielleicht kann ich ihn dann überwältigen.

»Weiter«, befiehlt er, als ich absetze. »Mach schön brav das Fläschchen leer. Aber vorsichtig, in kleinen Schlückchen. Wir wollen hier doch keine Sauerei veranstalten.«

Ich versuche, das Fassungsvermögen der Trinkflasche abzuschätzen, während ich weiter daran nuckle. Es dürfte sich um maximal einen halben Liter handeln. Auf nüchternen Magen und dehydriert, wird mich das vermutlich weghauen.

Karl, es ist trotzdem eine Chance. Deine letzte Chance vermutlich. Reiß dich zusammen. Reiß dich verdammt noch mal zusammen. Denk an Sid. Er braucht dich.

»Gut gemacht«, sagt Sebastian, nachdem ich die Flasche leergesaugt habe. Der Whisky brennt in meiner Speiseröhre und in meinem Magen, und ich habe Mühe, nicht alles wieder auszukotzen. Aber allmählich macht sich die entspannende und gleichzeitig enthemmende Wirkung des Alkohols bemerkbar. Ich spüre einen enormen Rededrang in mir aufkommen.

»Ein 25 Jahre alter Scotch wäre passender gewesen als dieser seifige Fusel«, sage ich in einem ironischen Tonfall. »So lange werde ich nämlich schätzungsweise mindestens im Knast versauern.«

Er lacht. »Das gefällt mir, Karl Baumann. Nie den Humor verlieren.«

»Damit wirst du niemals durchkommen, Junge. Das muss dir doch klar sein.«

Seine Gesichtszüge verfinstern sich für einen winzigen Augenblick, bis er erneut loslacht. »Na, was denn nun? Gerade noch hast du Witze über dein zukünftiges Knastdasein gerissen.« Schlagartig legt sich ein zufriedener Ausdruck auf sein Gesicht. »Das ist gut, Karl Baumann. Das ist sehr gut. Es beginnt zu wirken.«

Obwohl ich immer noch liege, spüre ich, wie mich plötzlich ein ungeheurer Schwindel erfasst und gleichzeitig erneut Übelkeit aus meinem Magen hochsteigt.

Was wird er tun, wenn du jetzt alles wieder herauskotzt?

Ich komme nicht dazu, weiter darüber nachzudenken, denn im selben Moment klingelt es an der Wohnungstür. Sofort keimt Hoffnung in mir auf. Ich beobachte Sebastian, wie er plötzlich hektisch wird. Er wirkt unsicher. Weiß nicht, wie er reagieren soll. Dann scheint er einen Entschluss zu fassen. Er geht zur Kommode, holt ein Tuch heraus, kommt zurück ans Bett und ehe ich mich versehe, hat er mich geknebelt. Ich kann nur noch beten, dass ich nicht kotzen muss und daran ersticke.

»Ein Mucks von dir und dein Sohn ist fällig«, sagt er und schleicht lautlos aus dem Zimmer.

Der Schwindel wird immer schlimmer und eine bleierne Müdigkeit erfasst mich. Kurz darauf nicke ich weg.

Ich komme noch einmal zu Bewusstsein, als Sebastian ins Zimmer zurückkehrt und mir etwas übers Gesicht schüttet.

Alkohol. Schon wieder Alkohol.

Aber diesmal ist es kein Whisky. Es riecht anders. Es riecht nach … nach Krankenhaus … nach Desinfektionsmittel …

Ich kann für einen Augenblick das braune Glasfläschchen erkennen, das er direkt über meinem Gesicht ausschüttet.

Hochprozentiger Desinfektionsalkohol!

Die Müdigkeit überwältigt mich endgültig und meine Sinne schwinden. Erneut fallen mir die Augen zu. Für einen letzten kurzen Moment kann ich mich jedoch noch einmal dazu zwingen, sie einen winzigen Spalt zu öffnen.

Nein!

Das darf nicht sein.

Bitte nicht … bitte … nein, bitte nicht …

Meine Augen sind schwer wie Blei. Ich habe keine Chance mehr, sie länger offenzuhalten. Aber selbst mit geschlossenen Augen sehe ich Sebastian noch vor mir, wie er die kleine Schachtel aus der Tasche zieht, sie mit einem irren Blick öffnet und ein Streichholz herausnimmt.

36

Wo bin ich?

Diese Schmerzen ...

Was ist mit mir passiert?

Dunkelheit ...

Warum kann ich nichts sehen? Mein Gesicht. Meine Haut. Es tut so entsetzlich weh.

Du bist im Gefängnis, Karl. Er hat es geschafft. Sebastian hat sein Ziel erreicht.

Aber warum diese Schmerzen?

Öffne deine Augen!

Ich versuche es, aber selbst die kleinste Muskelbewegung in meinem Gesicht schmerzt fürchterlich.

Reiß dich zusammen. Nur einen kleinen Spalt, damit du wenigstens weißt, wo du dich befindest.

Ich versuche es ja. Aber es geht nicht.

Du musst es nur wollen. Konzentrier dich.

Ich zwinge mich dazu, mit aller Willenskraft, die ich aufbringen kann. Und tatsächlich gelingt es mir für einen kurzen Moment, durch schmale Augenschlitze hindurch meine Umgebung wahrzunehmen. Ein schmerzerfüllter Aufschrei will aus mir hervorbrechen, aber es kommt nur ein jämmerliches Stöhnen heraus.

Du bist im Krankenhaus.

Aber warum?

Diese ganzen Apparate. Du bist auf der Intensivstation.

Ich bin im Gefängniskrankenhaus. Er hat es geschafft. Er hat es tatsächlich geschafft. Aber warum habe ich diese grauenhaften Schmerzen in meinem Gesicht? Was ist verdammt noch mal passiert, nachdem …

Nachdem was?

Das Letzte, an das ich mich erinnern kann, ist, wie Sebastian mich mit dieser Trinkflasche abfüllte.

Und dann?

Nichts. Danach ist nichts mehr. Ich kann mich nicht erinnern.

Plötzlich schießt mir der Vorwurf des Richters in den Sinn, als er nach Amandas Ermordung U-Haft für mich anordnete: *Wissen Sie, Herr Baumann, es ist schon sehr auffällig, dass Sie immer wieder unter Amnesie leiden – vor allem, wenn dabei Menschen ums Leben kommen.*

Mir wird schwindelig und übel. Die Unsicherheit, was mit mir passiert ist, und der Gedanke, für immer im Gefängnis oder in der Psychiatrie zu landen, jagen mir eine lähmende Angst ein.

Ist da denn niemand?

Ich versuche mich zusammenzureißen und mich mit aller Kraft bemerkbar zu machen, aber außer einem kaum hörbaren Stöhnen bringe ich keinen Ton heraus.

Was ist passiert?

Was ist verdammt noch mal mit mir passiert?

37

»Er wacht auf.«

»Er ist noch sehr schwach. Sie dürfen ihn nicht überfordern.«

Wer spricht da?

»Papa? Papa, hörst du mich?«

Als ich die Augen öffne, erkenne ich meinen Sohn. Er hat Tränen in den Augen. Schluchzt wie ein kleines Kind.

»Es ist alles gut, Herr Baumann. Sie sind in Sicherheit.«

Die Stimme kenne ich. Ich entdecke Dorn. Neben ihm steht Barbie. Sie lächelt mich an. Sie hat noch nie gelächelt.

»Wie fühlen Sie sich, Herr Baumann?« Ich drehe meinen Kopf in die Richtung, aus der die Stimme kommt. Ein Mann mittleren Alters mit einer Brille. Er trägt einen langen weißen Arztkittel. Auf Brusthöhe ist ein Namensschild angebracht. Die Buchstaben kann ich nicht erkennen, sie sind verschwommen. Um seinen Hals baumelt ein Stethoskop.

»Mein Name ist Professor Wegmüller«, sagt er mit ernster Miene. Er kommt näher und mustert mich.

»Was ist mit mir passiert?« Meine Stimme ist schwach, und jede Bewegung in meinem Gesicht schmerzt. Aber immerhin kann ich wieder sprechen und auch die Schmerzen sind nicht mehr annähernd so stark wie zu dem Zeitpunkt, als ich das letzte Mal aufgewacht bin.

»Sie hatten verdammtes Glück, Herr Baumann.«

»Es wird alles gut werden, Papa.«

»Wir müssen Ihnen einige Fragen stellen.«

Jetzt macht mal langsam. Einer nach dem anderen bitte. Ich muss grinsen, aber die Schmerzen lassen mein Gesicht sofort wieder in Regungslosigkeit erstarren.

»Sie haben Verbrennung ersten und zweiten Grades im Gesicht und am Hals«, erklärt Professor Wegmüller. »Aber Sie brauchen sich keine Sorgen zu machen, es werden so gut wie keine Narben zurückbleiben. Das bekommen wir alles wieder hin.«

Was? Wieso Verbrennungen? Und was heißt so gut wie?

Der will dich nur beruhigen. Und wenn es dir wieder einigermaßen besser geht, kommt die ganze hässliche Wahrheit ans Licht – sobald du das erste Mal in einen Spiegel blickst.

»Ich kann mich an nichts erinnern«, sage ich.

»Es gab eine Verpuffung«, meldet sich Dorn zu Wort. »Sebastian Keller hat Sie mit Desinfektionsalkohol übergossen und dann ein Streichholz angezündet. Im selben Augenblick haben wir das Zimmer gestürmt und konnten gerade noch rechtzeitig die Flammen auf Ihrem Gesicht ersticken, bevor …«

»Wieso hat er …?«, unterbreche ich Dorn. »Ich kann mich an nichts mehr erinnern.«

Schon wieder nicht.

»Das ist auch kein Wunder. Bei der Dosis«, versucht Wegmüller mich zu beruhigen.

»Es war verdammt knapp«, sagt Barbie mit einem mitfühlenden Gesichtsausdruck.

»Du bist fast gestorben, Papa.«

Ich lächle Sid an. Die Schmerzen nehme ich dafür gerne in Kauf.

»Sie hatten wirklich verdammtes Glück, Herr Baumann, doppeltes Glück sozusagen«, mischt sich nun wieder der Professor ein. »Sie hatten außerdem einen Herzstillstand. Der Whisky, der Ihnen verabreicht wurde, war mit Gamma-Hydroxy-Buttersäure versetzt. Der Täter hat es allerdings mit der Dosis übertrieben. Wenn nicht kurz darauf der Notarzt eingetroffen wäre …«

Der Professor spricht den Satz absichtlich nicht zu Ende, stattdessen nickt er nur, denn jeder im Raum weiß, was es bedeutet hätte.

»Wussten Sie von den K.-o.-Tropfen in der Trinkflasche?«,

fragt mich Dorn.

»Was ist mit ihm, was ist mit diesem Sebastian?«, frage ich.

»Er sitzt in Untersuchungshaft«, antwortet Barbie.

»Er hat gestanden«, übernimmt Dorn wieder das Wort. »Beide Morde.«

Er hat sie also tatsächlich umgebracht. Melanie ist tot.

»Melanie?«, frage ich, weil ich es nicht glauben will.

»Ja«, antwortet Dorn. »Und auch Amanda Lubitz. Er hat beide erwürgt, um Ihnen die Morde anzuhängen. Er ist davon überzeugt, dass Sie seine Eltern umgebracht haben. Dass Sie für den Unfall damals verantwortlich sind. Auch dazu haben wir noch einige Fragen.«

Ich schließe die Augen. Eine schmerzhafte Traurigkeit überflutet mich. Warum Melanie? Sie hat doch mit der ganzen Sache überhaupt nichts zu tun. Und was ist mit Paul?

Ich öffne die Augen. »Was ist mit dem Kleinen passiert?«

»Ihm geht es den Umständen entsprechend gut, zumindest körperlich«, antwortet Barbie. »Sebastian Keller hatte zwei Häuserblocks weiter noch eine Einzimmerwohnung über Airbnb angemietet. Heute Morgen beim Frühstück hat er dem kleinen Paul und seiner Mutter unbemerkt K.-o.-Tropfen in die Getränke gemischt und als seine Mutter schließlich eingeschlafen war, den ruhiggestellten Kleinen in die Wohnung gebracht, gefesselt und geknebelt. Immerhin hat er nach seiner Festnahme das Versteck sofort bereitwillig preisgegeben.«

»Wo ist Paul jetzt?«

»Eine Psychologin kümmert sich um ihn. Er ist verständlicherweise total verwirrt und weiß noch nicht, dass seine Mutter tot ist … Wenn er das in seinem Alter überhaupt schon begreifen kann.«

Zu meiner Traurigkeit gesellt sich erneut eine bleierne Müdigkeit. Mit wird schwindlig und mein Herz hämmert gegen meine Brust.

»Er muss sich jetzt schonen«, sagt der Professor, während er besorgt das Displays eines der Apparate mustert, die mich überwachen. »Sie können morgen Vormittag wiederkommen, um Ihre Fragen zu stellen. Bis dahin wird er sich weiter erholt haben.«

Dorn und Barbie nicken sich zu. »Kein Problem, es eilt nicht«, sagt er. »Gute Besserung«, sagen dann beide wie aus einem Mund und verlassen fast andächtig das Zimmer.

»Kann ich noch eine Weile bei ihm bleiben?« Ich beobachte Sid, wie er mit flehendem Blick auf eine Antwort des Professors wartet.

»Fünf Minuten, dann müssen wir ihm endlich Ruhe gönnen.«

Der Professor justiert noch etwas an den Apparaten, bevor er ebenfalls aus dem Zimmer verschwindet. Sid zieht einen Kunststoffstuhl heran, setzt sich zu mir an die Bettseite und nimmt meine Hand. Während er sanft mit dem Daumen über meinen Handrücken streichelt, sprudelt es nur so aus ihm heraus.

»Ich hatte solche Angst um dich, Papa … Als ich gesehen habe, wie du gebrannt hast, wie dein Gesicht in Flammen stand … Es war so schrecklich. Und als dann plötzlich auch noch dein Herz stillstand, dachte ich, jetzt ist es aus, er ist tot. Jetzt ist auch noch dein Vater tot. Es war so krass.«

Ich bin zu schwach, um etwas sagen zu können. Aber es ist auch nicht notwendig, denn als ich in seine feucht glänzenden Augen blicke, spüre ich, dass wir uns noch nie so nahe waren wie in diesem Augenblick.

LOVE BUDDY - KAPITEL 15

Heute ist mein vierzigster Geburtstag und ich fühle mich elend. Von der gestrigen Gute-Laune-Anna ist nichts übrig geblieben. Ich warte darauf, dass Maria zum letzten Mal meine stählerne Zellentür öffnet und routinemäßig »Anwaltsbesuch« sagt.

Außer Konny wird mich heute niemand besuchen. Das weiß ich, weil private Besuche genehmigt werden müssen. Auch für meinen Geburtstag hat der Haftrichter keine Ausnahme gemacht. Eigentlich bin ich sogar froh darüber, denn so muss ich keine quälenden Verabschiedungen durchstehen und niemandem etwas vorspielen. David nicht und meinen Kindern auch nicht.

Als mich Konny wenig später in der Besucherzelle mit einer herzlichen Umarmung begrüßt und mir alles Gute zum Geburtstag wünscht, scheint er zu spüren, dass etwas nicht mit mir stimmt.

»Geht es dir nicht gut?«, fragt er und legt auf einmal seine Hände geradezu liebevoll auf meine Schultern, während er mich mit tiefen Sorgenfalten auf der Stirn anblickt. Sein Gesicht nähert sich meinem und innerlich schrecke ich zurück. *Nein!* Das ist mir zu intim. Was soll das alles?

Ich entziehe mich seiner Umarmung und setze mich an den Tisch. »Mir ist nur ein wenig schlecht. Ich werde mich wohl nie an das Essen hier gewöhnen.«

»Sobald du hier raus bist, lade ich dich in ein richtig feines Restaurant ein«, sagt er, während er sich mir gegenüber auf den Stuhl setzt.

Obwohl mir gar nicht danach zumute ist, muss ich lächeln. Es klingt verlockend, aber ich werde dieses Gebäude als Leiche verlassen.

»Das hört sich gut an«, sage ich und plötzlich keimt noch einmal Hoffnung in mir auf. Ich stelle mir vor, wie ich rehabilitiert werde und wieder freikomme. Ich sehe Konny und mich zusammen in einem edlen Restaurant, danach in einer coolen Bar, und dann … Ja, warum denn nicht? Beim Anblick dieses Mannes könnte ich mir durchaus vorstellen, dass wir uns näherkommen, dass wir uns ganz nah kommen. Und wer weiß, vielleicht würde sich sogar etwas Längerfristiges daraus ergeben, ich könnte mit den Kindern ...

Was soll das alles? Komm in die Realität zurück. Es ist zu Ende.

Wir setzen uns und zum ersten Mal fällt mir der Ehering an seinem Finger auf. Die schönen Bilder in meinem Kopf zerplatzen wie bunte Seifenblasen. Selbst wenn ich rehabilitiert werden würde und freikäme, würde ich seine Einladung nicht annehmen. Nicht mit einem verheirateten Mann. Noch vor wenigen Wochen wäre für mich eine diskrete Affäre mit einem gebundenen Mann kein Problem gewesen, aber inzwischen ... Ich muss an Leon denken, wie wir uns in dem Restaurant in Stuttgart das erste Mal trafen. Wie alles so unbeschwert und harmlos anfing.

Konny hat eigentlich keine echten Neuigkeiten für mich und ich habe die Vermutung, dass er nur gekommen ist, weil er mich an meinem Geburtstag etwas aufmuntern wollte. Wir reden eine Weile, aber im Grunde genommen wiederholen wir uns nur. Das Gespräch strengt mich an. Ich bin überhaupt nicht bei der Sache und muss mich dazu zwingen, aufmerksam zu bleiben. Als wir zum Ende kommen, spüre ich Erleichterung, die Konny anscheinend als gutes Zeichen deutet, denn er lächelt wieder äußerst zuversichtlich.

Schließlich packt er seine Sachen und wir verabschieden uns. Unsere Blicke treffen sich noch einmal und plötzlich wirkt er nachdenklich. Als ob er mir noch etwas mitteilen möchte, was ihm aber nicht einfallen will. Oder ahnt er etwas von meinem Entschluss, traut sich aber nicht, es auszusprechen?

Dann dreht er sich plötzlich noch einmal um und zieht

etwas aus der Innentasche seines Jacketts. »Entschuldige«, sagte er und streckt mir einen Brief entgegen. »Der ist von deinen Kindern.« Er schüttelt beschämt den Kopf. »Jetzt hätte ich es doch fast vergessen. Tut mir wirklich leid, Anna.«

Nun grinst er spitzbübisch und ich bin mir nicht sicher, ob er sich diese Überraschung absichtlich für den Schluss aufgehoben hat oder ob er es tatsächlich fast vergessen hätte.

»Kein Problem«, beruhige ich ihn. »Hauptsache, du hast noch daran gedacht.« Ich nehme den Brief und sehe sofort, dass er bereits geöffnet wurde.

»Der Empfang hat ihn mir für dich mitgegeben. Deine Kinder haben ihn bereits vor Tagen abgeschickt, aber die Überprüfung dauert oft etwas länger.«

Ich weiß nicht, ob ich mich über den Brief freuen soll, und halte ihn wie einen Fremdkörper in der Hand, während Maria mich zurück in meine Zelle führt.

Ich liege stundenlang auf meiner Pritsche, behalte das geöffnete Kuvert die ganze Zeit über fest in meiner Hand. Rieche daran und versuche den Geruch meiner Kinder zu finden, aber da ist nichts. Nur einmal ziehe ich das einzelne zusammengefaltete Blatt halb heraus, aber schlussendlich schiebe ich es ungelesen wieder zurück in das Kuvert.

Es hat keinen Sinn. Es würde alles nur noch schwerer machen.

Es wird Zeit.

Mein Herz rast wie wild. Ein beklemmendes Gefühl nimmt mir die Luft zum Atmen. Kalter Schweiß bricht aus. Immer wieder tauchen Zweifel auf.

Ich halte es nicht mehr aus.

Es muss jetzt schnell gehen.

Tu es nicht, Anna.

Zuerst am Heizungsrohr ...

Das metallene Geräusch der Entriegelung an meiner Zellentür lässt mich zusammenzucken. Ich schaffe es gerade noch, die zusammengebundenen Stofffetzen unter meiner Matratze zu verstecken, bevor Maria mitten in der Nacht ihren Kopf durch die Tür streckt und mit einem vielsagenden Grinsen im Gesicht »Anwaltsbesuch« sagt.

38

Ich stehe wie jeden Tag, seit ich das Krankenhaus verlassen habe, im Badezimmer vor dem Spiegel und begutachte ausgiebig mein Gesicht. Inzwischen sind einige Wochen vergangen, in denen ich versucht habe, all die Dinge zu verarbeiten, die passiert sind. Nicht nur das, was mir selbst zugestoßen ist, sondern auch das, was Sid dabei erleiden musste. Melanies Tod hat uns schwer zugesetzt. Sie hatte überhaupt nichts mit der ganzen Sache zu tun und musste doch mit ihrem Leben bezahlen. Und der arme kleine Paul. Er ist jetzt bei einer Pflegefamilie untergekommen und ich hoffe, dass er von all dem so wenig wie möglich bewusst mitbekommen hat. Aber irgendwann wird er erfahren, was genau passiert ist. Irgendwann wird er Fragen stellen und darüber nachgrübeln, warum seine Mutter sterben musste. Er wird sich Gedanken darüber machen, welche Rolle ich dabei gespielt habe und ob ich es nicht hätte verhindern können. Irgendwann, spätestens wenn er erwachsen geworden ist, wird er wahrscheinlich plötzlich vor mir stehen und all seine Fragen stellen.

Inzwischen ist ein neuer Mieter in der Wohnung eingezogen. Ein etwas seltsamer Kauz. Wir haben uns nur einmal kurz unterhalten. Mein erster Eindruck war, dass es ihn nicht im Geringsten interessiert, was in den Räumen, in denen er nun lebt, alles passiert ist. Er meinte nur, dass in Berliner Altbauwohnungen schon viele Menschen gestorben seien – aus welchen Gründen auch immer, aber das interessiere ihn nicht wirklich.

Es ist ein seltsames Gefühl, wenn ich an Melanies Wohnung vorbeikomme und Sid und ich haben bereits darüber nachgedacht, ob wir uns nicht eine andere Wohnung suchen sollten, damit wir nicht ständig an all das erinnert werden.

Wenigstens sind keine Narben in meinem Gesicht zurückgeblieben. So wie es Professor Wegmüller vorhergesagt hat. Die betroffenen Hautstellen sind zwar noch empfindlich und ich muss sie weiterhin vor direkter Sonneneinstrahlung schützen, aber das ist bei dem nasskalten Scheißwetter da draußen sowieso kein Problem.

Sid interessiert das schlechte Wetter nicht im Geringsten. Seit die Schule wieder begonnen hat, büffelt er wie ein Wilder. Er macht praktisch nichts anderes mehr, als sich für die Abiprüfung in seinen Lehrbüchern zu verkriechen. Wenn er, außer zur Schule, überhaupt das Haus verlässt, dann zweimal in der Woche zur Nachhilfe. Oder er lernt bei seiner Freundin Lizzy zuhause, die ich inzwischen endlich kennenlernen durfte und die in diesem Schuljahr wie Sid das Abitur machen wird.

Eine Woche nach dem Vorfall in Melanies Wohnung stand er plötzlich mit ihr an meinem Krankenbett und stellte sie mir vor. Ein hübsches, intelligentes Mädchen, das witzigerweise einen Tag vor Sid Geburtstag hat. Genau genommen sind es sogar nur eine Stunde und zwölf Minuten, da Lizzy um 23:32 Uhr und Sid tags darauf um 0:44 Uhr auf die Welt kam. Wir fanden das heraus, als wir drei seinen Geburtstag gemeinsam in unserer Wohnung feierten. Es war keine große Party. Sid wollte es so. Wir spielten Karten und schauten Filme. Er behauptete, er habe keine Lust, groß zu feiern, er sei einfach nur froh, mich zu haben. Abends gingen die beiden eine Weile aus, kamen aber vor Mitternacht schon wieder zurück. In der Zeit, in der ich alleine war, erinnerte ich mich wieder daran, wie er mich im Rissani um 100 Euro gebeten hatte, und ich schämte mich dafür, dass ich ihn damals und auch später noch für einen Lügner hielt, der eine Freundin nur vorschob, um mir Geld abzuluchsen.

Ich mag Lizzy. Anfangs war sie mir gegenüber etwas schüchtern, aber nachdem wir uns mehrmals gesehen haben und Sid und ich sogar bei ihren Eltern zum Abendessen eingeladen waren, ist sie aufgetaut. Natürlich wurde meine Geschichte tagelang in allen Berliner Medien und im Internet bis ins letzte Detail ausgeschlachtet. Und natürlich hatten Lizzys Eltern schnell mitbekommen, um wen es sich bei dem Vater des Freundes ihrer Tochter handelte. Bei dem Abendessen in ihrem Reihenhäuschen in Spandau waren noch zwei befreundete Ehepaare der Familie dabei, die mir nach reichlichem Weingenuss mit glasigen Augen neugierige Fragen stellten. Ich überlegte, was sie den Gastgebern wohl geboten hatten, damit sie an diesem Exklusivinterview teilnehmen durften. Sid zuliebe spielte ich eine Weile mit, behauptete dann aber, ich hätte immer noch leichte gesundheitliche Probleme und müsse mich zurückziehen.

Mein Handy im Arbeitszimmer klingelt und ich kehre in die Gegenwart zurück. Hoffentlich ist es der Anruf, auf den ich schon seit Wochen warte.

Als ich Janas Namen auf dem Display erkenne, zucke ich kurz zusammen. Einerseits macht es mir Angst, den Anruf entgegenzunehmen, andererseits werde ich dann endlich Klarheit haben. Wir haben vor gut vier Wochen das letzte Mal miteinander telefoniert. Jana informierte mich darüber, dass sie das Manuskript nun Verlagen anbieten werde. Vier Wochen qualvolles Warten auf eine Rückmeldung, die über meine berufliche Zukunft entscheiden wird, liegen hinter mir. Mir ist längst klar geworden, dass meine Autorenkarriere – wenn man sie überhaupt noch so nennen kann – endgültig zu Ende sein wird, wenn es mit *Love Buddy* nicht klappen sollte. Entweder ich bekomme einen neuen Vertrag oder ich muss mir irgendeinen Job suchen, denn meine finanzielle Situation hat sich kaum gebessert. Ich habe zwar auch schon überlegt, das Buch notfalls im Self-Publishing herauszubringen, aber um an die Professionalität meines Verlags heranzukommen, müsste ich zuerst einige Tausend Euro für Lektorat, Korrektorat, Cover und PR investieren, die ich nicht habe. Mein Anwalt hat zwar auf Schmerzensgeld geklagt, aber abgesehen von der Frage, ob bei

Sebastian überhaupt etwas zu holen ist, wird sich der Betrag in Grenzen halten. Die einzige Einnahmequelle, die ich seit dem Vorfall in Melanies Wohnung hatte, stammt aus einem Exklusivinterview, das ich der Boulevardpresse aufgrund meiner finanziellen Probleme gab.

»Hallo, Jana«, begrüße ich sie, während mein Herz so heftig gegen meine Brust hämmert, dass es sogar in meinem Kopf dröhnend pocht.

»Karl, ich habe gute Nachrichten.«

Ich liebe dich, möchte ich ihr entgegen schreien. »Das hört sich gut an, Jana.«

»Pass auf …«, sagt sie und stockt plötzlich. »Wie geht es dir überhaupt?«

»Gut, gut, gut«, sage ich in einem Stakkatotonfall. »Jetzt sag schon.«

»Also, zuerst einmal habe ich gerade eben die Verkaufszahlen deiner Lydia-Fox-Reihe aus dem vergangenen Monat erhalten. Ich kann nur sagen, die Geschichte mit diesem Sebastian, so schrecklich sie auch ist, war die genialste PR für dich, die man sich vorstellen kann. Alle deine drei Titel sind in den Rankings nach oben geschossen.«

Jana macht eine Pause. Offensichtlich erwartet sie eine Reaktion von mir, aber ich bekomme kein Wort heraus.

»Karl? Bist du noch da?«

»Ja … ja. Das ist schön. Ich freue mich.«

»Das hört sich zwar nicht so an, aber ich habe noch eine weitere erfreuliche Nachricht.«

Ich sauge ihre Worte auf wie der Überlebende eines Flugzeugabsturzes, der tagelang ohne Wasser in der Wüste umhergeirrt ist.

»Heute Abend findet eine Auktion für deinen Roman statt. Drei renommierte Publikumsverlage haben starkes Interesse an dem Titel. Aufgrund der enormen Publicity in den Medien könnte es ein Verkaufsschlager werden. Es geht wieder bergauf, lieber Karl.«

Tränen schießen mir in die Augen. Gott, oder was auch immer unser Schicksal bestimmt, scheint es gut mit mir zu meinen.

»Allerdings musst du das Ende umschreiben. Das hatte ich dir ja bereits bei unserem letzten Gespräch angedeutet. Das geht doch in Ordnung, Karl, ja?«

Ich brauche keine Sekunde zu überlegen. Schließlich hat Anna mein Leben gerettet. Ohne sie wäre ich qualvoll verbrannt.

»Natürlich. Keine Frage. Übrigens habe ich meine Lebensretterin bereits wieder zum Leben erweckt und mit dem letzten Kapitel habe ich inzwischen auch schon begonnen.«

»Das ist fein, ganz fein. Wann bist du so weit, dass du mir etwas schicken kannst?«

Ich schaue auf die Uhr. Es ist 10 Uhr morgens. »Wann brauchst du es spätestens?«

»Ideal wäre heute Abend, noch vor der Auktion. 18 Uhr wäre perfekt.«

»Das bekomme ich hin«, sage ich.

»Das wusste ich, Karl. Dann will ich dich nicht länger aufhalten. Hau rein.«

»Du bist die Beste«, sage ich und lege auf.

LOVE BUDDY - KAPITEL 16

Konnys Augen leuchten, als er mich in der Besucherzelle empfängt. Maria zieht sich mit einem verschmitzten Lächeln zurück und ich gebe mich widerstandlos seiner Umarmung hin, während ich seinen Herzschlag an meiner Brust spüre.

»Du zitterst ja«, sagt er, als wir uns voneinander lösen.

»Ich ... ich hatte gerade einen schrecklichen Albtraum.«

»Anna, setz dich, bitte«, sagt er und zeigt auf einen der Stühle. »Sonst besteht die Gefahr, dass du gleich umfällst.«

Ich ahne natürlich längst, dass er gute Neuigkeiten für mich haben wird. »Ist es das, was ich denke?«, frage ich und erkenne meine eigene Stimme nicht wieder, denn ich bekomme kaum mehr als ein leises Krächzen heraus.

Konny setzt sich zu mir an den Tisch und lächelt immer noch. Er nickt. Einmal. Zweimal. Er hört gar nicht mehr damit auf. Irgendwann sagt er endlich die erlösenden Worte: »Deine Unschuld ist bewiesen. Du kommst frei.«

Habe ich das wirklich gehört? Bin ich wirklich wach? Liege ich vielleicht noch auf meiner Pritsche und träume? Oder habe ich mich doch umgebracht und verlasse gerade meinen Körper in einer Art Nahtoderfahrung? Es würde mich nicht wundern, denn es kommt mir so vor, als würde ich über mir schweben, mich außerhalb meines Körpers befinden und das Ganze als Außenstehende betrachten.

»Margot Kohlmeier hat vor einer knappen Stunde gestanden, Leonardo Monti in dem Hotelzimmer erstochen zu haben. Sie behauptet, den Mord gemeinsam mit deinem Mann geplant zu haben. Er wird derzeit noch verhört ...«

Konny redet weiter, aber mein Gehirn ist nicht mehr dazu in der Lage, weitere Informationen aufzunehmen. Es ist voll und ganz damit beschäftigt, zu begreifen, was das bedeutet. Es muss verarbeiten, dass ich gerade eben noch dabei war, mir die Schlinge um den Hals zu legen. Dass ich jetzt mit heraushängender Zunge tot an einem Heizungsrohr hängen würde, wenn Konny nur ein paar Minuten später aufgetaucht wäre.

»Deine Kinder warten auf dich. Sie brauchen dich jetzt.«

Sofort bin ich wieder bei mir, als ich Konny diese Worte sagen höre. »Wo sind die beiden? Wann kann ich zu ihnen?«

»Wir müssen noch ein paar Formalitäten erledigen. Aber es wird nicht lange dauern. Sie sind zuhause und werden von einer Psychologin betreut. Dein Bruder David ist gerade auf dem Weg zu ihnen.«

Ein paar Minuten später und meine Kinder wären ... Was habe ich mir nur dabei gedacht? *Was bist du nur für eine Mutter?* Eine, die sich aus der Verantwortung stehlen wollte. Eine, die zu feige war zu kämpfen. Eine, die aufgegeben hatte. Eine, die in ihrem grenzenlosen Selbstmitleid nur an sich selbst gedacht hat.

Konny ergreift meine Hände. Er scheint zu bemerken, dass ich mit mir zu kämpfen habe. Plötzlich bemerke ich, dass er keinen Ehering mehr trägt. »Warum ...« Ich stocke. Es ist nicht der richtige Zeitpunkt, ihn danach zu fragen.

»Warum haben die beiden das getan?«, frage ich stattdessen.

»Es ist so, wie ich vermutet habe. Sie wollten dich loswerden und haben das Verbrechen gemeinsam geplant. Das behauptet zumindest Margot Kohlmeier. Sie seien immer äußerst vorsichtig bei ihren heimlichen Treffen gewesen, so habe auch nie jemand etwas von ihrer Affäre geahnt. Es sei Janoschs Idee gewesen, dass sie die Tat begeht, während er ein wasserdichtes Alibi hat. So würde keine Spur zu einem anderen Täter als dir führen. Alles würde auf dich hindeuten.

Sie sei dir also von Schöndorf aus nach Stuttgart gefolgt und habe euch von Anfang an beobachtet. Kurz nachdem du das Hotelzimmer verlassen hattest, habe sie dann an der Tür geklopft und als Leonardo Monti öffnete, habe sie ihm sofort das Küchenmesser mit deinen Fingerabdrücken darauf direkt ins Herz gerammt. Darauf habe sie die Hotelzimmertür wieder geschlossen und sei so ungesehen, wie sie ins Hotel gekommen war, auch wieder verschwunden. Allerdings streitet dein Mann bisher noch alles ab. Er behauptet steif und fest, von alldem nichts gewusst zu haben. Er gibt einzig und allein Margot Kohlmeier die Schuld.«

Das ist typisch Janosch, denke ich. Wenigstens jetzt könnte er einmal Rückgrat zeigen und zu seiner Margot stehen.

»Hat sie sich freiwillig gestellt?«

Konny schmunzelt. »Nein, aber die Detektive konnten ein Gespräch der beiden belauschen, in dem sie sich über die Tat unterhielten. Es gibt eine Tonaufnahme davon. Sie ist zwar vor Gericht nicht verwertbar, aber nachdem sie den Ermittlern vorgespielt wurde, haben sie die beiden getrennt voneinander in die Mangel genommen. Margot Kohlmeier ist schließlich zusammengebrochen und hat gestanden. Dein Mann wird, wie gesagt, noch verhört. Er verweigert jedoch derzeit jede weitere Aussage. Da ihm Beihilfe zum Mord vorgeworfen wird, wurde zudem auch eine Obduktion der Leiche seiner Mutter angeordnet.«

»Hat Janosch auch ...?«

»Reine Routine.«

»Ich kann es immer noch nicht fassen. Ich begreife es nicht. So schwer es auch manchmal sein mag, aber man kann sich doch voneinander trennen, wenn man jemand anderen liebt. Man muss doch deshalb nicht gleich einen Mord begehen.«

»Es wurden schon Menschen wegen weniger als fünf Euro umgebracht.«

Ich kann nur den Kopf schütteln. Wer ist dieser Mann? Was für ein Mensch ist Janosch Schubert wirklich? Wie kann man sich derart in jemandem täuschen, dem man jahrelang so nahestand?

Wenige Stunden später schließe ich Nora und Max in die Arme und wir heulen hemmungslos. Eine unbeschreibliche Wiedersehensfreude mischt sich mit einem beklemmenden Gefühl in meiner Brust, als ich in die Augen meiner traumatisierten Kinder blicke. Wir werden es gemeinsam schaffen. Es wird einige Zeit dauern, aber Konny hat mir bereits auf der Fahrt vom Gefängnis nach Hause seine Unterstützung angeboten. Auch nach Beendigung seines Mandats. David werde ebenfalls noch eine Weile in Deutschland bleiben, falls ich das möchte.

Ich blicke durch die Glasfront hinaus auf die Terrasse und denke nach. Als Konny während der Fahrt hierher noch einmal seine Einladung ins Restaurant erneuerte, sprach ich ihn auf seinen Ehering an. Jetzt weiß ich, dass seine Frau vor eineinhalb Jahren an Krebs gestorben ist. Den Ring hat er vor wenigen Tagen zum ersten Mal seit ihrem Tod abgelegt.

Ich habe die Verabredung noch nicht zugesagt und geantwortet, dass ich es mir überlegen werde.

Plötzlich knurrt mein Magen. Das Leben muss schließlich weitergehen, denke ich, und in diesem Moment wird mir klar, dass ich mich längst entschieden habe.

ENDE

39

Sid und ich sitzen in der Boeing 737 und warten darauf, dass das Flugzeug endlich die Startfreigabe erhält. Ich blicke auf mein Smartphone, ob sich Jana gemeldet hat, da sie mir vor unserem Abflug unbedingt noch die neuesten Verkaufszahlen mitteilen wollte, aber da ist nichts.

Heute ist der 23. Dezember und *Love Buddy* ist seit gut zwei Wochen auf dem Markt. Das Ganze ging ungewöhnlich schnell. »Wir müssen die Aufmerksamkeit der Öffentlichkeit *jetzt* nutzen«, hatte Jana den Programmleiter des Verlags zitiert. In der heutigen Zeit sei die Aufmerksamkeitsspanne recht kurz und man werde schnell wieder vergessen. Innerhalb weniger Wochen wurden deshalb Lektorat und Korrektorat durchgezogen sowie das Cover, die Klappen- und Werbetexte und die Hörbuchausgabe produziert. Inzwischen habe ich sogar schon einige Lesungen abgehalten, die große Lesetour wird allerdings erst Mitte Januar starten. Das war meine einzige Bedingung bei den Vertragsverhandlungen. Ich wollte in den Winterferien unbedingt einige Tage mit Sid verreisen. Sollte das Buch tatsächlich die großen Erwartungen erfüllen, werden wir uns die Weltreise leisten können und sie antreten, sobald Sid sein Abitur bestanden hat. Ich zweifle nicht im Geringsten daran, dass er es schaffen wird, denn nach wie vor büffelt er wie ein Verrückter und hat sogar heimlich einige seiner Unterlagen ins Gepäck gesteckt.

Ich kann immer noch nicht glauben, was sich in den vergangenen Monaten alles ereignet und welche Wendung mein Leben und das von Sid genommen hat.

An dem Abend, als ich mich in der Gewalt von Sebastian befand, war Sid doch noch einmal nach Hause gekommen, um wichtige Schulunterlagen zu holen, die er vergessen hatte. Er wunderte sich, dass ich nicht zuhause war, obwohl mein Handy noch auf dem Küchentisch lag. Noch mehr wunderte er sich, als er eine Nachricht von Andy auf dem Anrufbeantworter abhörte, in der dieser in einer Ferndiagnose die Vermutung äußerte, jemand habe sich aus der unmittelbaren Umgebung in unser WLAN gehackt. Doch das war nicht einmal der ausschlaggebende Punkt, warum Sid die Polizei alarmierte und behauptete, er habe in der Nachbarwohnung einen Schuss gehört.

Auch wenn es mir erst jetzt im Nachhinein immer klarer wird, die Erfahrung, in letzter Sekunde gerettet worden zu sein, hat mich verändert. Ich bin dem Leben gegenüber demütiger geworden und verspüre wieder eine lebensbejahende Leidenschaft in mir.

In den letzten Wochen habe ich auch viel über Sebastian nachgedacht. Ich kann ihn ein Stück weit sogar verstehen, auch wenn er ein Mörder ist und kurz davor war, mich umbringen, als die Polizei vor der Tür stand und ihm klar wurde, dass es keinen Ausweg mehr für ihn geben würde.

Ich weiß nicht, warum Sebastian den Unfall damals so verzerrt wahrgenommen hat. Ich kann mich zwar immer noch nicht daran erinnern, aber ich halte es definitiv für ausgeschlossen, dass es so war, wie er es dargestellt hat. Wenn Mara und ich unterschiedlicher Meinung waren, haben wir unsere Argumente auf einer sachlichen Ebene ausgetauscht und den anderen niemals persönlich angegriffen. Das mag vielleicht ungewöhnlich sein, aber es war nun mal so. Wir haben nie den Respekt voreinander verloren und handgreiflich sind wir schon gar nicht geworden. Wenn, haben wir uns mal im Spaß geneckt, so wie es Verliebte eben tun. Aber niemals in einem ernsten Zusammenhang. Da kann man jeden fragen, der uns kannte.

Der Wunsch nach Rache und Vergeltung muss sich so tief in Sebastians Seele gefressen haben, dass er von diesem Gedanken wie besessen war. Als er gesundheitlich endlich so weit war, seine Rachepläne in die Tat umsetzen zu können, kundschaftete er zuerst mein Leben aus. Nachdem er herausgefunden hatte, dass Melanie ein Zimmer über Airbnb vermietet, nutzte er die Gelegenheit sofort. Das WLAN zu hacken, um Informationen abzugreifen, war für ihn kein Problem, denn mit Computern hatte er sich während seiner Genesungszeit ausgiebig beschäftigt. Er war sogar im Grand Hotel mit im Aufzug gewesen, wo Amanda und ich uns hemmungslos abknutschten, während wir zu der Suite hochfuhren. Er wusste, in welchem Zimmer wir waren. Er hatte mitbekommen, wie ich aus dem Hotel geworfen wurde, und er nutzte die günstige Gelegenheit. Amanda muss ihm aufgemacht haben und nachdem er sie umgebracht hatte, klopfte kurz darauf Gerold Lubitz an der Tür der Suite. Da er immer lauter nach seiner Frau rief, versteckte sich Sebastian hinter der Tür, um den aufgebrachten Ehemann von hinten mit dem Elektroschocker unschädlich zu machen. Laut seiner Aussage sei Lubitz jedoch stockbesoffen in die Suite gestolpert und habe mit zusammengekniffenen Augen völlig desorientiert nach seiner Frau gesucht, woraufhin Sebastian einfach ungesehen aus dem Zimmer schleichen und verschwinden konnte.

Nachdem sich alles aufgeklärt hatte, kamen mir nochmals die merkwürdigen Vorfälle mit Rolf in den Sinn. Der Verdacht, dass er etwas mit dem Selbstmord seiner Eltern zu tun haben könnte, ließ mich nicht mehr los. Ich erzählte Kommissar Dorn davon und er versprach mir, der Sache nachzugehen. Ich bin mir nicht sicher, ob er meine Ahnungen nicht wieder als Verschwörungstheorie abtun wird, aber eigentlich müsste er inzwischen begriffen haben, dass ich auch bei den seltsamen Päckchen und Nachrichten von Sebastian recht gehabt hatte.

Mein Handy klingelt und ich erkenne, dass es Jana ist. Im selben Moment steht eine rothaarige Stewardess neben mir und fordert mich höflich, aber energisch dazu auf, endlich mein Smartphone auszuschalten. Ich gehorche ihr sofort und drehe meinen Kopf zu Sid hinüber, der mich mit einem breiten Grinsen anlächelt. Der Flugkapitän macht eine Durchsage, dass wir nun die Startfreigabe erhalten hätten, und wenige Minuten später drückt uns die Schubkraft der Düsentriebwerke in unsere Sitze. Als wir die Wolkendecke durchstoßen und in den herrlich blauen Himmel aufsteigen, beobachte ich Sid, wie er versonnen aus dem kleinen Fenster blickt. Plötzlich dreht er den Kopf zu mir und strahlt mich überglücklich an. Eine wohltuende Heiterkeit erfasst mich bei dem Gedanken, dass dieses Bild, wenn es auch etwas kitschig klingen mag, ein wunderschönes Ende für einen Roman wäre.

»Papa?«, sagte er plötzlich in einem Tonfall, der mich erahnen lässt, dass er jetzt eine Frage stellen wird, die ihn schon länger beschäftigt. Auch seine Gesichtszüge nehmen einen ernsthaften Ausdruck an.

»Ich muss dir etwas sagen, Papa. Ich habe es euch nie erzählt, weil … Ich weiß nicht warum. Eine Zeit lang hatte ich es auch vergessen, aber jetzt, nachdem das mit diesem Sebastian passiert ist, fiel es mir wieder ein. Es stimmt nicht, dass ihr nie handgreiflich geworden seid. Ich kann mich noch ganz genau erinnern, wie Mama dir mal eine Ohrfeige verpasst hat, als ich acht Jahre alt war. Es war in der Küche. Ihr hattet euch lautstark gestritten und ich hatte Angst, dass etwas Schreckliches passiert. Deshalb bin ich zur Küche geschlichen und habe euch heimlich an der Tür beobachtet. Als ich gesehen habe, wie Mama dich schlägt, wollte ich zuerst dazwischen gehen, bin dann aber völlig verängstigt zurück auf mein Zimmer und habe fürchterlich geweint, während ihr euch weiter gestritten habt und auch irgendetwas aus Glas dabei zu Bruch gegangen ist. Ich blieb in meinem Zimmer und irgendwann war es dann wieder still. Du bist dann später noch in mein Zimmer gekommen und hast mir lange über den Kopf gestreichelt. Weißt du das denn nicht mehr?«

Das kann nicht sein. Wie kommt Sid dazu, so etwas zu

behaupten?

Was willst du damit sagen, Karl? Dass nicht nur Sebastian, sondern auch dein Sohn lügt? Nur weil du dich an nichts mehr erinnern kannst?

Ja, verdammt noch mal. JA.

Aber was, wenn es nicht so ist. Wenn sie beide die Wahrheit sagen?

Ich beginne schon wieder an mir zu zweifeln. Vielleicht hat sich doch tatsächlich alles so abgespielt, wie Sebastian behauptet hat. Und Sid – warum sollte er solch eine Geschichte erfinden? Ich dachte immer, ich würde mich kennen, doch allmählich beginne ich ernsthaft an meinem Verstand zu zweifeln. Ich habe Mara doch verdammt noch mal nie geschlagen. Und sie mich auch nicht. Das wüsste ich doch. Ich bin doch nicht bekloppt.

»Papa?«

Mein Kopf schnellt zu Sid hinüber. Erst jetzt wird mir bewusst, dass er die ganze Zeit über auf eine Antwort von mir gewartet hat. Ich denke nicht weiter nach. Ich muss endlich damit aufhören, mir all diese quälenden Fragen zu stellen.

»Ach, das meinst du. Das war nichts von Bedeutung, Sid. Das sah für dich als kleiner Junge wahrscheinlich schlimmer aus, als es in Wahrheit war. Mach dir keine Gedanken mehr darüber. Das muss ein Spaß gewesen sein. Wir haben öfter einfach so ein bisschen herumgeblödelt und so getan, als ob wir kämpfen würden, wie man es eben aus Spaß so tut.«

Ich blicke Sid an. Er wirkt nachdenklich, weiß nicht, was er von meiner Aussage halten soll. »Ach so«, sagt er schließlich. »Dann ist ja gut«, fügt er noch hinzu und dreht seinen Kopf zurück zum Fenster.

Vielleicht hat es für Sebastian tatsächlich so ausgesehen, als ob er einen Streit beobachten würde, obwohl wir in Wahrheit aus reinem Übermut einfach nur ein wenig »gebubbelt« haben, wie

Tantchen es in ihrem süddeutschen Dialekt ausgedrückt hätte. Mara hatte dabei eben für einen Moment die Kontrolle über den Wagen verloren.

Ich muss endlich damit aufhören, mich mit diesen Fragen zu quälen. Es führt zu nichts. Selbst wenn ich eine eindeutige Antwort erhalten würde, könnte ich nichts mehr ungeschehen machen. Ich muss mich damit abfinden, dass manche Dinge für immer ungeklärt bleiben werden. Was wirklich zählt, ist die Gegenwart. Und die Zukunft. Nicht das, was in der Vergangenheit möglicherweise passiert sein könnte. Das Leben ist zu kurz, um es mit sinnlosen Grübeleien in Depression zu verbringen.

Ich blicke an Sid vorbei aus dem kleinen Fenster der Boeing 737 in den grenzenlosen Himmel. Die Suche in der Vergangenheit erscheint mir, als würde ich die Unendlichkeit des Universums zu begreifen versuchen. Was kommt dahinter? Was kommt danach? Das macht genauso wenig Sinn. Denn auch darauf werde ich niemals eine Antwort finden.

LOVE BUDDY - DANKSAGUNG

Die Geschichte in diesem Buch hat eine ganz besondere Bedeutung für mich. Sie hat mir nicht nur geholfen, eine jahrelange Schreibkrise zu überwinden, sie weist auch einige Parallelen zu meinem eigenen Leben auf. Wie Sie vielleicht aus den Medien erfahren haben, entstanden einige Kapitel, während ich unschuldig im Gefängnis saß. Dieser Umstand führte dazu, dass die Geschichte einen vollkommen anderen Verlauf nahm, als ich ursprünglich geplant hatte. Anna entwickelte von da an ein derart hartnäckiges Eigenleben, wie ich es noch nie zuvor in meinem Autorendasein erlebt habe und auch niemals für möglich gehalten hätte. Teilweise hatte ich sogar das Gefühl, dass nicht ich selbst diese Geschichte schreibe, sondern dass sie mir von Anna diktiert wird. Ich weiß, das klingt verrückt, aber Sie müssen mir glauben, dass es wirklich so war.

Ich habe mich während des Schreibprozesses oft gefragt, was dahinterstecken könnte, und lange erfolglos versucht, einen Sinn darin zu finden. Inzwischen weiß ich, dass Anna mir das Leben gerettet hat. Durch ihre Sturheit kam ich überhaupt erst auf die Idee, der Geschichte nachträglich noch einen Epilog hinzuzufügen, was ich später allerdings wieder verworfen habe, wie Sie sicherlich bemerkt haben. Aber als mir aufgrund von Annas Verhalten die Idee für den Epilog in den Sinn kam, kritzelte ich einen Gedanken dazu auf einen kleinen unscheinbaren Notizzettel, den ich zur Erinnerung an meinen Laptop heftete. Genau diese Notiz hat meinem Sohn den entscheidenden Impuls gegeben, die Polizei zu alarmieren, nachdem er zuvor schon einen Hinweis erhalten hatte, dass es aus unserer unmittelbaren Nachbarschaft einen Hackerangriff auf unser WLAN gegeben haben könnte. Auch wenn die Erstürmung der Nachbarswohnung auf dem verrückten Missverständnis beruhte, dass mein Sohn aufgrund meiner Notiz davon überzeugt war, unsere Nachbarin sei tatsächlich die wahre Mörderin von Amanda Lubitz und würde nun auch mich bedrohen, so wurde mein Entführer letztendlich gerade deshalb daran gehindert, mich als Vergewaltiger und Mörder meiner Nachbarin erscheinen zu lassen. Schlussendlich rettete dieser kleine Zettel sogar mein Leben oder verhinderte zumindest, dass ich grässlich entstellt wurde.

Bisher gebührte mein größter Dank am Ende immer Ihnen, liebe Leserinnen und Leser. Und auch diesmal möchte ich mich ganz herzlich für Ihre Treue bedanken. Bitte haben Sie jedoch Verständnis dafür, dass der letzte Satz dieses Mal jemand anderem gewidmet ist – ich denke, Sie ahnen bereits, wer es sein könnte.

Danke, Anna! Ich liebe dich. Und zwar genau so, wie du geworden bist.

Ihr Karl Baumann

Weitere Titel

KEIN WILLE GESCHEHE
Psychothriller

DER PROBAND
Thriller

9461390R00154

Printed in Germany
by Amazon Distribution
GmbH, Leipzig